BRENNE FÜR DICH, FIREFIGHTER-ROMANZE

INTO THE FIRE – SERIE ALASKA

J.H. CROIX

Copyright-Informationen

HOLLY

Nur noch mal zur Erinnerung: Dates sind scheiße.

Ich ging auf die Dreißiger zu – also, in zwei Jahren genauer gesagt – und ich freute mich nicht gerade darauf. Außerdem ärgerte ich mich über mich selbst, dass ich mir überhaupt Gedanken über die Tatsache machte, dass ich dreißig wurde. Ich betrachtete mich nicht gerne als eine dieser Frauen, die sich über ihr Alter Gedanken machten.

Aber offensichtlich war ich genau das. Zumindest in letzter Zeit. Alle meine Freunde verliebten sich ständig. Ich freute mich für sie. Das tat ich wirklich. Ich schwöre bei meiner Großmutter, das war nicht gelogen. Aber, na ja, ich fühlte mich langsam etwas außen vor. Meine Freunde bekamen alle bereits Babys. Babys! Und ich hatte noch nicht einmal einen Mann, eine Frau oder irgendein Fabelwesen gefunden, geschweige denn mich fortgepflanzt. Ich weigerte mich, eine dieser verbitterten Jungfern zu werden.

Der Versuch, sich in einer Kleinstadt in Alaska mit jemandem zu verabreden, hatte allerdings seine

Tücken. Ich liebte Willow Brook. Es war meine Heimatstadt, und ich war nicht der Typ Mensch, der erst weggehen musste, um sich daran zu erinnern, wie sehr ich sie liebte. Nicht, dass daran etwas falsch gewesen wäre. Ich hatte jede Menge Freunde und Familie, und ich konnte mir nicht vorstellen, irgendwo anders zu leben. Aber versuch mal, jemand Neues kennenzulernen, wenn dich fast jeder in der Stadt schon seit der Vorschule kennt.

Ich korrigiere: seit du ein Baby warst. Aber ich erinnerte mich nicht an den Babykram, also hoffte ich verdammt noch mal, dass es auch sonst niemand tat. All das führte zu einem Punkt. Oder besser gesagt, zu einem Ort und einem Ereignis und dem Grund, warum ich dort war.

Ich rückte mein ziemlich enges Krankenschwesternkostüm zurecht. Im wirklichen Leben trugen Krankenschwestern wie ich Kittel und praktische Schuhe. *Nicht wirklich sexy.* Tatsächlich waren Bequemlichkeit und das Herauswaschen von Blutflecken wichtiger als gutes Aussehen. Dass genau das Krankenschwesternkostüm als sexy angesehen wurde, hatte mich immer zum Lachen gebracht. Ehrlich jetzt, wenn man mit Körperflüssigkeiten zu tun hat und Menschen oft in ihrer verletzlichsten Lage sieht, dann ist daran relativ wenig sexy.

Aber ich liebte meinen Job. Ich war eine der leitenden Krankenschwestern der Notaufnahme im Willow-Brook-Krankenhaus. Ich lebte an meinem Lieblingsort und hatte einen Job, den ich liebte. Selbst wenn ich irgendwelchen Touristen half, Angelhaken aus Gott weiß wo an ihrem Körper zu entfernen, fühlte ich mich gebraucht.

Toller Job, tolle Stadt, tolle Freunde und Familie ... und *null* Aussicht auf ein Date. Das war es wohl, was mich in meine jetzige Situation gebracht hatte. Irgendwie hatte ich mich dazu überreden lassen, mich für ein Date bei einer Krankenhaus-Spendenaktion in Anchorage zur Verfügung zu stellen. Der einzige Grund, warum ich zugestimmt hatte, war, dass ich der Meinung war, es würde bestimmt lustig werden. Niemand hier würde mich kennen, und vielleicht, nur vielleicht, würde ich tatsächlich jemanden kennenlernen.

Da Anchorage nur knapp eine Stunde von Willow Brook entfernt war, schimmerte die Möglichkeit, jemand Neues kennenzulernen, am unsichtbaren Horizont. Außerdem war Anchorage eine richtige Stadt.

Als ich hinter der Bühne stand, war ich ein wenig nervös. Es handelte sich nicht nur um eine Date-Versteigerung, sondern auch um eine Halloween-Party. Deshalb trug ich auch ein Kostüm. Zum ersten Mal, seit ich Krankenschwester geworden war, war ich sexy gekleidet.

Verdammt, sogar ich musste zugeben, dass ich gut aussah. Meine eher ärgerlich großen Brüste waren in dieses Krankenschwesternkostüm gequetscht und quollen praktisch aus dem Oberteil heraus.

So ein enges weißes Kleid mit Knöpfen in der Mitte der Bluse, wie es keine Krankenschwester je tragen würde. Sie saß eng an der Taille und ging dann in einen kurzen Rock über, der kaum meinen zu großen Hintern bedeckte. Ich war ein wenig verlegen.

Meine alte Freundin aus der Krankenpflegeschule, Megan, hatte mich nicht darüber informiert, wie aufreizend diese Kostüme sein würden. Ich fühlte mich wie eine Stripperin.

»O mein Gott, du siehst großartig aus«, staunte Megan, als hätte sie meine Gedanken vom anderen Raum aus lesen können. Sie schloss die Tür hinter sich, als sie in die kleine Umkleidekabine hinter der Bühne trat.

Die Benefizveranstaltung fand in einem großen Auditorium in der Innenstadt von Anchorage statt, das häufig für lokale Aufführungen und Ähnliches genutzt wurde.

»Du hast vergessen zu erwähnen, wie *winzig* es ist«, zischte ich und warf ihr einen Blick zu.

Megan zuckte mit den Schultern. »Du siehst total heiß aus. Ich bin im selben Boot. Siehst du?«, meinte sie und gestikulierte an ihrem Körper hoch und runter.

»Warum hast du das Fischerkostüm bekommen?«, fragte ich, als ich ihr Kostüm begutachtete.

Sie trug eine leuchtend rote Anglerhose und ein seidiges, eng anliegendes Tanktop. Versteht mich nicht falsch, es war freizügig, aber nicht annähernd so knapp wie das, was ich trug.

Megan grinste. »Du bist viel sexier als ich. Ich habe keinen nennenswerten Hintern und du hast unglaubliche Kurven. Aber ich bin nicht hier, um über dein Kostüm zu diskutieren. Du bist in etwa zehn Minuten dran. Ich bin so froh, dass du zugestimmt hast, das zu tun! Ich glaube, du wirst heute Abend das meiste Geld für uns verdienen.«

»Du klingst wie meine Zuhälterin. Ich fühle mich geehrt.«

Megan blieb ungerührt. Sie blinzelte einfach. »Ich bin gerne deine Zuhälterin. Wenn du willst, dass ich einen Mann für dich finde, dann bin ich voll dabei. Komm schon«, kommandierte sie und gab mir ein Zeichen, ihr zu folgen. »Ich wünschte, wir hätten dich bis zum Schluss aufgehoben, denn du bist definitiv die Schärfste.«

Da die meisten meiner besten Freundinnen verheiratet, verlobt, schwanger oder auf dem besten Weg dorthin waren, war Megan eine der wenigen Freundinnen, denen ich in letzter Zeit meine Männerprobleme anvertraute. Wie ich war sie immer noch Single. Im Gegensatz zu mir war sie aber nicht wirklich auf der Suche.

Als ich durch den Flur schritt, der voller Menschen war, die sich auf die Spendenaktion vorbereiteten, begann mein Bauch vor Angst zu kribbeln, und mir wurde ganz heiß. Plötzlich wurde mir klar, dass dies eine absolut verrückte Sache war. Aus der Ferne hatte ich die Idee amüsant und nett gefunden. Aber jetzt, da meine Brüste fast aus meinem Krankenschwesternkostüm heraussprangen, mein Hintern gerade so bedeckt war und ich knallrote High Heels trug, fühlte ich mich nun doch ein kleines bisschen unsicher.

Praktischerweise gab es hinter der Bühne Alkohol. Ich blieb an der Bar stehen, die nichts weiter war als ein Plastiktisch, und lächelte den Mann dahinter an. Er grinste mir entgegen.

»Was darf ich dir einschenken, meine Liebe? Du siehst umwerfend aus, und du wirst uns einen Haufen Geld einbringen.«

Ich holte tief Luft und stieß sie mit einem Seufzer aus. Dieser Mann sah mich nicht an, als wollte er mich auffressen, also fühlte ich mich etwas besser. »Zwei Shots Tequila bitte«, antwortete ich.

Das Lächeln des Mannes wurde weicher. »Ich würde es mir noch einmal überlegen und vielleicht erst mal bei einem bleiben. Übrigens, ich bin Ethan.«

»Holly«, gab ich zurück. »Ich bin mir ziemlich sicher, dass einer nicht reichen wird. Wie hat man dich dazu überzeugt, den Backstage-Barkeeper zu spielen?«

Ethan kicherte, als er mir einen einzigen Shot

einschenkte – einen großzügigen, aber nur einen. »Meinem Partner Jack und mir gehören die Midnight Sun Arts Galerien hier in Anchorage und in ein paar anderen Orten. Wir helfen bei einer Reihe von Wohltätigkeitsveranstaltungen. Das hier ist eines der guten Events. Das gesamte gesammelte Geld fließt in einen Finanzierungspool für nicht versicherte Patienten in Krankenhäusern in ganz Alaska. Deshalb tun wir so viel für diese Veranstaltung. Alle, die du hier siehst, arbeiten ehrenamtlich.«

Er reichte mir meinen ersten Shot. »Fangen wir erst mal mit einem an.«

»Oh, nein«, meinte ich kopfschüttelnd. »Mir bleiben noch zehn Minuten Zeit. Ich brauche zwei.«

Ich kippte den Schnaps auf ex hinunter, das befriedigende Brennen folgte schnell. Ethan warf mir einen prüfenden Blick zu und schenkte mir einen weiteren ein. Nach dem zweiten hatte ich das Gefühl, dass ich genug flüssigen Mut in mir hatte, um diesen Wahnsinn zu überstehen.

Ethan plauderte mit mir, während ich wartete, und seine lockere Art beruhigte mich. Nach ein paar Minuten geleitete mich Megan auf die Bühne.

Sobald ich auf die Bühne trat, entspannte ich mich. Es half, dass ich gerade genug beschwipst war, dass mich das Ganze nicht sonderlich interessierte. Ich machte mein Ding, wie mir aufgetragen wurde, ging über die Bühne und drehte mich im Kreis, wobei ich fast das Gleichgewicht verlor. Gott sei Dank konnte ich die Menge bei den hellen Lichtern nicht wirklich sehen, denn mein Wackler brachte mir ein paar Lacher ein.

Der Auktionator startete mit dem Bieten. Ehe ich mich versah, hatte jemand ein Date mit mir für fünftausend Dollar »gekauft«. Ja, richtig gehört – fünftausend Dollar.

Als ich von der Bühne kam, war mir schwindelig und ich war mehr als nur ein bisschen angeheitert. Megan zwinkerte mir zu und zeigte mir aufgeregt einen Daumen nach oben. Ethan, der ab jetzt mein neuer bester Freund war, führte mich zu einem Raum, in dem ich angeblich denjenigen treffen sollte, der ein Wohltätigkeits-Date mit mir gebucht hatte. Er hielt vor der Tür inne und schenkte mir ein warmes Lächeln.

»Nun, meine Liebe, dieser Mann wollte dich wohl unbedingt haben. Du hast gerade das höchste Gebot, das wir je hatten, um zwei Riesen geschlagen.«

Ich konnte mich nur zu einem Nicken durchringen. Mit dem Tequila, der immer stärker zu wirken schien, war mir plötzlich alles egal. So verrückt das auch war, wenigstens hatte ich fünftausend Dollar für das Krankenhausprogramm gesammelt. Ethan führte mich in einen kleinen Raum im hinteren Bereich, wo ein Tisch mit ein paar Flaschen Alkohol und zwei Stühlen standen. Sie schienen zu glauben, wenn sie überall Alkohol verteilten, wären die Leute dumm genug, bei all dem mitzumachen. Ich war wohl das beste Beispiel dafür. Ich wusste nicht wirklich, wie das Ganze funktionierte. Offenbar konnte mein Date entweder heute Abend mit mir ausgehen oder an einem anderen Tag. In Anbetracht meines beschwipsten Zustands hielt ich heute Abend nicht unbedingt für den besten Plan.

Innerhalb einer Minute öffnete sich die Tür erneut. In dem Moment, als mein Blick auf den fraglichen Mann fiel, blieb mir der Mund offen stehen. Statt meines Dates betrat Nate Fox den Raum – mit seiner stattlichen Größe, den zotteligen braunen Locken, blitzenden braunen Augen und einem Körper, dessen Anblick sündhafte Gedanken in mir weckte.

Nate Fox war außerdem der beste Freund meines Zwillingsbruders und der kleine Bruder des Ehemanns meiner besten Freundin.

Und was noch schlimmer war: Ich war total in Nate verknallt. Tatsächlich waren wir in einer betrunkenen Nacht vor etwa einem Jahr auf der Party eines Freundes gefährlich nahe dran gewesen, in der Garderobe übereinander herzufallen.

Mein Zwillingsbruder hatte uns praktischerweise überrascht. Alex war so ahnungslos, dass er nicht mal bemerkt hatte, was er da gerade unterbrochen hatte. Oder vielleicht doch und er hatte es vorgezogen, meine hastig zugeknöpfte Bluse zu ignorieren, von der ich später feststellte, dass sie schief geknöpft war.

Obwohl sich unsere Wege fast wöchentlich kreuzten, hatten Nate und ich es geschafft, jede Interaktion seither völlig oberflächlich zu halten. Und lasst euch gesagt sein, dass das in unseren kleinen Kreisen kein leichtes Unterfangen war. Nate stand es förmlich auf der Stirn geschrieben, dass er nichts mehr mit mir zu tun haben wollte, also dachte ich mir, dass der Alkohol ihm damals einfach zugesetzt hatte. Ich musste meinen Kopf aus meinem Hintern ziehen und aufhören, mir zu wünschen, dass er mehr wollte.

In dem Moment, in dem die Tür hinter ihm zufiel, war ich gerade betrunken genug, um stinksauer zu werden. »Was zum Teufel machst du hier?«, verlangte ich zu wissen.

Er durchquerte den Raum und blieb etwa einen Meter von mir entfernt stehen.

»Was zum Teufel machst *du* hier?«, erwiderte er, seine Augen verengten sich und seine Worte kamen scharf heraus.

»Wonach sieht es denn aus? Ich mache bei dieser Benefizveranstaltung für das Krankenhaus mit. Raus hier.« Ich wedelte mit der Hand. »Jemand hat gerade fünftausend Dollar für ein Date mit mir bezahlt und ich lasse es mir nicht vermasseln, indem du hier bist, wenn er oder sie auftaucht«, nuschelte ich, wobei meine Worte nicht sehr deutlich aus mir herauskamen.

Nate starrte mich einen Moment lang an, in seinen Augen blitzte ein böser Schimmer auf, bevor sich seine Mundwinkel nach oben zogen. »Oh, darüber musst du dir keine Sorgen machen. Ich bin nämlich derjenige, der ein Date mit dir ersteigert hat.«

Mein Körper stand in Flammen, Hitze durchströmte mich und mein Bauch drehte sich bei dem rohen Verlangen in seinen Augen. Nate machte mich verrückt. Solange ich denken konnte, war er Alex' bester Freund. Hätte man mir mit zehn Jahren gesagt, dass ich ihn mal sexy finden würde, hätte ich gelacht, bis ich mir in die Hose gepinkelt hätte.

Alles hatte sich normal angefühlt, bis vor etwas mehr als einem Jahr. Als ob sich tektonische Platten in der Erde verschoben hätten, sah ich Nate eines Tages an und bemerkte plötzlich, dass er obszön gut aussah. An jenem Abend mit ihm rumzumachen, war der größte Fehler, den ich je begangen hatte. Das Verlangen hatte sich von einer losen Idee in etwas Konkretes, sehr Reales und sehr Intensives verwandelt.

Nate nervte mich. Er sagte mir ständig, was ich tun sollte, genau wie mein Bruder. Das Letzte, was ich tun sollte, war, mich zu ihm hingezogen zu fühlen. Leider war das bei meinem Körper noch nicht angekommen. Mein Höschen gab bereits den Kampf auf.

»Oh, absolut nicht. Wenn es sein muss, mache ich

das Ganze noch einmal. Ich bin sicher, du bekommst dein Geld zurück.«

Mittlerweile standen meine Brustwarzen stramm und mein Unterleib verkrampfte sich, weil ich mich gerade lebhaft daran erinnerte, wie sich seine Finger in mir vergraben hatten.

Kapitel Zwei

NATE

Holly Blake stand trotzig vor mir und stellte jedes Quäntchen meiner Beherrschung auf die Probe. Aber das tat sie schon *seit Jahren*. Mit ihrem dichten blonden Haar, das ihr locker um die Schultern fiel, und ihrem kurvenreichen Körper, der in ihr knappes Outfit gequetscht wurde, konnte ich kaum klar denken.

Im Moment konnte ich mich nicht einmal daran erinnern, wie ich bei dieser verdammten Spendenaktion gelandet war. Nicht, dass ich etwas gegen Spendenaktionen gehabt hätte. Mein Gedächtnis schaltete einen Gang höher und durchbrach den Nebel der puren Lust, den Hollys bloße Anwesenheit verursacht hatte. Mein Kumpel hatte mich überredet, mitzukommen, weil er zum Helfen gezwungen worden war. Ich war nur zur moralischen Unterstützung da. Das Letzte, was ich geplant hatte, war, auf ein Date mit jemandem zu bieten. Aber in der Sekunde, in der ich Holly auf der Bühne gesehen hatte, konnte ich auf keinen Fall zulassen, dass jemand anderes ein Date mit ihr ersteigerte.

Ich war sprachlos – was übrigens nicht oft vorkam –, als Holly in dem aufreizendsten Krankenschwesternkostüm, das ich je gesehen hatte, auf die Bühne tänzelte. Großer Gott. Wenn ich es schaffte, sie nicht sofort an diese Wand zu drücken, um sie zu vögeln, verdiente ich einen verdammten Orden.

Ihre Brüste quollen aus dem engen Oberteil hervor, und ich war mir ziemlich sicher, dass ich ihr Höschen sehen könnte, wenn sie sich auch nur ein wenig vorbeugte. Ich fragte mich unwillkürlich, ob es rot war, passend zu ihren knallroten High Heels.

Ich holte tief Luft und unterdrückte das Verlangen, das durch meinen Körper galoppierte. Was zum Teufel hatte sie gerade gesagt? Ach ja.

»Ich habe den Zuschlag erhalten und will keine Rückerstattung«, antwortete ich.

Ihre braunen Augen weiteten und verengten sich dann. Ich war mir ziemlich sicher, dass sie ein wenig betrunken war. Holly war noch nie jemand gewesen, der sich zurückhielt, aber im Moment war sie ein wenig offener als sonst, sagen wir es mal so.

»Warum?«, fragte sie.

»Verdammt, Holly. Du stolzierst da draußen halbnackt herum. Glaub mir, ich habe die Optionen da draußen gesehen. Ich bin die beste Wahl. Der Typ, den ich überboten habe, war fast siebzig. Nicht, dass es falsch ist, alt zu sein, aber ich glaube nicht, dass er dein Typ ist. Was zum Teufel machst du überhaupt hier?«

Ich wusste, dass ich mich verärgert anhörte. Ich wusste auch, dass ich kein Recht hatte, mich so zu fühlen, aber das änderte nichts.

Holly drehte sich um, warf eine Hand in die Luft und zeigte mir den Stinkefinger, während sie auf die andere Seite des Raumes marschierte. Nicht, dass der Raum allzu groß gewesen wäre. Sie drehte sich wieder zu mir um, verschränkte die Arme und stellte sich etwas breitbeiniger auf.

»Was zum Teufel machst du hier? Wie ich bereits gesagt habe, bin ich hier, um Geld für wohltätige Zwecke zu sammeln. Das ist der Grund. Und ich kann es nicht gebrauchen, dass du alles vermasselst. Vielleicht lerne ich hier sogar jemanden kennen. Aber jetzt bist du hier, also muss ich mit dir vorliebnehmen.«

In meinem Kopf drehte sich alles, als ich versuchte zu verstehen, was sie damit sagen wollte. »Was zum Teufel meinst du damit? Du könntest jemanden kennenlernen?«

Holly seufzte, ließ die Arme sinken und stützte eine Hand in ihre Hüfte. Holly war in jeder Hinsicht verlockend. Ihr blondes Haar war meist zu einem einfachen Pferdeschwanz gebunden, und sie trug meist einen Krankenhauskittel. Selbst wenn sie sich keine Mühe gab, gut auszusehen, war sie verdammt sexy. Und so gekleidet?

Ich war total am Arsch.

»Ich brauche noch einen Schnaps«, murmelte sie, drehte sich um und ging zu einem Tisch in der Ecke, wo ein paar Flaschen Alkohol standen. Sie goss sich einen Shot Tequila ein und kippte ihn innerhalb weniger Sekunden hinunter.

»Es ist ja nicht so, dass meine Aussichten auf ein Date in Willow Brook so gut sind«, murmelte sie, als sie sich wieder zu mir umdrehte. »Ich dachte mir, ich sammle ein bisschen Geld für diese Krankenhaussache und vielleicht treffe ich ja tatsächlich jemanden. Nicht dich. Dich kenne ich ja bereits.«

Zum zweiten Mal heute Abend war ich sprachlos.

Scheiß drauf.

Ich schritt auf sie zu, griff nach ihren Händen und zog sie an mich heran.

»Was glaubst du, was du da tust?«, nuschelte sie, als ihr Körper gegen den meinen prallte.

»Du musst gar niemanden kennenlernen«, antwortete ich knapp.

Hollys Atem zischte durch ihre Zähne. Als sie nach Luft schnappte, drückten sich ihre Brüste gegen meine. In diesem Moment wurde mir meine Fehleinschätzung bewusst. Denn ich konnte nicht in Hollys Nähe sein, ohne sie zu wollen. Und zwar unbedingt.

Da sie so nah war, konnte sie auf keinen Fall übersehen, dass ich steinhart und bereit war. Ihre Augen verengten sich wieder, und sie stach mit dem Finger in meine Brust.

»Du hast nicht zu entscheiden, ob ich jemanden kennenlerne oder nicht. Du bist nicht mein Aufpasser, also verhalte dich auch nicht so, verdammt.«

»Nein. Aber ich will dich und ich weiß, dass du mich willst. Also lass uns aufhören, herumzualbern und endlich handeln.«

Ihr Mund klappte auf, ihre Wangen erröteten und schickten einen weiteren Schuss Blut direkt zu meinem steifen Schwanz.

»Woher willst du wissen, ob ich dich will?«, verkündete sie und stieß mit ihrem Finger erneut gegen meine Brust. »Du hast mich doch bisher immer ignoriert.«

»Du willst mir erzählen, dass du den Kuss vom letzten Jahr vergessen hast«, raunte ich und ließ meine Handfläche an ihrem Rücken hinuntergleiten, um an ihren Hintern zu greifen, während ich leicht gegen sie wippte.

Sie verdrehte die Augen. »Ich will nicht behaupten,

dass ich es vergessen habe. Aber du bist gar nicht schnell genug weggekommen. Ich bin keine Idiotin. Ich werde nicht nur eine weitere Tussi sein, mit der du ein bisschen Spaß hast. Ich bin fast dreißig, und ich brauche etwas Echtes, nicht dich und deinen Schwachsinn.«

»O Süße, das hier ist kein Schwachsinn.«

Endlich gab ich dem Verlangen nach, das ich schon viel zu lange unterdrückt hatte. Ich legte meinen Mund auf ihren und knurrte, als unsere Lippen aufeinandertrafen.

Unser Kuss vor einem Jahr? Es war, als würden wir genau da weitermachten, wo wir aufgehört hatten. Mein Körper wusste genau, was er wollte. Ich ließ meine Zunge in die warme Süße ihres Mundes gleiten, genoss das leise Stöhnen aus ihrer Kehle und die Art, wie sie sich mir entgegenstreckte.

Gerade als ich vergaß, wo wir waren und was zum Teufel ich da tat, ertönte ein energisches Klopfen an der Tür. Holly riss sich von mir los und stolperte zurück. Die Tür schwang auf, und einer der Typen, die bei meiner Ankunft am Haupteingang mit den Eintrittskarten geholfen hatten, betrat den Raum.

»Wie geht es uns hier?«, fragte er lächelnd, während sein Blick über uns schweifte.

Wir hatten uns höchstens eine Minute lang geküsst, doch Hollys Lippen waren geschwollen, ihre Haut war gerötet, und meine Erregung war wahrscheinlich für jeden, der nur ein bisschen aufmerksam war, absolut offensichtlich.

Hollys Blick schwenkte zu dem Mann. »Ethan, ich bin so froh, dass du hier bist. Wir haben ein Problem.«

Was zum Teufel macht sie da?

Holly ging auf Ethan zu, legte ihren Arm um seinen und deutete dann auf mich. »Er ist nicht das richtige Date. Ich bin mit ihm aufgewachsen, also wird das nicht funktionieren«, sagte sie barsch.

Ethans Lippen spitzten sich, als er sich nur knapp ein Lächeln verkneifen konnte; sein Blick wanderte zu mir und dann wieder zu ihr. »Schätzchen, so funktioniert das nicht ganz. Er hat für ein Date mit dir bezahlt. Wenn es nicht um Gewalt oder Sicherheit geht, gehst du entweder mit ihm aus oder wir geben ihm sein Geld zurück. Es sei denn, er willigt ein, auf das Date zu verzichten«, erklärte er vorsichtig.

»Kann sein Geld nicht für ein Date mit jemand anderen verwendet werden?«, fragte Holly unbeirrt.

Ich versuchte, einen kühlen Kopf zu bewahren, aber jetzt war ich stinksauer. »Nein«, meinte ich schroff. »Du musst dich nicht mit mir verabreden. Aber ich bezahle nicht für jemand anderen. Bevor du dir irgendetwas Lächerliches zusammenreimst« – ich hielt inne und sah Ethan an – »ihr Zwillingsbruder ist mein bester Freund. Wir kennen uns schon ewig. Da ist nichts Ruchloses dabei.«

Ethan war still, sein Blick hüpfte zwischen uns hin und her. »Nun, dann bin ich mir sicher, dass ihr zwei das schon hinbekommen werdet. Holly«, sagte er und löste sanft ihre Hand von seinem Arm, »wenn du möchtest, dass wir ihm das Geld zurückgeben, lass es mich bitte wissen. Ansonsten lasse ich euch beide erst einmal in Ruhe.«

Sobald sich die Tür hinter ihm geschlossen hatte, schritt ich zu ihr. Wie es der Zufall wollte, stand sie direkt an der Wand. Ich stellte mich vor ihr auf, stützte meine Hände an der Wand ab und ließ meinen Blick auf ihr ruhen.

»Feigling«, sagte ich schlicht und einfach.

»Ich bin kein Feigling!«

»Bist du wohl. Außerdem hast du vielleicht nicht genug Vertrauen in mich.«

»Wie bitte?«

»Du hast recht. Nach dem Kuss im letzten Jahr habe ich mich zurückgehalten. Weil ich nicht dumm sein wollte. Du bist die Schwester meines besten Freundes, das ist eine Hürde. Ich will dich mehr, als ich je jemanden gewollt habe. Ich wusste nicht, ob ich bereit war, etwas dafür zu tun. Jetzt bin ich es. Jetzt bist du am Zug.«

Ich hielt einen Moment lang still, bevor ich mit meinen Fingern ihre Schulter hinunterglitt, über ihren kleinen, festen Nippel und dann über die weiche Kurve ihrer Hüfte streichelte. Dort zu stoppen, erforderte all meine Zurückhaltung, aber ich schaffte es.

Ich trat einen Schritt zurück. »Du schuldest mir ein Date. Sag mir jetzt, ob du einen Rückzieher machst. Wenn ja, lasse ich dich in Ruhe, aber spiel keine Spielchen mit mir.«

Hollys Atem kam in flachen, kurzen Atemzügen. Sie bewegte ihre Beine und ich hörte, wie sie ihre Schenkel aneinander rieb, kaum merklich. Ich hatte nicht vergessen, wie feucht sie letztes Jahr gewesen war, als ich den Verstand verloren und sie auf einer Party fast flachgelegt hatte.

Sie starrte mich an und hob ihr Kinn leicht an. »Ich mache keinen Rückzieher. Wann und wo?«

»Deine Entscheidung. Aber nicht heute Abend. Lass mich aber eines klarstellen. Es wird ein richtiges Date sein. Du kannst nicht sagen, lass uns im Wildlands etwas trinken oder auf einen Kaffee ins Firehouse Café gehen. Auf keinen Fall. Abendessen und ein Hotelzimmer. Immerhin habe ich fünftausend Dollar bezahlt.«

»Ich bin nicht deine Hure«, erwiderte sie.

Ich verringerte den Abstand zwischen uns erneut, beugte mich vor und fing ihre Lippen in einem weiteren Kuss ein. Sie zu küssen war wie ein Spiel mit Dynamit. Ich klammerte mich an meine Kontrolle und zog mich zurück.

»Nein, das bist du absolut nicht. Du willst das genauso sehr wie ich.«

Kapitel Drei

HOLLY

Ich lehnte mich über den Schreibtisch in der Krankenpflegestation und umklammerte meine kalte Tasse Kaffee. Es war kurz vor Mitternacht, normalerweise eine ruhige Zeit im Willow-Brook-Krankenhaus in der Notaufnahme. Ich nahm einen Schluck von meinem Kaffee und drehte mich um, als ich meinen Namen hörte. Und wie es der Teufel wollte, verschüttete ich den Rest des Kaffees über die Vorderseite meines Kittels, als ich einen Schluck nehmen und mich gleichzeitig bewegen wollte.

Und schaute direkt in die Augen von Nate Fox.

Großartig, einfach großartig.

Nates Lippen kräuselten sich an den Ecken zu einem langsamen Grinsen, was prompt Schmetterlinge in meinem Bauch aufsteigen ließ und mir die Röte in die Wangen trieb.

»Hallo, Holly«, sagte er langsam, und sein Blick fiel auf den Kaffee, der sich vollständig über meine Brüste ergossen hatte.

»Scheiße«, murmelte ich. Als ich mich umdrehte,

fiel mein Blick auf eine Schachtel Taschentücher, die in der Ecke des Schreibtisches stand. Ich schnappte mir eine Handvoll, versuchte, mir, nicht sehr erfolgreich, den Kaffee abzutupfen, und warf sie in den Mülleimer.

»Schon viel besser«, bemerkte Nate schmunzelnd.

Ich versuchte, mich zu sammeln und blickte mit einem resignierten Seufzer auf. »Hey, Nate. Was kann ich für dich tun? Du siehst nicht verletzt aus.«

Er hob sein Handgelenk an, und da bemerkte ich die Schwellung.

»Ich bin mir nicht sicher, ob ich sie mir gebrochen oder verstaucht habe«, erklärte er sachlich.

»Oh, okay, dann bringen wir dich mal in ein Zimmer, damit wir uns das ansehen können. Folge mir«, sagte ich, stellte meinen Kaffee ab und eilte hinter dem Empfangstresen der Schwesternstation hervor.

Ich war besorgt, dass Nate verletzt war, aber auch sehr erleichtert, dass ich mich auf etwas konzentrieren konnte. Mein Körper fing jedes Mal Feuer, wenn ich daran dachte, als ich ihn das letzte Mal gesehen hatte. Und das tat ich oft. *Sehr*, sehr oft.

Ob Nate Schmerzen hatte, war nicht zu erkennen. Aber er war die Art von Mann, die Schmerzen mit Fassung trug. Er war auch die Art von Mann, die mich in den Wahnsinn trieb. Ich wollte nicht darüber nachdenken, wie sehr Nate meine Gedanken und meinen Körper in Beschlag genommen hatte. Aber im Moment war ich voll und ganz im Arbeitsmodus.

Er war ein echter Mann und viel zu gutaussehend für sein eigenes Wohl. Mit seinen dunkelbraunen Haaren, den passenden Augen und einem Körper, der einem das Wasser im Munde zusammenlaufen ließ, brachte er eine Menge Frauen zum Schwärmen.

Außerdem war er Buschpilot und flog mit Hubschraubern und Flugzeugen durch die Lüfte Alaskas, um Abenteuerlustige in die Wildnis zu befördern, Vorräte zu liefern und Feuerwehrleute bei ihren Einsätzen zu unterstützen. Er war risikofreudig und abenteuerlustig, und er hatte es geschafft, mir unter die Haut zu gehen. Er trieb mich in den Wahnsinn und unser letztes kleines Intermezzo hatte mich fast um den Verstand gebracht.

Ich verdrängte diese Gedanken in den hintersten Winkel meines Kopfes und schritt mit ihm an meiner Seite den Flur hinunter. Er war dominant und verströmte eine aufreizende Sinnlichkeit, die meinen Körper zum Brummen brachte. Ich zwang mich, mich auf den Augenblick zu konzentrieren. Jetzt gerade war er zu später Stunde hier, weil er sich an der Hand verletzt hatte. Als diensthabende Oberschwester der Notaufnahme musste ich meinen verdammten Job machen.

Ich ermahnte mich selbst, dass ich professionell sein und mich nicht von meinen lästigen Gedanken ablenken lassen sollte. Als Krankenschwester in der Notaufnahme einer kleinen Stadt wie Willow Brook behandelte ich häufig Patienten, die zu meinen Freunden und zur Familie gehörten. Das brachte der Job so mit sich. Normalerweise dachte ich nicht groß darüber nach, aber Nate zu behandeln würde mich an meine Grenzen bringen.

Nach unserer letzten engen Begegnung hatte ich alles getan, um jede Art von Interaktion mit ihm zu vermeiden. Was nicht leicht war, wie ich hinzufügen möchte. Er war mit allen meinen engsten Freunden befreundet, der beste Freund meines Bruders, und seine Schwägerin war zufällig *meine* beste Freundin.

Ich blieb vor der Tür eines leeren Untersuchungsraums stehen und winkte ihn herein. »Komm rein. Ich kontrolliere kurz, ob wir ein Röntgenbild anordnen müssen.«

Er rutschte auf einen Stuhl nahe der Arbeitsplatte an der Wand. Als ich mich auf einen Drehstuhl setzte und mich zu ihm hin drehte, hielt er seine Hand in die Höhe. Ich nahm sie vorsichtig in meine. Sie fühlte sich warm an und war um die Knöchel herum geschwollen. »Was ist passiert?«

Ich sah ihm in die Augen, und ein elektrischer Funke durchzuckte mich. Du lieber Himmel. Diese Augen – dunkel und gefährlich und stets mit einem neckischen Glitzern.

Er hob achselzuckend die Schulter. »Ich habe an meinem Flugzeug gearbeitet und dabei versehentlich die Blöcke um einen Reifen gelöst, und eines der Räder ist mir über die Hand gerollt. Das hat höllisch wehgetan. Zuerst habe ich es ignoriert und einfach weiter gearbeitet. Jetzt ist sie ziemlich geschwollen, falls du das nicht bemerkt hast«, sagte er mit einem leisen Kichern.

»Oh, das habe ich bemerkt. Auf einer Skala von eins bis zehn – ich meine es jetzt ernst –, wo würdest du die Schmerzen einordnen?«, fragte ich, während ich vorsichtig tastete, um zu sehen, ob etwas gebrochen war. Leider war die Schwellung so stark, dass es schwer zu sagen war.

Ich legte seine Hand sanft auf die Armlehne seines Stuhls und drehte mich weg, um den Laptop auf dem Rollständer näher zu mir zu ziehen.

»Vielleicht eine Fünf«, meinte er.

»Nur eine Fünf?«

»Ich nehme diese Skala sehr ernst«, sagte er, wobei sein Lachen seinen Kommentar widerlegte. »Ich

schätze, eine Zehn würde bedeuten, dass ich ange-
schossen wurde oder schwere Verbrennungen habe
oder so etwas in der Art. Versteh mich nicht falsch, es
tut verdammt weh. Es pocht, und ich hoffe, dass du
mich mit einem Schmerzmittel nach Hause schickst,
damit ich heute Nacht wenigstens schlafen kann. Ich
werde es aber überleben, also bleibe ich bei einer
Fünf.«

Ich konnte nicht anders, als ebenfalls zu lächeln.
»Na gut, klingt nach einer Fünf. Moment.« Ich klickte
auf den rechten Bildschirm des Computers und tippte
auf das Mikrofon, um die Radiologie anzurufen. »Hey
Tad«, sagte ich, sobald er abnahm. »Ich habe Nate Fox
hier oben, und wir müssen seine Hand röntgen. Nach
der Schwellung zu urteilen, kann ich nicht sagen, ob
sie gebrochen oder nur schwer geprellt ist. Ich will
nicht zu viel daran herumfummeln, sie ist ziemlich
geschwollen.«

Tads Lachen drang durch die Leitung. »Lass mich
raten, Nate hat noch etwas gewartet, bevor er hergekommen ist?«

Tad war mit Nate und mir auf der Highschool, wir
kannten uns also alle.

Nate rief dazwischen: »Verdammt, ja, ich habe
abgewartet. Aber jetzt fühle ich mich wie ein Idiot,
also mach dich ruhig lustig über mich.«

»Ich bin gerade mit jemandem fertig, also gib mir
zehn Minuten«, antwortete Tad.

»Verstanden.« Ich tippte auf die Hörertaste, um
das Gespräch zu beenden. »Also, wir warten ein paar
Minuten, und dann schicke ich dich runter in die
Radiologie.«

Nates Blick glitt zur Seite und blieb an meinem
hängen. Für einen kurzen Moment durchfuhr mich

eine unglaubliche Hitze. Dann zwinkerte er mir zu, woraufhin mein Bauch einen Salto schlug. Ich wandte mich hastig ab, stand auf und schob meinen Laptop auf die Ablage. Alles, um ein wenig Abstand von ihm zu gewinnen. Ich lenkte meine Aufmerksamkeit auf das elektronische Krankenblatt und machte ein paar Einträge, während ich tippte. »Dr. Lane wird dich wahrscheinlich mit einem Schmerzmittel nach Hause schicken, aber du musst warten, bis du zu Hause bist, um es zu nehmen.«

Als ich zu ihm hinüberblickte, verengte Nate seine Augen. »Wenn du damit sagen willst, dass ich meine Schmerzmittel sofort nehmen soll und du mich dann nach Hause fährst, werde ich alles tun, was du sagst«, erklärte er mit einem tiefen, vielsagenden Ton in der Stimme.

»Nein, danke«, sagte ich schnell und ignorierte geflissentlich den kleinen Schauer, der mich bei seinem heißen Blick durchfuhr.

Nate stand von seinem Stuhl auf. Mit einem Schritt war er direkt vor mir. Ich war zwischen ihm und der Arbeitsfläche eingeklemmt und konnte nirgendwo hin. Er legte seine Hände jeweils auf eine Seite von mir, wobei er seine verletzte Hand auf der Oberseite der Arbeitsfläche abstützte und mich quasi mit seinen Armen einkesselte.

Mein Puls raste, mein Atem ging stoßweise, und eine Hitzewelle schoss durch meine Adern.

»Wir haben noch etwas zu erledigen«, sagte er schlicht und einfach.

Mit einem tiefen Atemzug versuchte ich meine Gedanken und meinen Körper – meinen verräterischen Körper, dessen Brustwarzen sich aufrichteten und um Nates Aufmerksamkeit bettelten – verzweifelt unter Kontrolle zu bringen. Sein Blick fiel auf meinen kaffeebefleckten Kittel und dann wieder auf mich, wobei das wissende Glitzern in seinen Augen die Hitze in mir nur noch steigerte.

»Ich weiß nicht, wovon du sprichst«, erwiderte ich schließlich, was natürlich absolut gelogen war.

Nates Grinsen machte mich irgendwie wütend.

»Wir haben uns geküsst. Das war's«, murmelte ich.

»O Holly«, raunte er und gluckste. »Das war nicht nur ein Kuss. Du willst mich, und ich will dich. Lass uns dem einfach ins Auge sehen und handeln.«

Verdammt.

Das Problem war, dass ich Nate nicht nur wollte. Ich war wahnsinnig in ihn verknallt, aber ich wollte es auf keinen Fall zugeben. Er war für mich mehr als nur sexy. Er brachte mich dazu, Dinge zu wollen, von denen ich wusste, dass sie ein kolossales Chaos bedeuten würden. Wir hatten zu viele gemeinsame Freunde. Willow Brook war zu klein, als dass wir uns in diese heiklen Gewässer begeben und so etwas Dummes wie eine »Freundschaft mit gewissen Vorzügen« ausprobieren könnten.

Ich hatte bereits vor Jahren den tragischen Tod meines Highschool-Freundes durchgestanden und es irgendwie geschafft, ihn zu überwinden. In einer Kleinstadt ist das nicht so einfach, da jeder weiß, was vor sich geht. Ich war mir verdammt sicher, dass ich mich nicht in den Wahnsinn zwischen Nate und mir hineinziehen lassen würde, wo ich doch wusste, dass er nur eine kurze Affäre wollte.

Nate Fox war praktisch ein Profi in Sachen Quickies. Er war kein Arschloch, aber er war auch kein Typ für etwas Ernstes.

Ich hatte langsam das Gefühl, dass ich wohl für den Rest meines Lebens Single bleiben würde. Meine Freunde fielen wie Dominosteine – verliebten sich, heirateten und bekamen Babys – und ich fühlte mich in letzter Zeit ein wenig außen vor.

Als ich mit Nate dastand, dessen harter, muskulöser Körper eine unwiderstehliche Versuchung darstellte, nahm ich ihn einen Moment lang in mich auf – sein dichtes braunes Haar und seine Espresso-Augen. Die Natur war viel zu großzügig mit Nate gewesen. Er hatte einen kantigen Kiefer mit einem Grübchen in der Mitte seines Kinns. Um Himmels willen, er hatte sogar ein Grübchen auf einer seiner Wangen, wenn er grinste. Seine Nase war leicht schief, weil er sie sich einmal gebrochen hatte, als er als Kind vom Fahrrad gefallen war.

Wenn man mit jemandem aufgewachsen ist, kennt man all die kleinen Details. Ich war schon in der Highschool ein wenig in ihn verknallt. Damals hatte er mich keines einzigen Blickes gewürdigt. Wir waren Freunde, mehr nicht. Sein älterer Bruder, Caleb, war mit meiner besten Freundin Ella zusammen. Calebs bester Freund, Jake, und ich hingen daraufhin ständig zusammen ab, und schließlich kamen wir zusammen. Ich mochte Jake, und wir hatten viel Spaß zusammen, aber ich hatte nie den Eindruck, dass er die Liebe meines Lebens war. Dann starb Jake bei einem tragischen Autounfall, und ich hatte keine Ahnung, wie ich das überstehen sollte.

Ich wurde von der Stimme gerettet, die meinen Namen über die Lautsprecher ausrief. Ich schluckte erleichtert, als Nate einen Schritt zurücktrat. »Die Radiologie ist im Erdgeschoss. Nimm einfach den Aufzug und folge den Schildern. Tad wird dir sagen, wohin du danach gehen musst«, erklärte ich knapp.

Nachdem ich Nate in die Radiologie geschickt hatte, beschloss ich, dass ich für heute Abend Ruhe vor ihm haben würde. Tad würde Nate als Nächstes zum Arzt schicken. Ich widmete mich also dem nächsten Patienten. Dieser Mann hatte offenbar beschlossen, allein in seiner Garage mit einer Säge zu arbeiten, und sich dabei fast den Finger abgeschnitten. Offenbar hatte er es für eine gute Idee gehalten, die Schutzvorrichtung abzunehmen.

Kapitel Vier

HOLLY

Eine gute Stunde später ging ich am Ende meiner Schicht den Flur hinunter. Das Willow-Brook-Krankenhaus war satte drei Stockwerke hoch. Die Notaufnahme befand sich im zweiten Stock, weil das Krankenhaus in einen Hang hineingebaut worden war und sich die Parkplätze für die Notaufnahme im zweiten Stock befanden. Die untere Etage war teilweise unterirdisch, wobei sich die Parkplätze für das Personal in der untersten Etage am anderen Ende des Krankenhauses befanden.

Ich betrat den Aufzug und war überrascht, Nate zu sehen. Ich hatte angenommen, dass er schon längst weg war. Mein Herz begann wild zu klopfen, als mein Blick auf ihm landete. Es war schon spät, eine gute Stunde nach Mitternacht. Niemand sonst war in dem Aufzug.

Seine Mundwinkel verzogen sich zu einem verschmitzten Grinsen. »Hallo, noch mal. Ich wurde gerade entlassen. Nichts gebrochen, nur stark geprellt«, verkündete er und hielt seine Hand hoch, die in einer Schiene steckte. »Sie wollen, dass ich das Ding trage, damit ich die Hand nicht durch zu viel Bewegung noch weiter verletze.«

Ich versuchte, meinem Herz zu befehlen, sich zu beruhigen, aber es ignorierte mich geflissentlich und hämmerte unaufhörlich gegen meine Rippen, während die Hitze durch meine Adern strömte. Nachdem Nate und ich vor über einem Jahr unser kleines Erlebnis in der Garderobe gehabt hatten, glaubte ich, es hätte mich übel erwischt. Aber ich hatte die Dinge unter Kontrolle bekommen, und dann musste diese dumme Spendenaktion stattfinden.

Das war letzten Oktober an Halloween gewesen. Wir hatten jetzt Mitte Januar. Ich hatte nicht vergessen, was er gesagt hatte, als er in jener Nacht weggegangen war. Ich war am Zug. Nate hatte fünftausend Dollar für ein Date mit mir bezahlt. Es hätte keine große Sache sein sollen, aber ich hatte seither nicht den Mut aufgebracht, ihn darauf anzusprechen. Ich hatte es jedoch zu einem *Riesending* in meinem Kopf gemacht.

Und jetzt waren wir hier, in einem Aufzug. Allein.

Feige, wie ich war, fragte ich: »Wolltest du auf dieser Etage aussteigen?«

Nates dunkle Augen verengten sich. Ich hatte das Gefühl, als könnte er direkt durch mich hindurchsehen, in all meine verworrenen Unsicherheiten. Er schüttelte den Kopf. »Nein.«

Er griff mit seiner heilen Hand an mir vorbei und drückte auf den Knopf, um die Türen zu schließen, und dann sofort auf den Knopf, um den Aufzug zu stoppen. Im Nu war er neben mir. Ich krümmte meine Hände um die schmale Stange, die die Wände im Inneren des Aufzugs umgab, und hielt mich daran fest, als würde mein Leben davon abhängen.

Ich konnte seine Hitze und Stärke spüren. Wenn

ich bisher gedacht hatte, dass mein Herz schnell schlug, nahm es jetzt volle Fahrt auf. Mein Atem kam in flachen Zügen, mein Bauch drehte sich und mir wurde von Kopf bis Fuß heiß. Ich wusste, dass meine Wangen leuchtend rosa sein mussten, weil mein Gesicht geradezu glühte. Mein Unterleib spannte sich an, und ich versuchte, nach Luft zu schnappen.

Nate bewegte sich zielstrebig und überlegt und platzierte erst die eine, dann die andere Hand auf beide Seiten von mir. Seine gestreckte Hand stützte sich nur leicht auf die Metallstange, während die andere sie umschloss. Ich schaute auf und bemerkte, wie sein intensiver Blick über mein Gesicht glitt. Er war so nah, dass, als ich versuchte, tief Luft zu holen, meine Brüste gegen seine Brust drückten.

»Also ...«, murmelte er. »Für mich sieht es so aus, als würdest du kneifen.«

Ich wollte protestieren und einwenden, dass ich nicht wüsste, wovon er sprach. Aber ich wusste sehr wohl, was er meinte. Ich biss mir mit aller Kraft auf die Zunge, um nicht zu widersprechen. Nach einem Moment gelang es mir, mich wieder zu fassen.

»Nein, das tue ich nicht. Ich warte nur auf den richtigen Zeitpunkt«, murmelte ich und hob mein Kinn an.

Lügnerin!

»Ach wirklich? Und wann, würdest du sagen, ist der richtige Zeitpunkt?«

»Wenn du eine Rückerstattung willst, rufe ich die Organisatoren der Spendenaktion an und erkläre, dass ich es vermasselt habe. Oder noch besser, ich erstatte es dir einfach selbst.«

»Das ist doch Wahnsinn. Du hast doch keine fünf Riesen herumliegen.«

Er hatte völlig recht. Mein Angebot war nichts

weiter als ein Zeichen meiner Verzweiflung. Ich glaubte nicht, dass ich das tun könnte. Ich war zwar schon seit Jahren scharf auf Nate, aber ich ertrug den Gedanken daran nicht, wie die Sache ausgehen würde.

Nate war ein Aufreißer. Schlicht und einfach. Ich kannte ihn schon ewig. Da er der beste Freund meines Zwillingsbruders war, kannte ich seine Datinggewohnheiten, wenn man es so nennen konnte. Ich war nicht auf der Suche nach einer lockeren Beziehung und ich wollte auch nicht, dass mir das Herz gebrochen wurde. Ich mochte Nate *viel* zu gern, als dass ich so eine lächerliche »Freunde mit gewissen Vorzügen«-Vereinbarung für möglich halten würde. Das würde *niemals* funktionieren.

»Es geht nicht ums Geld, Holly«, fügte Nate hinzu, in einem leisen Ton, der mir einen heißen Schauer über den Rücken jagte.

Ich schluckte und versuchte, einigermaßen Luft in meine Lungen zu bekommen. Damit erreichte ich jedoch nur, dass meine Brüste wieder seine Brust berührten, wohl wissend, dass er wahrscheinlich die festen Spitzen meiner Brustwarzen spüren konnte. Sie winkten ihm praktisch entgegen, und das ganz ohne meine Erlaubnis.

Ich wollte ihm widersprechen und darauf bestehen, ihn mit Geld zu entschädigen, das ich nicht einmal hatte. Aber als ich den Mund öffnete, um zu sprechen, kam nichts heraus. Um ehrlich zu sein, war ich in diesem Moment gar nicht in der Lage zu sprechen. Vielmehr drehte sich mein Körper wie wild, mir war heiß und mein Höschen war klatschnass. Die Situation war mir so unendlich peinlich. Und zu allem Übel wusste ich außerdem, dass Nate den Ruf hatte, ziemlich gut im Bett zu sein. Willow Brook war nicht besonders groß, und er war unter den alleinstehenden

Frauen der Stadt und den Touristinnen, die im Sommer hierher strömten, äußerst beliebt.

Während ich mich bemühte, einen vollständigen Satz zu formulieren, löste er seine unverletzte Hand von der Stange, hob sie an und ließ seine Finger durch mein Haar gleiten. Er strich mir ein paar lose Strähnen aus der Stirn und hinters Ohr, und als seine Finger meine Haut berührten, bekam ich eine Gänsehaut.

»Du hast Angst«, murmelte er.

Ich schüttelte wild den Kopf, wütend und so erregt wie noch nie zuvor in meinem Leben.

»Okay, dann beweise es.«

»Na schön«, willigte ich schließlich ein, angetrieben von meiner Wut. Sie traf mich wie eine Peitsche, vermischte sich mit meinem unbändigen Verlangen und machte mich innerlich einfach wild, so heiß und erregt, dass ich kaum denken konnte. »Du bekommst dein Date. Abendessen bei Susitna Burgers & Brew in Anchorage. Am Valentinstag.«

Nates Augen weiteten sich leicht, bevor sie sich erneut verfinsterten. »Okay, vielleicht bist du doch kein Feigling«, murmelte er, bevor er sich nach vorn beugte und seine Lippen auf meine presste.

Diese subtile Berührung löste ein heißes Kribbeln auf meinen Lippen aus, woraufhin er sich leicht zurückzog, nicht weiter als einen Zentimeter. Nach einem gemurmelten Fluch presste er seinen Mund wieder auf meinen.

O. Mein. Gott.

Es gab Küssen und dann gab es das hier. In dem Moment, als Nate seinen Kopf neigte und seine Zunge in meinen Mund schob, war ich verloren. Seine Zunge glitt gegen meine, und mit jeder Berührung spannte sich mein Inneres immer mehr an. Seine Hand glitt durch meine Haarspitzen, meine Schulter hinunter, streichelte leicht über meine Brüste und fasste eine davon durch den dünnen Stoff meines Kittels.

Als sein Daumen über die schmerzende Spitze einer Brustwarze strich, stöhnte ich in seinen Mund und keuchte, als er näher kam und ich die Hitze seiner Erregung gegen meinen Unterleib drücken konnte. Unser Kuss wurde wild. Mit einem leisen Knurren löste er seine Lippen von meinen, streute Küsse auf meinen Kiefer, knabberte an meinem Ohrläppchen und ließ mich erschaudern. Ich konnte nicht genug bekommen. Es war nicht so, dass ich nicht gewusst hätte, dass Nate nur aus Muskeln bestand, nur aus Männern, aber seinen Körper an meinem zu spüren, seine harte, muskulöse Brust, das Gefühl, wie sich sein Rücken anspannte, als er sich gegen mich bewegte - süße Hölle, ich war erledigt.

Er machte mich verrückt. Ich stöhnte und keuchte, meine Hüften drängten sich an ihn, als sein Knie zwischen meine Schenkel glitt.

»Fuck, Holly«, murmelte er, und die Bewegung seiner Lippen kitzelte die empfindliche Haut an meinem Hals, während er sich einen Weg in das Tal zwischen meinen Brüsten küsste.

Ich verlor alles aus den Augen, als er eine Hand unter mein Oberteil schob. Irgendwann schob er es ganz hoch und beugte sich tief hinunter, um seine Zunge um eine Brustwarze und dann um die andere zu wirbeln, direkt durch die Seide meines BHs. Glitschige Feuchtigkeit bildete sich zwischen meinen Schenkeln, ein süßer, stetig wachsender Schmerz.

Ich hörte aus der Ferne meine Stimme, die seinen Namen keuchte und um mehr bettelte.

»Ich muss dich berühren«, knurrte er und knabberte mit den Zähnen an einer Brustwarze.

Seine Hand strich über die Wölbung meines

Bauches. Ich würde zwar nicht behaupten, dass OP-Kleidung sexy war, aber sie erleichterte definitiv den Zugang. Mit einem Ruck am lockeren Band um meiner Taille ließ er seine Hand zwischen meine Schenkel gleiten. Ich zögerte nicht und spreizte meine Beine weiter, als er ein Knie zur Seite schob. Er rieb mit seinen Fingern über die feuchte Seide, und ich unterdrückte ein Stöhnen.

Ich dachte nicht mehr nach. *Überhaupt nicht.* Alles, was ich wusste, war, dass es nicht aufhören durfte. Zum Glück schien Nate das genauso zu sehen. Er streichelte noch einmal über die Seide, dann schob er sie beiseite und versenkte erst einen, dann zwei Finger in mir. Ich war tropfnass - nur seinetwegen. Ich spürte, wie er seinen Kopf anhob, wo er bis vor Kurzem mit seinen Lippen an meinem Schlüsselbein entlang gekitzelt hatte.

»Holly«, murmelte er, und allein seine Stimme warf einen weiteren heißen Funken in das Feuer, das in mir tobte.

Als ich die Augen aufschlug, sah ich seinen dunklen Blick, der mich erwartete. Er fuhr fort, mich mit seinen Fingern direkt bis an den Abgrund zu treiben. Ich vergaß alles - wo wir waren, all die rationalen Gründe, warum ich das nicht zulassen sollte, wie ich es hasste, mich bei irgendjemandem so verletzlich zu fühlen, schon gar nicht bei ihm. Ich jagte der süßen Erlösung hinterher und schrie auf, als er mit seinem Daumen über meine geschwollene Knospe strich, während er mit seinem Finger tief in mich eindrang.

Wenn es tatsächlich möglich war, dass dich jemand mit einem Blick ficken konnte, dann hatte Nate das irgendwie geschafft. Die brennende Hitze seines Blicks steigerte die Erregung, die mich durchströmte, ins Unermessliche und die Lust raste in glühenden

Funken durch meinen Körper. Mein Kopf fiel gegen die Wand des Fahrstuhls, während ich nach Luft rang.

Nate zog langsam seine Hand zurück, seine Augen waren die ganze Zeit auf mich gerichtet. Ich war mir ziemlich sicher, dass ich zu Boden geschmolzen wäre, wenn er mich nicht aufrecht gehalten hätte. Er band sogar den Bund meiner nicht ganz so sexy OP-Hose zu und rückte mein Oberteil zurecht. Gerade als mein Gehirn wieder zur Vernunft zurück flackerte, ertönte ein lautes Knistern, gefolgt von einer Stimme über den Lautsprecher im Aufzug. »Test, Test. Ist alles in Ordnung, oder steckt der Aufzug fest?«, fragte eine Männerstimme.

»O mein Gott«, murmelte ich.

Nate fand das witzig, sein Blick blieb an meinem hängen, während sich seine Lippen zu einem Grinsen verzogen, das mir nur einen weiteren heißen Schauer der Begierde über den Rücken jagte und mir bewusst machte, was gerade passiert war.

Ich stemmte mich gegen seine Brust. Eine sinnlose Aktion, denn er bewegte sich keinen Zentimeter.

Er hob den Kopf und antwortete demjenigen, der am anderen Ende des Lautsprechers saß. »Alles in Ordnung.« Er tippte auf den Knopf, um den Aufzug in Bewegung zu setzen, und wich schließlich von mir zurück.

Die Realität dessen, was sich gerade ereignet hatte, traf mich wie ein harter Schlag. Gott sei Dank gab es in diesem Aufzug keine Kameras. Nicht, dass ich wüsste.

Na toll, noch etwas, worüber du zwanghaft nachdenken kannst.

Die Fahrt ins Erdgeschoss verlief schweigend. Als wir ausstiegen, legte sich Nates Hand auf meinen Rücken. Ich konnte mich nicht überwinden, zu sprechen, geschweige denn, seine Hand wegzuschlagen. Das war mein Problem bei ihm. Jedes Mal, wenn wir uns berührten, wollte ich nur *noch mehr* davon.

Meine Jacke war über meinen Arm geworfen und ich hielt sie fest umklammert. An der Tür hielt ich inne, löste mich schließlich von ihm und schloss schnell den Reißverschluss. Meine Brustwarzen waren immer noch so steif, dass sie schmerzten.

Mit immer noch glühenden Wangen begegnete ich seinem Blick. »Man sieht sich«, murmelte ich schließlich.

»Mit Sicherheit. Ich rufe dich am Tag vor dem Valentinstag an.«

Vier lange Wochen lagen vor mir.

Kapitel Fünf

NATE

Ich neigte das Flugzeug leicht und zielte auf den weit in der Ferne liegenden Denali. Das war der verdammt beste Job der Welt. Ich flog Flugzeuge und Hubschrauber in ganz Alaska, manchmal für Touristen, manchmal für den Transport und manchmal nur zum Spaß.

Statistisch gesehen war mein Job riskant. Die Zahl der Flugunfälle in Alaska schwankte von Jahr zu Jahr, lag aber seit Jahren etwa doppelt so hoch wie der nationale Durchschnitt. Ich liebte es jedoch, und das Risiko war es mir wert. An jedem einzelnen Tag in der Luft erstreckte sich die Wildnis vor meinen Augen. Die natürliche Kathedrale Alaskas war atemberaubend. Berge, die Sonne, die durch die Wolken brach, Gletscher, kilometerlange, ununterbrochene Wälder, Flüsse, die in der Sonne glitzerten, und der Ozean, der einen immer wieder daran erinnerte, wie klein man im Universum war.

Trotz der Risiken liebte ich das Fliegen nicht wegen des Rausches. Ich liebte es wegen des Gefühls der Freiheit, das es mir gab. Außerdem war die Bezahlung verdammt gut, und ich war weitgehend mein eigener Chef. Ich leitete ein kleines Luftfahrtunternehmen mit Sitz in Willow Brook und arbeitete mit einigen der größeren Unternehmen in Anchorage zusammen.

Während des Sommers war jeder Tag anders. Meine Arbeit war keineswegs eintönig. Manchmal führte ich Flüge durch, um Feuerwehrleute abzuholen, oder warf Feuerschutzmittel über Brände ab. An anderen Tagen beförderte ich Touristen zum Angeln und zur Jagd. An anderen Tagen flog ich einfach Leute durch die Gegend.

Ich schwenkte das Flugzeug langsam, als ich die abgelegene Lodge vor mir auftauchen sah, die am Rande eines malerischen Sees mitten im Nirgendwo Alaskas lag. Luftlinie lag sie nur etwa zwei Stunden nordwestlich von Willow Brook. Alle anderen Verbindungen dorthin bedeuteten eine zermürbende Reise über zerklüftetes Gelände in völliger Wildnis.

Das Konzept einer Start-und-Lande-Bahn war in Alaska ganz anders als anderswo. In abgelegenen Gebieten konnte es sich um einen Schotterstreifen, eine Wiese oder einen See handeln. An diesem Ort gab es tatsächlich einen Schotterstreifen von etwa einer halben Meile Länge, gerade lang genug für eine Landung. Im Winter könnte es brenzlig werden, aber das Wetter war auf unserer Seite und die Besitzer der Lodge hielten die Landebahn gut instand.

Als ich mit dem Hubschrauber für die Feuerwehr im Hinterland geflogen bin, musste ich lernen, unter allen möglichen Bedingungen blitzschnell zu landen, um die Leute sicher rein- und rauszubringen. Ich liebte diese Präzision. Mit einer sanften Landung setzte ich mein Flugzeug ab, verlangsamte das Tempo und kam am Rand der Landebahn zum Stehen. Heute war es windstill, was immer gut ist. An manchen Tagen fühlte ich mich, als würde ich in einem Wäschetrockner fliegen, da das kleine Flugzeug nur allzu leicht vom Wind durchgeschüttelt wurde.

Einmal gelandet, dauerte es nicht lange, bis ich alle ins Flugzeug geladen hatte. Diese Lodge war für die Hardcore-Outdoor-Typen gedacht. Im Winter waren das in der Regel Skitouristen Diese Gruppe war eine freundliche Bande, die mir half, alles einzuladen, bevor wir abhoben.

Ein paar Stunden später war ich wieder in Willow Brook, schloss den Flugzeughangar ab und ging nach draußen zu meinem Wagen. Mir gehörten das Land und mehrere Hangars am Rande von Willow Brook. Ich hatte das Geld in den ersten Jahren meiner Fliegerei angespart und vermietete nun Hangarflächen an andere Piloten in der Gegend.

Als ich in die kühle Abendluft trat, ging die Sonne gerade unter und färbte den Himmel in sanfte Rosa- und Lavendeltöne. Ich war mit meinem Bruder und einigen Freunden im Wildlands verabredet, einem beliebten Treffpunkt in der Stadt und im Sommer eine beliebte Touristenattraktion.

In einigen Läden brannten Lichter, als ich durch die Innenstadt von Willow Brook fuhr und auf die Nebenstraße abbog, die parallel zur Hauptstraße verlief, die Swan Lake Road. Der Swan Lake, das Herzstück von Willow Brook, schimmerte im Licht der untergehenden Sonne. Der weitläufige See bot allen Arten von Wildtieren eine Heimat, vor allem den Trompeterschwänen, den Namensgebern des Sees. Der See war von Jagdhütten und ein paar kleineren Häusern umgeben, von denen die meisten im Winter geschlossen waren. Wildlands hingegen war das ganze Jahr über geöffnet.

Der Parkplatz hinter dem massiven Fachwerkhaus war fast voll belegt. Ich quetschte meinen Pick-up in eine Ecke und steckte meine Schlüssel ein, als ich durch den Hintereingang eintrat. Wärme und das leise Summen von Stimmen umgaben mich, als ich den Gang hinunter in den Bar- und Restaurantbereich schritt.

Abgewetzte Hartholzböden und freiliegende Balken unterstrichen den praktischen, einladenden Raum. Die Besitzer hatten das Lokal einfach gehalten, mit Holztischen und Stühlen, Billardtischen auf der einen Seite und einer kleinen Bühne auf der gegenüberliegenden Seite für die Musikgruppen, die im Sommer durch die Stadt zogen.

Der Barbereich war immer am vollsten, aber heute Abend war auch das Restaurant gut besucht. Als ich den Blick über die Menge schweifen ließ, blieb mein Blick an Hollys hellblondem Haar hängen. Natürlich war sie hier. Wir verkehrten in denselben Kreisen, was meine Anziehung zu ihr nur noch unangenehmer machte. Vorfreude dröhnte in meinem Körper, wie ein hochdrehender Motor. Es waren gerade mal drei Tage seit unserem Intermezzo im Krankenhaus vergangen, als es mich all meine Disziplin gekostet hatte, sie nicht gegen die Wand des Aufzugs zu ficken.

Ich bahnte mir einen Weg durch die Menge und steuerte direkt auf Holly zu, weil ich wusste, dass mein Bruder dort sein würde, und wahrscheinlich auch Hollys Zwillingsbruder Alex. Die Schwärmerei für Holly reichte viel weiter zurück, als sie wusste. Wir waren zusammen aufgewachsen, unsere kleinen Welten überlappten sich in Willow Brook. Erst in der Highschool merkte ich, dass sie nicht nur die nervige Schwester meines besten Freundes war. Alex hänselte sie ständig, und ich machte mit. Als wir Kinder waren, hatte ich mir darüber nicht viele Gedanken gemacht, jedenfalls nicht damals. Damals war Holly eigensinnig, rechthaberisch und ein richtiger Tomboy gewesen.

Eines Tages, in der Schule, sah ich sie an und wollte sie plötzlich haben. Unbedingt. Sie war immer etwas frühreif gewesen, was ihre Entwicklung betraf, aber eines Tages bemerkte ich plötzlich, dass sie ziemlich große Brüste und einen üppigen Hintern hatte. Da ihr Zwillingsbruder und ich praktisch unzertrennlich waren, war ich oft bei ihnen zu Hause. Sie tänzelte in Tanktops und abgeschnittenen Jogginghosen herum, ohne zu bemerken, dass diese Outfits ihre Vorzüge viel zu gut zur Geltung brachten.

Jahre später weiß ich, dass es nicht viel mehr als Lust war. Verdammt, Jungs im Teenageralter dachten praktisch nur mit ihrem Schwanz. Ich habe jedoch nie etwas unternommen. Erstens kam erschwerend hinzu, dass ihr Bruder mein bester Freund war, und dann fing sie an, mit Jake Green auszugehen. Ich wusste damals nicht, wie viel er ihr bedeutete, aber es machte mir Spaß, sie mit ihm aufzuziehen. Und dann brach alles zusammen.

Ein vereister Highway in Alaska, ein betrunkener Fahrer, der in die entgegengesetzte Richtung fuhr, und vier junge Leute in einem tragischen Autounfall – mein älterer Bruder Caleb, seine Freundin und Hollys beste Freundin, Ella, Holly und Jake.

Jake starb, als er aus dem Fahrzeug geschleudert wurde. Alle anderen überlebten, obwohl Ella verdammt nah dran war, nicht durchzukommen und wahrscheinlich gestorben wäre, wenn Caleb sie nicht aus dem Wrack gezogen hätte.

Der Unfall hatte einen schmerzhaften Nachhall in der kleinen, heilen Welt von Willow Brook hinterlassen. Es war ein Schock für alle gewesen. An einem Tag war Jake noch am Leben, und am nächsten Morgen erfuhren wir alle, dass er tot war. Währenddessen kämpfte Ella wochenlang auf der Brandopferstation in Anchorage um ihr Leben.

Holly hatte sich ein paar Beulen und blaue Flecken zugezogen. Caleb kam nur mit ein paar Kratzern davon, während er in eine emotionale Krise geriet, als Ella mit ihm Schluss machte. Sie waren jetzt wieder zusammen, aber es hatte Jahre gedauert, bis sie diese Brücke überqueren konnten.

Für jeden von uns, der sich im unmittelbaren Umfeld der emotionalen Auswirkungen des Unfalls befand, wurden sämtliche lustigen Dinge des Teenagerdaseins auf Eis gelegt. Holly und ich hielten einen höflichen Abstand. Ich wusste nicht einmal annähernd, wie ich jemanden in dieser Situation trösten sollte, und das war noch untertrieben. Ich versuchte einfach, niemanden zu verärgern – weder Caleb noch Ella und schon gar nicht Holly. Witzeleien, meine Standardreaktion auf alles, damals wie heute, fühlten sich völlig falsch an.

Holly war in Willow Brook geblieben und nur vorübergehend weggezogen, um in Anchorage die Krankenpflegeschule zu besuchen. Ich ging auf die Flugschule und konzentrierte mich darauf, meinen Pilotenschein zu machen, damit ich kleine Flugzeuge und Hubschrauber fliegen durfte. Die Dinge veränderten sich zwischen uns, und ich zwang meinem Körper, sich nicht mehr nach ihr zu sehnen.

Das war Jahre her. Jetzt war alles anders. Als ich mich dem großen runden Tisch näherte, bemerkte ich, dass der einzige leere Stuhl neben Holly stand. Volltreffer. Ich ließ mich darauf nieder und scannte den Tisch. Caleb war hier und hatte seinen Arm um Ellas Schultern gelegt. Caleb und ich hatten die gleichen braunen Haare und Augen, während Ella dunkelbraune Haare und grüne Augen hatte. Zum ersten Mal seit Jahren schien Caleb wieder er selbst zu sein.

Der Unfall hatte ihn fast zerrissen. Sein bester Freund war gestorben und seine Freundin war kurz davor gewesen. Ella und Caleb gehörten zu den seltenen Paaren, die sich bereits in jungen Jahren kennengelernt hatten, und man hatte schon damals gewusst, dass sie füreinander bestimmt waren. Ich war so verdammt erleichtert, als sie endlich wieder zusammenkamen. Jetzt konnte ich ihn wieder ärgern.

Cade Masters, Ellas älterer Bruder, war zusammen mit seiner Frau Amelia hier. Ein paar hochkarätige Feuerwehrleute waren da, ebenso wie eine von Hollys Freundinnen, Rachel Garrett, eine medizinische Assistentin.

Ich grinste, als Caleb herüberrief: »Hey, wie war der Flug?«

»Ohne Zwischenfälle, genau wie ich es mag. Es war windstill, was bei so einem Wetter nicht immer der Fall ist, also alles bestens.«

Ein Kellner kam an den Tisch, und ich bestellte ein Bier und einen Burger, wobei ich auf das fast leere Weinglas von Holly hinunterblickte. »Möchtest du noch was?«, fragte ich.

Ihre großen braunen Augen blickten zu meinen auf. Mein Körper spannte sich sofort an und das leise Brummen der Vorfreude in mir wurde lauter.

»Gern«, antwortete sie, blickte zum Kellner auf und hob ihr Glas.

»Kommt sofort«, sagte er, als er sich abwandte.

»Wie geht's denn so?«, erkundigte ich mich.

Hollys Wangen erröteten, als sie zu mir aufsah. Es war *nicht gerade hilfreich*, dass ich wusste, wie sich ihre Lippen an meinen anfühlten. Die Erinnerung daran war noch frisch. Sie hatte pralle, volle Lippen und eine neckische Zunge, von der ich wusste, dass sie mich wild machen würde, wenn sie um meinen Schwanz herumwirbelte.

Die Dinge, die ich Holly Blake antun wollte, waren keine angemessenen Gedanken für diesen Moment.

»Gut«, sagte sie, und ihre Stimme klang heiser. Hastig schluckte sie den letzten Rest ihres Weines hinunter.

»Und du?«

»Auch. Weniger als einen Monat bis zum Valentinstag«, antwortete ich mit einem Grinsen.

Ihre Wangen wurden noch röter. Verdammt, ich wollte sie küssen.

»Was machst du da?«, zischte sie.

Ich konnte mir ein Grinsen nicht verkneifen. Ich vermutete, dass Holly unser bevorstehendes Date geheim halten wollte, und zwar um jeden Preis. Obwohl ich nicht vorhatte, unseren engen Freundeskreis einzuweihen, machte es mir nichts aus, sie etwas damit aufzuziehen.

Ich stützte einen Ellbogen auf den Tisch und fuhr mit der anderen Hand über ihren Oberschenkel, um die Wärme ihrer Haut durch den Jeansstoff zu spüren. »Was?«, fragte ich unschuldig.

»Was machst du da?«, wiederholte sie in tiefem, grimmigem Ton.

»Wonach sieht es denn auf?«, murmelte ich, während ich meine Hand ihren Oberschenkel hochgleiten ließ. Sie bewegte ihre Beine und warf einen Blick in meine Richtung. Obwohl es mir Spaß machte, sie zu necken, unterschätzte ich die Reaktion meines Körpers auf ihre Nähe. Mein Schwanz schwoll an und drückte gegen die Knöpfe meines Hosenschlitzes.

Weil es Holly war und weil wir irgendwie wieder an

einen Punkt gelangt waren, an dem ich nicht anders konnte, als sie herauszufordern, ließ ich meine Hand hartnäckig auf ihrem Schenkel liegen, wobei mein Daumen hin und her strich. Die Versuchung, weiter nach oben zu gleiten und die süße Hitze zwischen ihren Schenkeln zu spüren, war groß.

Das war die Sache, die mich so verdammt verrückt nach Holly machte. So etwas machte ich normalerweise nicht. Ich hatte Affären – kurz, zwanglos und war *immer* unter Kontrolle. Holly hatte mir diese Kontrolle entrissen.

Cade sagte etwas und lenkte meine Aufmerksamkeit von Holly ab. Wir unterhielten uns, doch ich war nur halb bei der Sache. Mein Bier kam, gefolgt von meinem Burger, und erst dann nahm ich tatsächlich meine Hand von ihr. Um Himmels willen, die Tatsache, dass die bloße Berührung ihres Oberschenkels mich so heiß gemacht hatte, sagte schon etwas aus.

Holly unterhielt sich gerade mit Amelia, als Ella eine an mich gerichtete Bemerkung machte.

»Oh, das ist Nates Job«, meinte sie und warf mir ein neckisches Grinsen zu.

»Nates Job?«, warf Caleb fragend ein.

»Er ist der Aufreißer unter uns«, sagte Ella mit einem kleinen Lachen. »Wenn ich so darüber nachdenke, hast du allerdings etwas nachgelassen.«

Ich spürte, wie Holly ihren Blick auf mich richtete. Normalerweise würde ich das mit Fassung tragen, aber jetzt fühlte ich mich in die Ecke gedrängt. Ich wollte cool bleiben und die Sache mit einem Lachen abtun. Doch das Letzte, was ich wollte, war, dass Holly auf die Idee kam, das sei immer noch mein Ding. Und noch weniger wollte ich, dass sie zu viel in die Sache zwischen uns hineininterpretierte. Ich befürchtete nämlich, das würde sie in die Flucht schlagen.

Da ein paar zu viele Augen am Tisch auf mich gerichtet waren, zuckte ich nur mit den Schultern und lachte. »So ein Aufreißer bin ich nun auch wieder nicht.«

Ich spürte den Blick meines Bruders auf mir und seine Augen verengten sich. Caleb hatte genau das neulich schon einmal gesagt. Er hatte nie davor zurückgeschreckt, mich zurechtzuweisen. Er hatte die Rolle des verantwortungsbewussten älteren Bruders sehr gut ausgefüllt. In gewisser Weise hatte der Tod seines besten Freundes aus der Highschool und der Beinahe-Tod von Ella Caleb für ein paar Jahre das Lachen ausgetrieben. Er hatte es zwar wiedergefunden, aber er war noch nie der Spaßvogel gewesen.

Ob es nun eine Reaktion auf die Ereignisse war oder nicht, ich hatte diese Rolle in unserer Familie übernommen, in mehr als einer Hinsicht.

»Wenn du dich irgendwann mal auf jemanden einlässt, glaube ich dir das vielleicht«, lachte Ella. In letzter Zeit war sie mir ständig damit auf die Nerven gegangen, dass mir die Richtige entgehen würde, wenn ich mich weigerte, etwas Ernstes in Betracht zu ziehen. Da Holly ihre beste Freundin war, wollte ich Ella nicht sagen, dass ich derart von Holly abgelenkt war, dass ich keine andere Frau mehr wahrnehmen konnte.

Tatsächlich hatte ich seit letztem Halloween keinen Sex mehr gehabt. Anders als letztes Jahr nach unserer unerwarteten Knutschsession im Schrank, als wir beide ein bisschen zu betrunken waren, konnte ich diesmal Hollys Wirkung auf mich nicht so einfach abschütteln.

»Na gut, dann glaubst du es vielleicht irgendwann«, antwortete ich locker.

Caleb rollte nur mit den Augen und schüttelte den

Kopf, während Ella mir auf die Schulter klopfte. Ich liebte meine Freunde und liebte meine Familie, aber ich mochte nicht, wie verdammt neugierig sie sein konnten. Zum Glück wurde das Thema gewechselt, als der Kellner vorbeikam, um die leeren Teller einzusammeln und zu sehen, ob jemand noch etwas brauchte.

Kapitel Sechs

HOLLY

Meine Wangen waren heiß, mein Höschen feucht und mein Puls wollte einfach keine Ruhe geben. Nicht, dass ich wollte, dass er komplett stillstand, wohlgemerkt. Das hätte bedeutet, dass ich einen Herzinfarkt hatte. Obwohl ich annehme, dass Nate wohl derjenige war, der mich am ehesten zu einem Herzinfarkt bringen konnte.

Ich musste von hier weg. Mit ihm hier neben mir, der Wärme und Stärke, die er ausstrahlte, und dem waldigen Duft, der in meine Nase drang, fühlte ich mich unglaublich heiß und erregt. Ich nahm einen zittrigen Atemzug und ließ ihn langsam wieder ausströmen. Als Charlie aufstand, um zu gehen, schnappte ich mir meine Jacke von der Lehne meines Stuhls.

»Ich muss auch los«, trällerte ich vielleicht eine Spur zu fröhlich.

Ich machte mir nicht die Mühe, auf eine Verabschiedungsrunde zu warten, sondern warf der Gruppe einen Kuss zu, drehte mich weg und beeilte mich, zu Charlie aufzuschließen. Sie warf einen Blick über ihre

Schulter und ihre grauen Augen trafen meine. »Geht es dir gut?«, fragte sie.

Ich wollte sagen: *»Nein, ganz und gar nicht. Ich möchte einen meiner besten Freunde ficken, oder jemanden, der einmal einer meiner besten Freunde war, aber wir haben uns auseinandergelebt, weil das Leben eben so ist, wenn die Dinge seltsam werden. Aber ich kann nicht. Es macht keinen Sinn, denn er ist ein Aufreißer, und ich kann nicht einfach eine weitere Nummer in seiner langen Liste von Frauen sein. Er wird mir das Herz brechen, das weiß ich jetzt schon.«*

Diese Worte blieben in meinem Kopf hängen, während mein größtes Geheimnis an mir nagte. Ich war noch Jungfrau. Das lastete schwer auf mir. Niemand wusste es, und wahrscheinlich wären alle schockiert gewesen.

All diese Gedanken schossen mir durch den Kopf, als ich Charlie ansah. Wir waren in der Nähe der Bar zum Stehen gekommen, wo ein schmaler Gang zum hinteren Parkplatz führte.

»Geht es dir gut, Holly?«, wiederholte sie. Diesmal klang in ihrer Stimme mehr als nur flüchtige Sorge mit. Ich wusste nicht, was sie in meinem Gesichtsausdruck sah, aber sie wirkte regelrecht besorgt.

Ich nickte schnell. »Ja, mir geht es gut, ich bin nur ein bisschen müde.«

Charlie sah mich noch einen Moment lang an, während das Stimmengewirr um uns herum weiterging. Nach einem kurzen Moment drückte sie meine Schulter und ging weiter; ihr dunkles Haar schwang zwischen ihren Schultern, während sie vor mir den Flur entlangging. Ich fragte mich, was Charlie denken würde, wenn sie von meinem ungewollt jungfräulichen Zustand wüsste. Ich bezweifelte, dass sie lachen würde, dafür war sie zu nett, aber ich war mir ziemlich sicher, dass sie verdammt überrascht sein würde. Das war ich selbst schließlich auch.

Charlie war Ärztin, und ich arbeitete gelegentlich mit ihr im Krankenhaus zusammen. Wir hatten uns durch die Arbeit und unser soziales Umfeld angefreundet und waren uns zufällig über den Weg gelaufen, als es zwischen ihr und Jesse Franklin ernst wurde, einem Hotshot-Feuerwehrmann, der zufällig mit vielen meiner Freunde befreundet war. Ich mochte, wie bodenständig Charlie war. Sie hatte selbst eine Reihe von Herausforderungen hinter sich – sie kümmerte sich um ihre demenzkranke Mutter und hatte ihre Nichte adoptiert, nachdem ihre Schwester an Krebs gestorben war. Sie verstand sehr wohl, dass das Leben nicht immer leicht war, aber sie trug es mit Würde.

Irgendwie war es für mich schon immer leichter gewesen, für meine Freunde da zu sein – die Starke, die Lustige – als sie wissen zu lassen, wie kaputt ich mich manchmal fühlte. Mit einem mentalen Kopfschütteln hielt ich neben der Toilette im Flur inne und rief Charlie zu, die ein paar Schritte vor mir war. »Ich hüpf kurz auf die Toilette, bevor ich nach Hause fahre. Wir sehen uns sicher in den nächsten Tagen im Krankenhaus, oder?«

Charlie warf einen Blick zurück und lächelte. »Ja, natürlich. Ich habe am Freitag Bereitschaft.«

Ich trat ins Damenklo, schloss die Tür, lehnte mich dagegen und atmete ein paar Mal tief durch. Ich ging schnell auf die Toilette. Nachdem ich mir die Hände gewaschen hatte, spritzte ich mir etwas Wasser ins Gesicht. Meine Wangen glühten, und ich musste mich irgendwie abkühlen. Verdammt, mir war am ganzen Körper heiß, aber das war eben die Wirkung, die Nate auf mich hatte.

Ich überlegte ernsthaft, wie ich mich aus der blöden Verabredung mit ihm herauswinden könnte. Es war schon schlimm genug, dass ich ihn scheinbar nicht aus meinem Kopf vertreiben konnte. Seit dem blöden Kuss auf der Party – nur weil ich etwas zu viel Champagner getrunken hatte – konnte ich nicht mehr aufhören, an ihn zu denken. Dann kam diese Spendenaktion, und er hatte mich geküsst. Schon wieder.

Und dann *noch mal* im Aufzug. O Gott! Ich spritzte mir noch mehr Wasser ins Gesicht. Allein der Gedanke daran, was im Aufzug passiert war, setzte mich in Flammen. Küsse mit Nate waren gar keine gute Idee. Er war einfach zu gut darin. Er war eine Klasse für sich, wenn es darum ging, mich absolut rasend zu machen. Obwohl ich noch Jungfrau war, fehlte es mir nicht an Erfahrung mit allem, was sozusagen zum Hauptakt führte.

Nach dem Unfall in der Highschool machten alle Jungs in der Stadt einen großen Bogen um mich. Alle nahmen an, ich sei untröstlich und am Boden zerstört. Und das war ich auch, aber nicht auf die Art und Weise, wie alle annahmen. Jake und ich waren sozusagen in eine Beziehung gerutscht. Da Jake Calebs bester Freund war und Ella meine, wurden wir ständig zusammengewürfelt. Wir waren noch in der Highschool, und wir waren jung. Wir waren ohnehin schon seit Jahren befreundet. Wie ich Ella schon oft gesagt hatte, nachdem sie und Caleb sich getrennt hatten und bevor sie wieder zueinander gefunden hatten, nicht jedem war diese Art von Liebe in einem so jungen Alter vergönnt.

Schon gar nicht in der Highschool. Die meisten von uns stolperten einfach so dahin, während unsere Hormone verwirrende Signale sendeten. Dadurch, dass unsere beiden besten Freunde sich unsterblich ineinander verliebt hatten und jede Minute miteinander verbrachten, waren Jake und ich viel zusammen. Also kamen wir auch irgendwie zusammen. Er war mein Freund, und ich mochte ihn. Ich war am Boden zerstört, als er starb, aber nicht, weil er die Liebe meines Lebens gewesen war. Was für ein verwirrender Herzschmerz das doch war.

Die ganze Stadt, so schien es zumindest, nahm an, dass unsere Liebe auf verheerende Weise zu Ende gegangen war. Dabei war es in Wirklichkeit eher eine *Freundschaft*, die auf brutale Weise beendet worden war. Durch die Tragödie von Jakes Tod stellten die Leute alle möglichen Vermutungen an. In der Zwischenzeit war ich von Trauer geplagt und meine beste Freundin wäre obendrein fast gestorben. Wir spürten alle drei die Schuld des Überlebenden. Während Ella davor geflohen war, stellte ich mich ihr frontal und schaffte es, sie zu überwinden. Mir ging es wirklich gut, doch ich kam nie dazu, die Vermutung zu korrigieren, die jeder über Jake und mich anstellte. Es war, wie es war, und es fühlte sich seltsam an, zu sagen, dass wir nach allem, was passiert war, größtenteils einfach nur Freunde gewesen waren.

Als ich wieder in der Stimmung war, Spaß zu haben und mich zu verabreden, hatte ich irgendwie den Augenblick verpasst, meine Jungfräulichkeit loszuwerden. Ich war im Alter von achtundzwanzig Jahren noch eine verdammte Jungfrau. Das war eine ziemliche Belastung und ziemlich nervig. Mir war bewusst, dass die meisten Männer überrascht sein würden, wenn sie wüssten, dass ich in meinem Alter noch Jungfrau war.

Entweder verschwieg ich, dass ich noch Jungfrau war, und es wäre vielleicht etwas merkwürdig, wenn es so weit kam, oder ich würde die Wahrheit sagen, und sie würden schreiend davonlaufen. Denn wer wollte sich schon mit einer achtundzwanzigjährigen Jungfrau abgeben? Ich sicher nicht. Ich wollte mich doch nicht einmal selbst damit auseinandersetzen.

Nachdem ich mir noch einmal kaltes Wasser ins Gesicht gespritzt hatte, tupfte ich mir die Haut mit einem Papiertuch ab, trocknete mir die Hände und trat aus dem Klo. Nur um direkt mit Nate zusammenzustoßen, der den Flur entlanglief.

Scheiße, Scheiße, Scheiße.

Er blickte zu Boden und sein Blick verfinsterte sich, als er auf meinen traf. »Ich dachte, du wärst schon weg«, sagte er.

Ich schloss den Reißverschluss meiner Jacke und wich zurück, Hitze durchflutete mich erneut. »Ich gehe gerade«, antwortete ich schnell. Ich schlenderte an ihm vorbei, steckte meine Hände in die Ärmel meiner Jacke und umklammerte die Manschetten, als würde mich das irgendwie davon abhalten, mich an ihm festzuhalten.

Nate holte mich schnell ein. Ich spürte seine Anwesenheit hinter mir, als seine Hand sich um den Griff der Tür legte und sie für mich aufzog. Mein Blick fiel auf seine kräftigen Finger, die über ein paar Narben an den Fingerknöcheln strichen. Er hatte gute Hände – stark und rau. Ein Schauer durchlief mich, als ich mich an das Gefühl seiner Finger in mir erinnerte.

Plötzlich fiel mir auf, dass er die Bandage an seiner Hand nicht mehr trug. »Wo ist deine Schiene?«, fragte ich, beinahe erleichtert, etwas sagen zu können, das nichts mit dem wahnsinnigen Verlangen zu tun hatte, das in mir brodelte.

»Die Hand fühlt sich gut an. Charlie hat mir nur gesagt, ich solle sie tragen, bis sie sich besser anfühlt, also habe ich sie abgelegt«, antwortete er mit einem kurzen Schulterzucken.

»Ach so.«

»Sicher, dass du mich nicht belehren willst?«, fragte er und seine Lippen verzogen sich zu einem verschmitzten Grinsen.

Ich rollte mit den Augen, schüttelte den Kopf und schob mich an ihm vorbei, wobei die kalte Winterluft eine willkommene Erfrischung auf meiner Haut war. »Gute Nacht«, rief ich über meine Schulter. Ich konnte praktisch spüren, wie sich sein Blick in meinen Rücken bohrte, als ich über den Parkplatz eilte und in mein Auto sprang.

Auf der Heimfahrt durch die Winternacht, in der das silberne Licht des Mondes über die verschneite Landschaft fiel, nahm ich mir vor, Nate am nächsten Morgen anzurufen und ihm zu sagen, dass wir das einfach nicht tun konnten. Ich wollte ihn zu sehr, und ich wollte mehr, als ich wusste, dass er bereit war zu bieten.

Kapitel Sieben

HOLLY

Als ich am nächsten Morgen in die Vorratskammer der Küche blickte, starrte ich auf den leeren Platz im Regal, wo eigentlich eine Packung mit Kaffeebohnen hätte stehen sollen. Verdammt. Hoffnungsvoll blickte ich zu der Kaffeemühle, die unschuldig neben der Espressomaschine auf meinem Küchentisch stand. Ich ging zu ihr hin und zog den Behälter heraus, um zu sehen, ob vielleicht genug Kaffee für eine Tasse drin war. Kein Glück. Es war genug für einen Fingerhut voll Kaffee. Ganz sicher nicht genug, um meinen Tag zu beginnen.

Ich seufzte. So viel zu einem gemütlichen Morgen vor der Arbeit. Ich brauchte Kaffee, und zwar sofort. Ich hatte eine beschissene Nacht hinter mir. Ich war heiß und nervös nach Hause gekommen, nachdem ich zu viel Zeit in Nates Nähe verbracht hatte. Ich versuchte, meinen Körper zu beruhigen, aber schließlich kapitulierte ich und benutzte meinen treuen Vibrator, um die Sache zu regeln. Leider war der einzige Mann, der mir durch den Kopf ging, als mein Höhepunkt über mich hereinbrach, Nate.

Auch in meiner Küche herrschte ein ziemliches Chaos. Ich hatte gehofft, dass ich heute Morgen genug Zeit zum Aufräumen hätte. In meiner Spüle stapelten sich ein paar Teller zu viel, und ich musste noch eine Ladung Wäsche waschen. Ich wohnte allein in einer kleinen Wohnung über einem Bürobedarfsgeschäft, und aus den Fenstern blickte man auf die Main Street im Zentrum von Willow Brook. Meine Küche war hübsch, mit einer kleinen Insel mit Hockern als Sitzgelegenheit und hübschen schieferblauen Kacheln auf den Arbeitsflächen und dem Boden, die weißen Birkenholzschränke erhellten den Raum.

Die Küche grenzte an das Wohnzimmer mit einer kleinen Couchgarnitur, übersät mit unzähligen Kissen, einem an der Wand montierten Fernseher und einem Blick auf den Swan Lake in der Ferne. Ich hatte genug Geld, um mir ein eigenes Zuhause und etwas Grund zu kaufen, aber es fühlte sich nicht richtig an. Ich wollte sesshaft werden und eine Familie gründen, aber ich sträubte mich dagegen, mir ein eigenes Haus zu kaufen. Irgendwie bedeutete das für mich die Kapitulation vor dem permanenten Single-Status. Ich wusste, dass es nicht logisch war, aber es war eben, was es war. Ich hatte großen Respekt vor Frauen, die sich für ein unabhängiges und selbstbestimmtes Leben entschieden, aber ich wollte eine Chance auf eine Beziehung haben.

Seufzend schritt ich über den Parkettboden im Wohnzimmer, fuhr mir mit der Hand durch die unordentlichen Haare und betrat das kleine Schlafzimmer. Dies war definitiv eine Single-Wohnung mit Wohnküche und einem riesigen Schlafzimmer mit angeschlossenem Badezimmer.

Ich brauchte den Kaffee mehr als einen Vormittag für mich. Nachdem ich geduscht hatte, räumte ich das gesamte Geschirr in den Geschirrspüler, warf die Wäsche in die Waschmaschine und stellte sie auf einen verzögerten Start, bevor ich mich auf den Weg zum Firehouse Café machte.

Das Café lag praktischerweise direkt an der Straße. Ich hatte mich eingemummelt, damit mir der eisige Wintermorgen nicht zu sehr zu schaffen machte. Die Luft schmeckte zwar nicht ganz so gut wie Kaffee, aber sie war mindestens genauso effizient.

Willow Brook war ein hübsches kleines Städt-chen, vor allem im Winter, wenn der Swan Lake vereist war und sich die Spuren von Skiern und Schlittschuhen über seine Oberfläche zogen. Die Berge hielten in der Ferne Wache, ihre hohen, schneebedeckten Gipfel schimmerten am Horizont. In einigen höher gelegenen Teilen der Stadt war das Meer zu sehen. Es lag etwa eine halbe Stunde Fahrt nach Süden entfernt. Mit Anchorage etwa eine Stunde östlich und der Wildnis, die sich jenseits von Willow Brook erstreckte, fühlte es sich an, als wäre die kleine Stadt im Winter eine Welt für sich. Das war sie wohl auch.

Im Sommer kamen Wanderer, Radfahrer, Jäger und viele mehr nach Willow Brook, um sich ein Bild von Alaskas Schönheit zu machen. Die Main Street von Willow Brook bot eine Mischung aus kleinen Restau-rants und Geschäften, vor allem für Outdoor-Ausrüs-tung und Kunst, sowie ein paar ausgezeichnete Coffee-Shops. An der Ecke der Main Street und einer anderen Querstraße ragte das Firehouse Café empor. Der Name war treffend gewählt, denn es befand sich in der ursprünglichen Feuerwache der Stadt. Vor Jahren hatte die kleine Kommune eine verbesserte Feuerwache gebaut, die als Drehscheibe für die gesamte Region dienen sollte. Die alte Feuerwache befand sich in

einem quadratischen, zweistöckigen Backstein-
gebäude.

Die Außenseite des Cafés war mit einem Wandge-
mälde an einer Ecke des Backsteins und bunten
Akzenten in Rosa und Lila an den Fensterrahmen
verschönert worden. Wenn man durch die leuchtend
lilafarbene Tür eintrat, sah man die alte Garage, die in
einen Sitzbereich umgewandelt worden war, mit der
offenen Küche und dem Sandwichladen an der Seite
und einer Bäckerei im hinteren Bereich.

Janet James' Familie war schon in den Tagen der
Landnahme hierhergezogen. Sie und ihr Mann hatten
vor Jahren das Firehouse Café und ein paar andere
Geschäfte gegründet. Ihr Mann war vor einiger Zeit
bei einem Autounfall auf einem vereisten Highway im
Norden ums Leben gekommen. Sie war ein wichtiger
Pfeiler in Willow Brook, und ich konnte mir den Ort
nicht ohne sie vorstellen.

Wärme umhüllte mich, als ich durch die Tür trat,
zusammen mit dem Summen von Stimmen und dem
Duft von frischem Kaffee und Backwaren. Der Raum
war offen und luftig, mit einer gepressten Blechdecke
und der alten Feuerstange, die immer noch in der
Mitte des Raumes stand. Der Betonboden war in
einem sanften Blau gebeizt worden. Das Café war
fröhlich gestaltet, mit Feuerkrautblüten, Alaskas spek-
takulär schönem Unkraut, die den Feuerpfahl
schmückten, und Kunstwerken an den Wänden, mit
bunt bemalten Fensterbänken und fröhlichen Vorhän-
gen. Kleine quadratische Tische waren im Raum
verstreut.

Ich steuerte direkt auf die Schlange an der Fein-
kosttheke zu. Darüber hing eine Kreidetafel mit der
regulären Speisekarte und den Tagesangeboten.
Während ich noch überlegte, ob ich den Hauskaffee

oder einen von Janets doppelten Schokokaffees nehmen sollte, hörte ich meinen Namen. Ich schaute über meine Schulter und lächelte, als ich meinen Zwillingsbruder Alex sah. Wir hatten das gleiche blonde Haar und die gleichen braunen Augen, aber damit endete die Ähnlichkeit auch schon. Es gab da den offensichtlichen Unterschied, dass Alex ein Mann war und ich nicht. Er war einen guten Meter größer als ich und hatte eine schlaksige Statur. Irgendwie hatte er in der Zwillingslotterie Glück gehabt und konnte essen, was er wollte, und dabei dennoch schlank bleiben.

Ich hingegen musste auch nur an einen doppelten Schokokaffee *denken* und nahm dabei schon ein Pfund zu. Ich hatte gelernt, meine Kurven zu akzeptieren und versuchte mich immer wieder daran zu erinnern, dass Frauen nicht den gesellschaftlichen Normen entsprechen müssen. Aber wenn es um Kurven ging, hatte ich jedenfalls mehr als genug davon.

»Hey, Holl«, rief Alex und stupste mich mit seinem Ellbogen an, als er neben mir stand. Wie immer sah er aus, als wäre er direkt aus dem Bett gekrochen. Sein Haar war zerzaust, und er trug eine Fleecejacke mit offenem Reißverschluss über einem grauen Trikot. Abgenutzte Jeans rundeten seinen Look ab, nur übertrumpft von Lederstiefeln, die das wohl abgetragenste Teil seines Outfits waren.

»Hey, was führt dich heute Morgen hierher?«

»Der Kaffee, was sonst?«, antwortete er lachend. »Bist du schon auf dem Weg ins Krankenhaus?«

»So gut wie. Ich wollte es heute Morgen gemütlich angehen lassen, aber ich hatte zu Hause keinen Kaffee mehr.«

»Ich lade dich ein«, sagte er, als wir an den Anfang der Schlange gelangten. »Ich glaube, ich schulde dir was.«

Janet strahlte uns an. Ihr dunkles, silberdurchwirktes Haar war wie immer zu einem Zopf geflochten, der ihr über die Schulter fiel, und ihre braunen Augen funkelten mit ihrem Lächeln. Janet war die Art von Mensch, bei der man sich durch ihre bloße Anwesenheit besser fühlte. Mit ihrer runden Statur und ihrem breiten Lächeln strahlte sie eine warme, mütterliche Ausstrahlung aus, die diesen Eindruck nur noch verfestigte.

»Guten Morgen, ihr zwei. Ich sehe euch nicht oft genug zusammen. Ich habe vergessen, wie sehr ihr euch ähnelt.«

Alex gluckste. »Wir sind *Zwillinge,* schon vergessen?«

Janet verdrehte die Augen. »Als ob du mich daran erinnern müsstest. Wie auch immer, was kann ich für euch zwei besorgen?«

»Ich nehme den doppelten Schokokaffee«, antwortete Alex und schaute zu mir.

»Ich nehme einen Americano mit einem Schuss Sahne.«

»Kommt sofort«. Sie wirbelte herum und begann, unsere Kaffees vorzubereiten.

Daniel, der dort arbeitete, hielt neben ihr inne und informierte sie schnell über ein Problem mit einem der Backöfen im hinteren Bereich. Mit unseren Kaffeebechern in der Hand rief sie unsere Namen, während sie ihm erklärte, was zu tun war, um das Problem zu beheben.

Alex und ich traten zusammen von der Theke weg. »Willst du dich kurz setzen?«, fragte Alex.

»Natürlich. Das hatte ich ohnehin vor. Ich muss noch eine Stunde totschlagen. Oh, Mist, ich brauche was zu essen.«

Alex grinste. »Ich organisiere uns einen Tisch, du holst dein Essen.«

Als ich mich umdrehte, um mich ans Ende der Schlange zu stellen, rief Janet zu mir herüber: »Bagel?«

»Bitte. Mit Lachs und Frischkäse«, fügte ich hinzu.

Meine Hüften konnten das verkraften, zumindest redete ich mir das ein, als ich mich abwandte.

»Bezahl ruhig später«, sagte Janet. »Daniel bringt ihn zum Tisch, sobald er fertig ist.«

»Super, danke!«, gab ich zurück und hauchte ihr einen Kuss zu.

Ich bahnte mir einen Weg zwischen den Tischen hindurch und ließ mich gegenüber von Alex an einem Tisch am Fenster nieder. Gerade als ich etwas sagen wollte, hörte ich eine Stimme, die ich in letzter Zeit nicht mehr aus dem Kopf bekam, Alex' Namen rufen. Genauer gesagt, ging mir Nates raues Flüstern im Fahrstuhl nicht mehr aus dem Kopf. *»Ich muss dich berühren.«*

Was die Reaktion meines Körpers auf Nate betraf, war die Lage noch schlimmer geworden. Anscheinend brauchte er jetzt nur noch zu sprechen, und mein Puls beschleunigte sich und Hitze breitete sich zwischen meinen Beinen aus.

»Hey, Kumpel«, rief Alex.

Ich verbrachte auffallend viel Zeit damit, den Deckel auf meinen Kaffeebecher zurechtzurücken und einen Schluck zu nehmen. Ich öffnete ihn sogar, um noch ein wenig mehr Sahne hinzuzufügen. Nate erreichte unseren Tisch, schnappte sich einen Stuhl und ließ sich zwischen uns nieder. Sein Knie stieß gegen meins, was mir einen kleinen Stromstoß versetzte und meine Haut kribbeln ließ.

Das war mittlerweile mehr als lächerlich. Ich zwang meine Wangen, nicht zu glühen, als ich aufblickte, und versuchte, meine Miene nicht zu verziehen. »Morgen, Nate.«

Er sah mir in die Augen und ein schelmisches Grinsen umspielte seine Mundwinkel. »Morgen, Holly.«

Das war der Grund, warum die Sache mit Nate für mich eine Katastrophe war. Er war so ein Spaßvogel, dass er das hier vor den Augen meines Bruders tun konnte, ohne dass Alex etwas mitbekommen würde. Denn Nate war generell ein Charmeur und ein Aufreißer. Jedoch nicht nur bei mir, daran musste ich mich immer wieder erinnern. Ich hoffte inständig, dass Alex nicht merkte, wie aufgewühlt ich war.

Daniel brachte meinen Bagel. »Sonst noch etwas?«, fragte er und stellte den kleinen Teller vor mir ab.

Nate blickte auf. »Könnte ich dich bitten, mir einen Kaffee zu bringen?«, fragte Nate. »Ich bezahle auf dem Weg nach draußen.«

»Natürlich. Was hättest du gern?«

»Ich nehme den Doppelten mit Schokolade.«

Mit einem Nicken wandte Daniel sich ab, und ich nahm einen Bissen von meinem Bagel. Wenn mein Mund voll war, brauchte ich nicht zu reden. Alex und Nate begannen mit ihrem üblichen Geplänkel. Alex war spezialisierter Mechaniker für Flugzeuge. Als solche kreuzten sich die Wege der beiden bei ihrer Arbeit recht häufig. Ganz zu schweigen davon, dass sie beste Freunde waren und sich ohnehin regelmäßig trafen.

Ich war gerade dabei, meinen Mund vollzustopfen, um nicht zu reden, als Alex sprach. »Verdammt, Holly. Hast du Hunger, oder was?«

Ich kaute zu Ende, schluckte und nahm einen Schluck Kaffee, bevor ich aufblickte. »Das bin ich tatsächlich.«

Alex grinste. Daniel schien mein Bedürfnis nach Ablenkung zu spüren und tauchte in dem Moment mit Nates Kaffee auf.

Nachdem er sich abgewandt hatte, stand Alex vom Tisch auf. »Ich muss jetzt auch los. Ich hatte nur ein paar Minuten Zeit. Wir sehen uns später!«

Ich winkte mit der Hand und nahm absichtlich keinen weiteren Bissen, damit ich mich nicht zu schnell vollstopfte. »Man sieht sich. Danke für den Kaffee.«

Nate nahm einen langen Schluck Kaffee und winkte kurz. Als Alex außer Sichtweite war, ließ er sich auf den Stuhl mir gegenüber fallen. Sein schokobrauner Blick wanderte an mir entlang.

Großartig, verdammt großartig. Genau das, was ich heute gebraucht habe. Nate, der mich so anschaut.

Ich musste ihm sagen, dass wir dieses kleine Tänzchen abblasen mussten. Es würde keine Verabredung geben, und es würde absolut keine Küsse mehr geben, oder irgendetwas, das auch nur im Entferntesten dem ähnelte, was im Aufzug passiert war. Dieser Ort war perfekt dafür. Wir waren nicht allein, also konnte ich bei Bedarf fliehen.

Ich nahm einen Schluck von meinem Kaffee und sah ihn an. Nach einem tiefen Atemzug verkündete ich: »Also, die Sache ist die: Ich kann nicht zu diesem Date gehen. Ich bin mir nicht sicher, warum du die fünf Riesen ausgegeben hast, aber wenn es eine große Sache ist, verspreche ich dir, dass ich es dir zurückzahle. Ich weiß, dass du es lustig findest, und aus irgendeinem verrückten Grund küssen wir uns ständig, aber ich kann das nicht mit dir machen.«

Nates aufmerksamer Blick löste sich nicht von meinem, und seine Augen verengten sich, als ich sprach. Mein Herz klopfte wie wild, und meine Nerven waren in höchster Alarmbereitschaft.

»Warum?«

Ja, natürlich. War doch *klar*, dass er nach dem Grund fragen musste. So weit hatte ich nicht gedacht.

Ich fuhr fort. »Hör zu, wir sind schon ewig Freunde. Du bist der beste Freund von Alex. Egal, was passiert, es wird merkwürdig sein. Du bist nicht auf der Suche nach etwas Ernstem und warst es auch noch nie. Ich kann nicht einfach ...«

Ich hielt inne, unsicher, wie ich sagen sollte, was ich meinte. Nach einem stärkenden Schluck Kaffee fuhr ich fort. »Ich kann nicht einfach eine deiner Affären sein. Das ist überhaupt nicht mein Stil. Ich will nicht, dass es zwischen uns komisch wird. Dafür bin ich zu alt, und ich würde gerne eine Chance haben, jemanden zu finden, mit dem es mir ernst ist.«

Nate wurde ganz ruhig, nahm langsam einen Schluck seines Kaffees, bevor er ihn auf dem Tisch abstellte. Er starrte mich ein paar Takte länger an, als nötig gewesen wäre. Ich wandte den Blick ab, stopfte einen weiteren Bissen vom Bagel in mich hinein und kaute meinen Frust heraus.

Ich hasste diese Situation. Warum nur musste ich auf den besten Freund meines Bruders stehen? Das alles war so verdammt unangenehm.

Als ich zu Nate zurückblickte, war er immer noch still, und ich wusste nicht, wie ich seinen Gesichtsaus-druck deuten sollte. Nach einem weiteren Moment räusperte er sich und nahm erneut einen Schluck von seinem Kaffee. Mit dem Blick auf mich geheftet, hob er sein Kinn leicht an. »Warum auf einmal so ernst?«

»O mein Gott. Genau das möchte ich nicht erklären müssen. Du bist der Inbegriff von Mr. Zwang-los. Ich wäre nur eine weitere in deiner langen Liste von Frauen. Ich habe nicht wirklich Lust dazu. Ich bin nicht so dumm, so zu tun, als wäre da nichts zwischen uns. Aber du und ich wollen nicht dasselbe. Wenn es eine große Sache ist, werde ich einen Weg finden, es dir zurückzuzahlen.«

Seine Augen verengten sich, als er sich über den Tisch lehnte. »Es geht nicht um das Geld. Ich schätze, ich hätte dich einfach nicht für so einen Feigling gehalten.«

Himmel, dieser Typ machte mich so wütend. »Ich bin kein Feigling! Ich will die Dinge nur nicht komplizierter machen, als sie sein müssen. Du hast mich nach dem blöden Kuss letztes Jahr gemieden wie die Pest. Dann tauchst du auf der Spendengala auf und ersteigerst ein Date mit mir. Was zum Teufel? Nein, danke. Ich brauche das alles nicht. Außerdem bist *du* die absolut letzte Person, mit der ich meine Jungfräulichkeit verlieren will«, erwiderte ich patzig.

Kapitel Acht

HOLLY

Grundgütiger. Hatte ich Nate etwa gerade erzählt, dass ich noch Jungfrau war?

In dem Moment, als mein letzter Satz aus meinem Mund kam – übrigens völlig ohne meine Erlaubnis –, wollte ich ihn mir zurückholen und weglaufen.

Nate blieb tatsächlich der Mund offen stehen. Mit glühend heißen Wangen brach ich fast in Gelächter aus. Für den Bruchteil einer Sekunde hatte ich die Oberhand. Ich hatte es geschafft, ihn völlig zu schockieren. Allerdings kannte er jetzt mein größtes und nervigstes Geheimnis.

Nach einem Moment schüttelte er den Kopf. »Was?« Er sah ehrlich verwirrt aus.

Ich musste mich da einfach durchmogeln. Wie auch immer. Auch wenn er mir manchmal ganz schön auf den Geist ging und ich mir wünschte, ich würde ihn nicht so sehr wollen, wie ich es tat, würde er doch seinen Mund halten. Ich nahm einen großen Schluck meines Kaffees, genoss den bitteren Geschmack und wünschte mir, ich hätte den Kick der dunklen Schokolade, um mir etwas mehr Mut zu geben.

Ich zuckte mit den Schultern und bemühte mich um Nonchalance. »Du hast mich schon verstanden. Es ist keine große Sache. Es ist nur ...« Ich hielt inne, holte tief Luft und ließ sie mit einem Seufzer wieder heraus. »Es war eine Art Unfall.«

»Ein Unfall?«, entgegnete Nate mit einem weiteren Kopfschütteln; seine Miene war fast schon benommen.

Scheiß darauf. Ich hatte zwar ein ziemlich wichtiges Detail verraten, aber egal. Ich würde ihm einfach die unverblümte Wahrheit sagen, was höchstwahrscheinlich alles zum Stillstand bringen würde, was auch immer er über uns denken mochte.

»So ziemlich. Ich meine, es ist nicht so, dass ich mich aufgespart hätte. Wie auch immer, es wäre nett, wenn du das niemandem gegenüber erwähnen würdest.«

Nate starrte mich immer noch mit großen Augen an. Nach einem weiteren Moment nahm er einen riesigen Schluck Kaffee und leerte den Rest seiner Tasse. Ich wünschte, ich könnte in sein Gehirn klettern und sehen, was er dachte. Ich kannte ihn schon ewig, und ich konnte mir vorstellen, dass sich die Räder in seinem Kopf wie verrückt drehten.

Janet stoppte glücklicherweise am Tisch, zwinkerte mir zu und wandte sich dann an Nate. »Der Kaffee geht heute auf mich«, erklärte sie mit einem Grinsen.

Es dauerte eine Minute, bis er in die Gänge kam und sich auf sie konzentrieren konnte; dann riss er seinen Blick von mir los und sah auf. »Sicher?«, fragte er grinsend.

Janet nickte und öffnete den Mund, als wolle sie noch etwas hinzufügen, als jemand ihren Namen rief. Sie klopfte ihm auf die Schulter und wandte sich ab. Ich nutzte den Moment, um die Flucht zu ergreifen.

»Also«, begann ich, während ich den letzten Rest meines Bagels in die kleine Gebäcktüte stopfte, »ich muss zur Arbeit. Tschüss.«

Ich eilte davon und machte mir nicht einmal die Mühe, auf seine Antwort zu warten. Das waren vermutlich die demütigendsten Minuten meines Lebens. Ich rannte praktisch die Straße hinunter zu meinem Auto, das hinter meiner Wohnung geparkt war.

Nun, das sollte dieses sich anbahnende Desaster im Keim ersticken. Ich bin mir ziemlich sicher, dass Nate nicht dafür verantwortlich sein will, irgendjemandem die Jungfräulichkeit zu nehmen, schon gar nicht mir.

Ich war nicht der Ansicht, dass Männer dafür verantwortlich wären, jemandem die Jungfräulichkeit zu nehmen. Frauen waren für ihren eigenen Körper und ihre Entscheidungen verantwortlich, aber das änderte nichts an der Wahrnehmung der Jungfräulichkeit. Was Nate betraf, dessen zweiter Vorname eigentlich 'Zwanglos' hätte sein sollen, war ich mir verdammt sicher, dass er damit nichts zu tun haben wollte.

Ein Teil von mir war enttäuscht. Ich war so verärgert über die Umstände in meinem Leben, die mich an diesen Punkt gebracht hatten. Ich erinnerte mich an die Gespräche mit Ella, als sie endlich wieder nach Willow Brook gezogen war. Es gab ein paar Dinge, denen ich mich nach dem Unfall direkt gestellt hatte, während sie geflohen war. Womit ich nicht gerechnet hatte, war, dass alle Männer in der Stadt einen großen Bogen um mich machen würden, weil sie annahmen, ich sei am Boden zerstört über den Verlust meiner Highschool-Liebe. Das war ich auch, aber Jake und ich waren einfach gute Freunde gewesen, die es miteinander versuchen wollten. Ich meine, wir hatten noch nicht mal Sex gehabt!

Uff. Und hier war ich nun. Diese ganze Situation nervte mich unglaublich. Warum, warum, *warum* musste ich mich ausgerechnet zu Nate so hingezogen fühlen? Ausgerechnet zu ihm.

Ich war nicht so dumm zu glauben, dass nur weil die Chemie zwischen uns wie ein verdammtes Lagerfeuer knisterte, daraus etwas Ernstes werden würde. Ich hatte auch nicht vor, mich auf eine Affäre einzulassen, wenn ich wusste, dass es nicht das war, was ich wollte. Es war einfach alles zu kompliziert.

Ich war immer erleichtert über die Ablenkung bei der Arbeit. In der Notaufnahme des Willow-Brook-Krankenhauses war es im Winter zwar ruhiger, aber es war immer noch viel los. Als leitende Krankenschwester der Notaufnahme eilte ich, wenn dort viel Betrieb war, einfach von einem Notfall zum nächsten. Wenn nicht viel los war, erledigte ich, was sonst so anstand.

Heute bedeutete dies eine morgendliche Visite auf der Langzeitpflegeeinheit. Da Willow Brook ein ländliches Krankenhaus war, aber in der Nähe von Anchorage lag, hatten wir eine kleine Gruppe von Patienten, die Langzeitpflege benötigten. Es war im Wesentlichen eine Hospizstation.

Manche Leute hielten es für deprimierend, und in gewisser Weise war es auch traurig, aber ich genoss die paar Stunden auf der Station tatsächlich. Die Patienten dort waren oft verdammt lustig und weitaus philosophischer als die meisten anderen. Sie gaben freimütig und ohne jegliche Zurückhaltung Lebensratschläge.

Als ich Joannas Zimmer betrat und die Tür hinter mir zufiel, schaute sie von ihrem Bett auf, und ein breites Lächeln breitete sich auf ihrem Gesicht aus. Joanna war in ihren Neunzigern, und ihre erwachsenen Kinder lebten in einem anderen Bundesstaat, kamen aber oft zu Besuch. Joanna litt seit Jahren an rheumatoider Arthritis und hatte erhebliche Mobilitätsprobleme.

»Gut, heute Morgen habe ich also dich bekommen«, sagte sie. Ihre dünne, näselnde Stimme täuschte über ihr fröhliches Wesen hinweg. Sie war in letzter Zeit immer schwächer geworden, und wir machten uns alle Sorgen, dass sie sich dem Ende nähern könnte. Die Sozialarbeiterin des Krankenhauses hatte am Vortag ihre Kinder angerufen, um ihnen Bescheid zu geben. Ich war mir nicht sicher, ob Joanna wusste, dass sie an diesem Wochenende zu Besuch kommen wollten.

»Hey, Joanna«, sagte ich, als ich mich ihrem Bett näherte. »Wie geht's uns denn heute Morgen?«

»So gut, wie man es erwarten kann, wenn man eine Erwachsenenwindel trägt«, antwortete sie mit einem verschmitzten Lächeln, was einen Hustenanfall auslöste.

»Lassen Sie mich Ihnen etwas zu trinken holen.«

Ich drehte mich zu dem Tablett neben ihrem Bett, schenkte ihr ihren Lieblingsapfelsaft ein und wartete einen Moment, bis ihr Husten nachließ. Sie tippte auf die Taste ihrer Fernbedienung, um ihr Bett leicht anzuheben. Nach einem flachen Atemzug nahm sie den kleinen Pappbecher mit Apfelsaft entgegen und nippte ein paarmal daran.

»Ah, schon besser. Ich bin froh, dass ich dich heute Morgen zugeteilt bekommen habe. Ich habe nicht gut geschlafen. Du wirst mir doch nicht diese Medikamente gegen meinen Husten aufschwatzen, die mich so müde machen? Ich hasse es, die ganze Zeit zu schlafen. Ich sterbe vermutlich ohnehin bald, da kann ich genauso gut wach sein, solange ich noch lebe«, meinte sie mit einem schiefen Grinsen, als sich die Tür öffnete und Chris Grant den Raum betrat.

Chris war ein weiterer Grund, warum ich meine gelegentlichen Rotationen in diesem Flügel genoss. Er war ebenfalls Krankenpfleger hier, außerdem ein guter Freund und verdammt lustig.

»Na hallöchen. Komme ich heute Morgen für die Visite etwa in die Ehre deiner Gesellschaft?«, fragte er mit einem Augenzwinkern in meine Richtung.

»Wenn du Glück hast«, erwiderte Joanna vom Bett aus und nahm einen weiteren Schluck Apfelsaft.

Chris grinste und kniff durch die Laken neckend ihren Fuß, als er am Fußende des Bettes stehen blieb, um das dort angebrachte Computer-Tablet anzuheben. »Hast du ihre Vitalwerte schon überprüft?«, fragte er.

»Noch nicht, ich bin gerade erst angekommen.«

»Und ich hatte einen Hustenanfall, als ich ihr einen guten Morgen wünschen wollte«, fügte Joanna lachend hinzu, woraufhin ein weiterer zittriger Husten folgte.

Chris trat ums Bett herum, um sich neben mich zu stellen, und wir warfen beide einen Blick auf den Tablet-Bildschirm. Joannas Werte waren seit Tagen unverändert. Sie verzichtete auf die meisten Medikamente, und das war ihre Entscheidung. Sie war fast vierundneunzig Jahre alt und ich dachte mir, wenn man dieses Alter erreicht hat, sollte man machen dürfen, was man wollte. Joanna hatte mit den Komplikationen einer chronisch obstruktiven Lungenerkrankung zu kämpfen. Sie hatte zwar nie geraucht, dafür aber ihr verstorbener Mann.

»Ich würde ja fragen, ob Sie ein Medikament gegen Ihren Husten möchten, aber ich glaube, ich kenne die Antwort«, sagte Chris, als sie wieder hustete.

Ich nahm ihr den Pappbecher ab und füllte ihn noch mal mit Saft. Nach ein paar zitternden Atemzügen nickte sie. »Natürlich kennst du die Antwort. Ich mag es nicht, müde zu sein.«

»Haben Sie heute Morgen Lust auf Frühstück?«, fragte ich.

»Immer her damit«, sagte sie mit einem Augenzwinkern.

»Alles klar. Ich bin zwar nur den Vormittag über hier, aber Sie wissen ja, wie Sie mich erreichen, wenn Sie mich brauchen«, sagte ich, während ich die Kissen hinter ihr zurechtrückte.

Chris tippte ein paar Dinge auf dem Tablet-Bildschirm ein und ging, um den Infusionsbeutel aufzufüllen, während ich zur Tür hinausging.

Kapitel Neun

HOLLY

Nachdem ich Joannas Zimmer verlassen hatte, sah ich noch nach ein paar anderen Patienten, bevor ich mich auf den Weg ins Schwesternzimmer dieser Etage machte. Das Personal war heute Morgen dünn gesät, nur ich als Aufsichtsperson und ein paar weitere Krankenschwestern auf dieser Etage. In ein oder zwei Stunden würde mehr Personal eintreffen.

Chris umrundete das runde Schwesternzimmer und lehnte sich an den Tresen dahinter. »Was gibt's Neues?«, fragte er, verschränkte die Arme und blickte mich an.

Ich loggte mich in das Computersystem ein, in dem alle unsere Patientenakten verwaltet wurden, tippte auf ein paar Tasten und trug einen kurzen Bericht meiner Visite heute Morgen ein. Ich blickte auf und zuckte mit den Schultern. »Nicht viel. Es ist ruhig heute Morgen, aber ist mir nur recht. Wie sieht es bei dir aus?«

Chris grinste. »Ziemlich gut. Aaron und ich haben endlich einen Hochzeitstermin festgelegt«, verkündete er. Aaron war sein langjähriger Freund.

»Oh, das ist großartig! Also, wann ist sie und bin ich eingeladen?«

Chris und Aaron waren seit dem College zusammen, seit über zehn Jahren. Er war ganz außer sich gewesen, als die gleichgeschlechtliche Ehe in Alaska legalisiert wurde. Die beiden hatten sich sofort verlobt, aber das war bereits ein ganzes Jahr her. In letzter Zeit beklagte sich Chris darüber, dass sie sich nicht auf einen Hochzeitstermin einigen konnten.

»Natürlich bist du eingeladen! Die Hochzeit findet nächsten Sommer statt. Vermutlich in Diamond Creek. Das ist einer unserer Lieblingsorte für Wochenendausflüge, besonders im Sommer. Ich meine, du weißt doch, dass Aaron so ein richtiger Mann ist, mit fischen und jagen und allem, was dazugehört. Er steht auf dieses Outdoor-Zeug.«

»Und das liebst du so an ihm«, sagte ich lachend. Wieder ernst, griff ich nach seiner Hand und drückte sie kurz. »Ich freue mich wirklich für dich.«

»Ich weiß. Apropos Liebesleben, wie läufts bei dir?«, fragte er spitz.

Chris hatte mich in letzter Zeit immer wieder aufgefordert, etwas mehr im Hinblick auf eine ernsthafte Beziehung zu tun. Wie alle anderen meiner Freunde wusste er glücklicherweise nichts von meinem jungfräulichen Zustand. Ich konnte nicht umhin, mich zu fragen, ob mir genau das in die Quere kam.

Ich musterte ihn einen Moment lang und beschloss, dass ich mir bei ihm am ehesten einen Rat holen könnte. Wir standen uns zwar nahe, aber er gehörte nicht zum engen Kreis meiner Kindheitsfreunde. Er war nach Willow Brook gezogen, nachdem er die Krankenpflegeschule abgeschlossen hatte, und hatte eine Stelle als Leiter des Pflegepersonals bekommen, welches nicht für Notfälle zuständig war. Er war mit Sicherheit mit vielen meiner Freunde befreundet. Doch so neugierig er auch war, er hatte nicht so sehr das Bedürfnis, sich in mein Leben einzumischen, wie es bei manch anderen meiner Freunde der Fall war.

Ich stählte mich, holte tief Luft und platzte mit der unverblümten Wahrheit heraus. »Ich bin noch Jungfrau, und ich glaube, das macht mich noch wahnsinnig. Oh, und ich habe immer noch kein Date mit Nate gehabt.«

Abgesehen von meiner Freundin Megan in Anchorage war Chris die einzige Person, der ich von der katastrophalen Spendenaktion im letzten Herbst erzählt hatte, die eigentlich ein Spaß hätte werden sollen. Bei meiner Ankündigung weiteten sich seine Augen und sein Mund blieb offen stehen. Einen kurzen Augenblick später fing er sich und klappte ihn wieder zu. »Nun, verdammt. Normalerweise ist es nicht leicht, mich zu überraschen.«

Ich beeilte mich, das aufzuklären. »Bevor du irgendwelche Vermutungen anstellst, das war nicht so geplant. Ich habe mich nicht aufgespart. Es ist nur so, dass, als alle anderen damit beschäftigt waren, ihre Jungfräulichkeit zu verlieren, Jake bei diesem Autounfall ums Leben gekommen ist und das hat so ziemlich alles in meinem Leben aus dem Gleichgewicht gebracht. Außerdem hatte es den seltsamen Nebeneffekt, dass alle annahmen, ich sei untröstlich über den Tod der Liebe meines Lebens. Aber zwischen uns beiden war es nicht so. Nicht wie bei Ella und Caleb«, erklärte ich. Chris kannte die Geschichte ihrer glorreichen Romanze und war ganz begeistert davon. »Ehrlich gesagt, wenn er nicht gestorben wäre, hätten wir uns wahrscheinlich getrennt und wären einfach Freunde geblieben, und das wäre absolut in Ordnung gewesen. Jedenfalls hat mich nach dem Unfall keiner der Jungs in der Stadt mehr beachtet. Es war so seltsam.« Ich schüttelte den Kopf, stöhnte und vergrub mein Gesicht in meinen Händen.

Als ich aufblickte, beugte sich Chris zu mir und umarmte mich kurz. »Irgendwie ergibt das alles einen Sinn. So ein Scheiß beeinträchtigt dein Sozial- und Sexleben.«

»Wem sagst du das?«, murmelte ich. »Es ist nicht so, dass ich seitdem keine Dates hatte und auch Erfahrungen mit allen Arten von Vorspiel gemacht habe. Es ist nur so, dass diese ganze Sex-Sache nie passiert ist. Ich glaube übrigens nicht, dass ich technisch gesehen noch Jungfrau bin.«

Chris brach in Gelächter aus und schüttelte langsam den Kopf. »Ich glaube, technisch gesehen, bist du genau das.«

»Das glaube ich nicht. Ich habe Vibratoren«, bot ich an.

Als er endlich aufhörte zu lachen, kullerten ihm die Tränen über die Wangen. Ich war erleichtert, dass es heute Morgen im Krankenhaus ruhig war, denn wir waren bisher nicht gestört worden, und es sah auch so aus, als würde es noch eine Weile so bleiben. In der nächsten halben Stunde sollte hier niemand den Dienst antreten. Solange wir nicht angepiepst wurden, hatten wir nichts zu befürchten.

»Es freut mich zwar, dass du Vibratoren hast, und ich bin keine Frau, aber ich glaube, das zählt trotzdem nicht«, meinte er schließlich.

Ich seufzte, stand auf und schritt zum hinteren Teil der Schwesternstation, wo eine dieser praktischen Kaffeemaschinen stand. »Kaffee?«, rief ich über meine Schulter. »Ich brauche eine Tasse, um den Rest dieses Gesprächs zu überstehen.«

»Klar, ich nehme das Schokoladenzeug.«

Ich setzte seinen Kaffee auf und lehnte meine Hüften gegen den Tresen, während wir warteten. »Ich schätze, das ist meine Art, zu erklären, wo ich stehe.«

Chris' Blick wurde nüchterner, als er in den Stuhl sank, den ich gerade freigemacht hatte, seine Füße auf dem Tresen ablegte und sich ruckartig zu mir umdrehte. »Ich glaube nicht, dass es einen Unterschied machen sollte. Wenn es der Richtige ist, dann sollte er sich wohl darüber freuen. Das ist doch so ein *Ding* für Heteromänner, oder? Du weißt schon, der Erste bei einer Frau zu sein?«

Ich schnaubte, als ich den Kaffee überprüfte, drehte mich um, nahm seine Tasse heraus und reichte sie ihm zusammen mit einem kleinen Behälter mit Sahne aus einer Schale neben der Maschine. »Ich weiß es nicht. Ich bin kein Kerl. Damit solltest du dich besser auskennen, als ich.«

»Okay, es ist definitiv ein Ding. Ich werde einfach wiederholen, was ich gesagt habe. Ich finde nicht, dass es so eine große Sache sein sollte. Vielleicht solltest du das Problem einfach aus dem Weg räumen, wenn dich das so sehr belastet«, antwortete er, während er mir die Tasse Kaffee abnahm.

»Mit wem denn?«, entgegnete ich, warf die Hände hoch und drehte mich um, um eine Kaffeekapsel einzuwerfen. Ich drückte auf den Startknopf und lauschte dem Summen der Maschine, als ich mich wieder zu Chris umdrehte.

Er zuckte mit den Schultern. »Nun, wenn du denkst, dass es ein Hindernis ist, dann bring es doch einfach hinter dich. Es ist ja nicht so, als würdest du es für jemand Besonderen aufbewahren. Außerdem, willst du etwa sagen, dass du das teure Date, das Nate ersteigert hat, immer noch nicht eingelöst hast? Es klingt, als hätte dir der Typ einen verdammten Gefallen gemacht.«

Am Tag nach der Auktion hatte ich mich noch einmal mit Ethan und Megan unterhalten. Sie bestätigten, dass die anderen Angebote definitiv von Leuten gestammt hatten, mit denen ich ihrer Meinung nach nicht unbedingt auf ein Date scharf gewesen wäre. Megan hatte mir eingeredet, ich solle mich überwinden, zu dem Date mit Nate zu gehen und mich einfach amüsieren. Sie wusste ja nicht, dass es danach in der Umkleidekabine einen heißen, verrückten Kuss gegeben hatte.

»Ich weiß«, murmelte ich. »Hör zu, ich brauche einen ernsthaften Rat von einem Mann. Denn ich weiß nicht, mit wem ich sonst darüber reden soll. Jeder, mit dem ich rede, ist mit uns beiden befreundet.«

»Und ich bin das nicht?«, entgegnete Chris und sah beleidigt aus.

»Doch, aber du bist derjenige, der am wenigsten urteilt.«

»Okay, und wie lautet deine Frage?«

»Ich habe möglicherweise ein paar Details über mich und Nate ausgelassen. Es kann sein, dass wir vielleicht zweimal beinahe Sex gehabt hätten.«

Chris lehnte sich in seinem Stuhl nach vorne und schlug mit der Handfläche auf den Tresen. »Ach, jetzt hör aber auf. Was zum Teufel? Du hast *viel zu viele Geheimnisse* vor mir.«

Mein Gesicht glühte, und ich wandte mich ab, als die Kaffeemaschine aufgehört hatte zu brummen. Ich holte tief Luft, schüttete einen Schuss Sahne in meinen Kaffee und nahm einen Schluck, bevor ich mich wieder meinem Gegenüber zuwandte.

»Ich weiß nicht, was ich tun soll«, klagte ich seufzend und lehnte meine Hüfte an den Tresen.

»Okay, ich werde jetzt mal kurz vergessen, wie sehr es mich ärgert, dass du mir nichts davon erzählt hast. Was möchtest du tun?«

Ich nahm einen Schluck von meinem Kaffee und zuckte mit den Schultern. »Ich weiß es nicht.«

»Das klingt so, als wolltest du es *mit Nate tun*«, konterte er mit einem verschmitzten Grinsen.

Ich kicherte und meine Wangen wurden wieder heiß. »Ja, aber du kennst Nate. Er steht auf ungezwungene Geschichten. Das Letzte, was ich will, ist nur ein Name auf seiner ‚Liste‘ zu sein.«

Chris sah mich an und neigte den Kopf zur Seite. »Ich glaube, Nate mag dich. Und wen kümmert es, wenn er bisher nichts Ernstes gesucht hat? Er könnte der perfekte Kandidat für dich sein, um *technisch gesehen* deine Jungfräulichkeit loszuwerden. Du brauchst ihm nicht einmal von deiner Jungfräulichkeit zu erzählen. »Technisch gesehen« – er machte eine Pause, mit Anführungszeichen und allem Drum und Dran, und zog das »technisch gesehen« ein bisschen mehr in die Länge, als nötig gewesen wäre – »bist du ja keine Jungfrau mehr. Obwohl, ich wette, er ist gut bestückt und merkt es.«

Ich brach in Gelächter aus und vermutete, dass er in dieser Hinsicht recht hatte. Obwohl ich den Beweis noch nie mit eigenen Augen gesehen hatte, konnte ich mir gut vorstellen, wie gut bestückt Nate war.

»Da könntest du recht haben. Aber was das Verschweigen angeht, der Zug ist bereits abgefahren.

»Du hast es ihm *gesagt*?«, fragte Chris und seine Augen weiteten sich.

»Ja«, murmelte ich. »Es ist mir irgendwie rausgerutscht, weil ich wütend auf ihn war. Aber es hat ihn zumindest zum Schweigen gebracht.«

Chris warf lachend den Kopf zurück. »O mein Gott! Da wäre ich zu gern dabei gewesen. Hör zu, ich weiß nicht, was ich dir sagen soll, aber man kann nie im Voraus wissen, ob jemand, mit dem man zusammen ist, der Richtige ist. Du kannst das nicht wissen. Es sieht so aus, als müssten Nate und du vielleicht ein bisschen was aus dem Weg räumen, also warum es nicht Angriff nehmen? Auch wenn er die Dinge zwanglos hält, ist er kein Arschloch und er trifft sich nie mit Frauen aus der Gegend. Er stößt sich im Sommer die Hörner ab und hält sich im Winter zurück. In dieser Hinsicht ist er wie ein Bär.«

Dabei hätte ich fast meinen Kaffee ausgespuckt. Nate sah zwar nicht wie ein Bär aus, aber ihn sich so vorzustellen, war einfach zu komisch. In diesem Moment ging mein Pager los und rief mich in die Notaufnahme. Ich richtete mich auf und wollte mich gerade auf den Weg machen, als ich Chris' Hand auf meiner Schulter spürte.

»Was?«, fragte ich und drehte mich um, als er sich vom Stuhl erhob.

»Hör nie auf, großartig zu sein. Das ist eines der Dinge, die ich an dir liebe. Du bist spitze. Hör auf, dir Sorgen darüber zu machen, dass du noch Jungfrau bist, und hör auf, alles im Voraus planen zu wollen. Du machst dir zu viele Gedanken und genau das ist dein Problem.« Damit zog er mich in eine kurze Umarmung und drehte mich dann herum, bevor ich davoneilte.

Kapitel Zehn

NATE

Ich lehnte mich in meinem Stuhl im Wildlands zurück und musterte den Raum voller Menschen. Heute Abend war ich allein hier. Ich war nach einem ziemlich turbulenten Flug von einer regulären Post- und Lebensmittellieferung an ein nahe gelegenes indigenes Dorf hierhergekommen. Bei meiner Rückkehr war fast aus dem Nichts ein Sturm aufgetaucht.

Ich nahm einen Schluck von meinem Bier und versuchte, mich für eine Frau zu interessieren, die an der Ecke der Bar saß. Sie hatte langes dunkles Haar und war groß und schlank. Objektiv betrachtet war sie sehr schön und definitiv nicht von hier. Ich hatte sie hier noch nie gesehen, und von Mike, dem Barkeeper, erfuhr ich, dass sie auf der Durchreise war, um eine Lieferung für das Krankenhaus abzuwickeln.

Ganz gleich, wie lange ich sie ansah, ich spürte nichts. Tatsächlich hinterließ der Gedanke, mit ihr zu flirten, einen schlechten Geschmack in meinem Mund. Das hatte nichts mit ihr zu tun, sondern *nur* mit Holly. Es waren drei volle Tage vergangen, seit Holly die kleine Bombe über ihre Jungfräulichkeit platzen gelassen hatte, und ich hatte kaum aufhören können, daran zu denken. Ich hatte mir eingeredet, dass ich vielleicht, nur vielleicht, etwas mehr als nur eine lockere Beziehung mit Holly wollte. Sie war dieses *eine* Mädchen, das ich nie aus meinen Gedanken hatte vertreiben können. Endlich dachte ich, ich hätte eine Chance, und dann gab sie diese Information preis.

Was zum Teufel?

Das änderte nichts an meinem Verlangen nach ihr, kein bisschen. Dennoch fühlte es sich jetzt gewichtig an und das ließ mich innehalten.

Ich stand von meinem Stuhl auf und bahnte mir einen Weg durch die dichte Menschenansammlung zur Bar. Ich dachte mir, dass ich vielleicht nur nahe genug an die Frau dort herankommen musste, um meinen Körper daran zu erinnern, dass ich auch jemand anderen als Holly wollen könnte. Als ich bei der fraglichen Frau ankam, stützte ich meinen Ellbogen auf den Tresen und setzte meine halb leere Bierflasche ab.

Die Frau blickte in meine Richtung. Sie hatte wunderschöne blaue Augen. Obwohl mein Blick reflexartig nach unten wanderte, um ihre üppigen Brüste zu bemerken, reagierte mein Körper überhaupt nicht.

Schlimmer noch, mein Gehirn beschwor sofort ein Bild von Holly herauf, ihr langes blondes Haar in seinem üblichen unordentlichen Dutt oder einfachen Pferdeschwanz, ihre großen braunen Augen und ihre kompakte, kurvige Gestalt. *Diese* Vision war etwas, mit der mein Körper etwas anfangen konnte, und mein Schwanz regte sich bei dem bloßen Gedanken an Holly.

Ich redete mir ein, dass ich nur mein Muskelgedächtnis aktivieren musste. Ich musste nur so tun, als würde ich mit dieser Frau flirten; dann würde sich mein Körper daran erinnern, was ich wollte, und was noch wichtiger war, er würde Holly vergessen.

Das war definitiv eine Premiere für mich. Mir fiel nicht einmal eine schnelle Begrüßung ein. Selbst wenn ich nicht versuchte zu flirten oder jemanden aufzureißen, hatte ich immer schnell einen Spruch parat, egal ob mit einem Mann, einer Frau oder irgendeinem Objekt. Ich lächelte sie ausdruckslos an und wandte mich ab, als der Barkeeper mir eine Frage stellte.

»Willst du noch eins?«, fragte Mike und musterte mein Bier.

»Nein, danke. Ich muss los.«

Ich hatte noch nicht einmal mein Bier ausgetrunken, als ich genervt, unruhig und verdammt frustriert über meinen Zustand losfuhr. Ich merkte erst, was ich tat, als ich meinen Pick-up vom Parkplatz in die entgegengesetzte Richtung meiner Wohnung lenkte. Holly wohnte nur ein oder zwei Blocks vom Wildlands entfernt.

Ich wusste, was ich von Holly wollte. Ich wusste nur nicht so recht, wie ich es anstellen sollte, es zu bekommen. Ich dachte mir, wir könnten damit anfangen, ein Streichholz und einen Spritzer Benzin in das Feuer zu werfen, das zwischen uns loderte.

Soweit ich wusste, hatte ich noch nie Sex mit einer Jungfrau gehabt. In der Highschool hatte das erste Mädchen, mit dem ich je geschlafen hatte, das schon hinter sich gehabt. Wir hatten einfach nur Spaß miteinander gehabt. Wir waren ein paar Monate zusammen, nachdem ihr Ex-Freund, den sie anhimmelte, sie betrogen hatte. Wir waren bis heute befreundet, obwohl sie nicht mehr in Willow Brook wohnte. Sie lebte in Anchorage, war glücklich verheiratet und hatte Kinder.

Danach, nun ja, ging das Leben einfach weiter.

Ungezwungen war die Devise, aber das war nicht das, was ich mit Holly wollte. In meinem Hinterkopf nagte der Gedanke, dass sie immer noch in Jake verknallt war. Ich stellte den Motor meines Pick-up-Trucks neben ihrem Auto auf dem kleinen Parkplatz hinter dem Gebäude ab. Ich war schon öfter hier gewesen, aber nie allein. Hier und da hatte sie Freunde zu Besuch, aber ich war fast immer mit Alex hergekommen. Ich schaute zum Fenster auf der Hinterseite und sah, dass Licht brannte.

Was ich wollte − oder besser gesagt, *wen* ich wollte −, setzte jeden gesunden Menschenverstand außer Kraft, den ich hatte. Ich würde es gerne darauf schieben, dass ich betrunken und dumm war, aber ich hatte nur ein halbes Bier getrunken. Ehe ich mich versah, stand ich an ihrer Tür und hob meine Hand, um dreimal kräftig zu klopfen.

Die Tür schwang auf, und Holly stand da. In der Sekunde, in der ich sie erblickte, durchzuckte mich die Lust, heftig und schnell. Ihr Haar war zu einem Pferdeschwanz hochgesteckt, aus dem lose Strähnen hingen und ihr ins Gesicht fielen. Ihre braunen Augen weiteten sich, als sie mich sah, und ihre Wangen erröteten. Sie trug ein Baumwoll-T-Shirt mit V-Ausschnitt, der Stoff war abgenutzt und dünn. Mir fiel sofort auf, dass sie keinen BH trug. Ihre vollen Brüste spannten das T-Shirt, ihre Brustwarzen zeichneten sich als kleine Spitzen durch den Stoff ab. Darunter trug sie eine weite Baumwollhose, die tief auf den Hüften saß und mir einen flüchtigen Blick auf die Haut zwischen dem Ende des Shirts und dem Beginn des Hosenbundes gewährte. Sie trug keine Schuhe und ihre Zehennägel waren leuchtend blau lackiert.

Wir mussten wohl ein paar Augenblicke zu lange dort gestanden haben, denn ich sah, wie sie zitterte.

Erst dann fiel mir ein, dass es draußen eiskalt war. »Darf ich reinkommen?«, fragte ich.

Sie schüttelte den Kopf und trat einen Schritt zurück. »Sicher, es ist eiskalt draußen.« Sie trat zurück, ließ mich passieren und schloss schnell die Tür hinter mir. »Was zum Teufel machst du denn hier? Es ist fast zehn Uhr.«

Ich nahm mir einen Moment Zeit, um meine Gedanken zu sammeln, während mein Blick über ihre kleine Wohnung schweifte. Es war ein großer Raum mit der Küche auf der Seite, wo ich hereingekommen war, und einer kleinen Insel, die sie vom Wohnzimmer trennte, welches eine hohe Decke und Fenster hatte, die einen Blick auf die Main Street boten, die zurzeit in Dunkelheit gehüllt war. Von einer Couch aus konnte man die Fenster auf der einen Seite und den Fernseher an der Wand auf der anderen Seite sehen. Abgesehen von einem Couchtisch und zwei Beistelltischen war das alles, was sie an Einrichtungsgegenständen besaß.

Erst jetzt fiel mir ein, dass ich noch nie in ihrem Schlafzimmer gewesen war. Durch die offene Tür konnte ich ein großes Bett sehen, mit vielen Kissen und einer flauschigen, marineblauen Daunendecke.

»Also?«, fragte Holly.

Mein Blick wanderte zurück zu ihr. Ich hatte keinen vernünftigen Grund, zu dieser Uhrzeit unangemeldet in ihrer Wohnung aufzukreuzen. Bevor ich einen Gedanken fassen konnte, trat ich auf sie zu und drehte mich um. Sie wich etwas zurück und lehnte sich an die Wand direkt neben der Tür. Sie öffnete den Mund, vermutlich, um mir die Meinung zu geigen.

»Ich habe eine Idee«, sagte ich schnell.

Sie sah verärgert aus. Ihre Wangen waren gerötet, und ich konnte das schnelle Flattern ihres Pulses an der Seite ihres Halses sehen. Ich konnte auch die festen kleinen Spitzen ihrer Brustwarzen spüren, die gegen meine Brust drückten, während ihr Atem in scharfen kleinen Stößen kam. Ich wusste, wie es sich anfühlte, wenn sie auf meinen Fingern kam, jetzt wollte ich sie auf meinem Schwanz und meinem Mund kommen sehen.

»Und die wäre?«, verlangte sie zu wissen.

»Du hast gesagt, du würdest dich nicht aufsparen und deine Jungfräulichkeit sei ein Problem für dich. Also kümmern wir uns darum.«

Mein Gehirn funktionierte nicht. Überhaupt nicht. In dem Moment, als mein verrückter Vorschlag herauskam, legte sich in mir ein Hebel um.

Was zum Teufel machst du da?

Was ich will.

Meine Erwiderung kam, ohne zu zögern. Ich wollte Holly. Wie verrückt.

Ich konnte förmlich sehen, wie sich die Räder in ihrem Kopf drehten und ihre Gedanken wild durcheinanderwirbelten, während sie mich anstarrte und ihre Wangen noch tiefer rot wurden. Ihre Zunge schoss heraus, strich über ihre Unterlippe und versetzte mir einen weiteren heißen Lustschock. Mein Schwanz war hart, so hart, dass es wehtat. Ich wusste, dass sie spüren konnte, wie er gegen ihren Unterleib drückte.

»Du meinst, eine einmalige Sache?«, fragte sie.

Etwas huschte durch die Tiefen ihrer Augen, und mein Herz gab mir einen kräftigen Tritt in die Rippen als Antwort. Holly strahlte normalerweise keine Verletzlichkeit aus. Sie war stark, frech und verdammt eigenwillig. Sie war niemand, der klein beigab. Dennoch spürte ich einen Schimmer von Verletzlichkeit in ihr, und das ließ mich innehalten.

Ich wusste zwar, dass sie mir als Freund vertraute, aber sie hatte ziemlich deutlich gemacht, dass sie mir in dieser Hinsicht nicht traute. Ich wusste, dass ich ihr zeigen musste, dass sie sich geirrt hatte. Ich wusste auch, dass ich sie auf keinen Fall zu irgendetwas überreden konnte, und ich hatte die Absicht, das glühende Bedürfnis, das zwischen uns entbrannt war, voll auszunutzen.

Sie schwieg einen Moment zu lange, und ich spürte, dass sie widersprechen wollte. »Vielleicht, vielleicht auch nicht. Mal sehen, was passiert«, antwortete ich schließlich.

Ihre Brüste pressten sich an mich, als sie tief einatmete. Ich brauchte jedes Fünkchen Selbstkontrolle, um meine Hüften ihr nicht entgegen zu rammen.

Dann überraschte sie mich. »Okay«, hauchte sie kaum hörbar.

Obwohl es genau das war, was ich wollte, hatte ich irgendwie nicht über diesen Moment hinaus gedacht. Nun, man konnte sagen, dass *Denken* nicht viel mit dem zu tun hatte, was gerade passierte. Abrupt erinnerte ich mich daran, dass sie noch Jungfrau war. So sehr ich es auch wollte, ich konnte sie nicht an der Wand nehmen. Das wäre nicht richtig gewesen.

Es klang durchaus verlockend, aber das musste ich mir für ein anderes Mal aufheben. Der Gedanke an Hollys Beine, die nackt um mich geschlungen waren, und an ihre rosige Haut, während ich sie fickte, reichte aus, um mich um den Verstand zu bringen. Aber so etwas sollte ich mir für den Moment aufheben, wenn sie keine Jungfrau mehr war.

Ich gehörte nicht zu den Männern, die sich allzu viele Gedanken über die Jungfräulichkeit einer Frau machten. Sie war nichts, das mir gehörte oder das ich einfordern konnte. Mir wurde klar, dass es mich vielleicht deshalb nicht gekümmert hatte, weil mir bisher keine Frau mehr bedeutet hatte. Seit Hollys kleiner Überraschung neulich konnte ich nur noch daran denken, dass kein anderer Mann je das Glück gehabt hatte, sie vollständig zu spüren.

Kapitel Elf

NATE

Ich zögerte nicht lange, strich ihr mit einer Hand ein paar lose Haarsträhnen von der Wange, bevor ich mich nach vorn beugte und gegen ihre Lippen murmelte: »Okay, dann lass es uns tun.«

Sofort wölbte sie sich mir entgegen, legte eine Hand in meinen Nacken und murmelte: »Um Himmels willen, küss mich endlich.«

Typisch Holly, die Situation kontrollieren zu müssen.

Es hatte keinen Sinn, mit ihr zu streiten. Unsere Münder trafen aufeinander. Ich merkte, dass Holly und ich in einer Sache unglaublich gut harmonierten: beim Küssen. Verdammt noch mal, ich könnte sie stundenlang küssen. Sie hielt sich nicht zurück, ihre weichen, sinnlichen Lippen bewegten sich auf meinen und ihre Zunge glitt über meine.

Ich liebte die Geräusche, die sie von sich gab, kleine Seufzer und Stöhnen, direkt in meinen Mund. Ich verlor jegliches Zeitgefühl. Ich wusste nicht einmal, wie schnell es ging, aber ich hob sie hoch, als sich ihre Beine um meine Taille legten. Ich konnte ihre feuchte Hitze durch ihre dünne Baumwollhose und den Stoff meiner Jeans spüren.

Trotz des benebelnden Gefühls erinnerte ich mich daran, dass dies nicht irgendeine Frau war. Das war Holly, die Frau, von der ich jahrelang geträumt und mir eingeredet hatte, dass ich sie nicht haben konnte. Und sie war noch Jungfrau. Ich musste das hier richtig machen. Ich rang in meinem Kopf um Fassung und kratzte das letzte bisschen Kontrolle zusammen, das ich hatte, um mich von unserem Kuss zu lösen und nach Luft zu schnappen.

Ich drückte sie an mich und wich von der Wand zurück. »Schlafzimmer«, murmelte ich.

Sie lachte, und der heisere Klang schickte einen heißen Schuss Blut in meine Leistengegend. Es wäre ein verdammtes Wunder, wenn ich wegen dieser Frau nicht direkt in meine Hose kommen würde.

»Was? Ist das eine dieser Situationen, in denen du denkst, du musst das jetzt richtig machen? Wir hätten fast in einem Fahrstuhl gefickt. Ganz zu schweigen davon, dass ich nicht glaube, dass diese Entjungferungssache so sein wird, wie du es dir vorstellst. Es ist ja nicht so, dass noch nie etwas passiert ist, und ich habe jede Menge Vibratoren.«

Gütiger Gott. Ich würde wohl tatsächlich beten müssen, um meine Beherrschung nicht zu verlieren. Allein der Gedanke daran, wie Holly an sich herumspielt, raubte mir fast das letzte bisschen Kontrolle, das ich noch hatte. Wie ich schon sagte, es wäre ein Wunder, wenn ich überhaupt bis zum Finale durchhalten würde.

Ich drehte mich in Richtung ihres Schlafzimmers und drückte sie an mich. »Halt die Klappe.«

»Oh, träum weiter«, stichelte sie, als ich durch die Tür in ihr Schlafzimmer schritt.

Nach einem weiteren Kichern neigte sie den Kopf und knabberte an meinem Hals. Ich hatte es mir nicht eingebildet, sie war das Gegenteil von passiv. Verdammt, nach der Benefizveranstaltung hatte sie mich in der Umkleidekabine wie ein verdammtes Pferd bestiegen. Ganz zu schweigen von dem, was im Fahrstuhl passiert war.

Doch nach drei Tagen, in denen ich ununterbrochen über die Tatsache nachgedacht hatte, dass sie noch Jungfrau war, kam ich zu dem Schluss, dass ich sanft mit ihr umgehen musste. Holly sah das allerdings ganz anders. Sie knabberte wieder an meinem Hals und als ich am Fußende des Bettes stehen blieb, stupste sie mich an der Schulter an. »Leg einen Gang zu, ja?«

»Verdammt noch mal, Holly«, murmelte ich.

Ich begann, sie zu mir nach unten zu ziehen, und sie befreite sich aus meinem Griff, wobei diese subtile Berührung jede Faser meines Körpers anspannen ließ. Vorfreude durchströmte mich und Verlangen schoss wie Feuer durch meine Adern.

Mit einer Hand griff sie in den Saum ihres T-Shirts und hob es in einem Schwung über ihren Kopf, wo es zu Boden fiel. Mir stockte der Atem. Buchstäblich. Ich hatte zwar schon oft von Hollys Brüsten geträumt, aber bis jetzt hatte ich sie noch nie in ihrer vollen Pracht gesehen.

Für einen Moment wurde mir schwindelig. Ihre Brüste waren prall und rund, die Haut straff, und ihre dunkelrosa Brustwarzen warteten nur auf meine Berührung. Sie bemerkte meinen Blick, ein leichtes Grinsen umspielte ihre Mundwinkel.

»Oh, ich verstehe. Was hast du denn gedacht? Dass ich plötzlich schüchtern werde? Das war nicht der Grund für diese ...« – sie hielt inne, ließ ihre Hand kreisen und rollte mit den Augen – »Jungfräulichkeitssache. Der Richtige war einfach noch nicht dabei. Aber du hast recht. Ich sollte es einfach hinter mich bringen. Dann ist es endlich aus dem Weg geräumt.«

Obwohl ich kaum einen klaren Gedanken fassen konnte – ich wusste nicht einmal, ob ich überhaupt irgendeinen Gedanken fassen konnte –, versetzte mir die Art und Weise, wie sie über ihre Jungfräulichkeit sprach, einen Stich. Ich spürte, dass sie mich in eine Ecke mit der Aufschrift »Zwanglos, mit gewissen Extras« abgestellt hatte. Wenn man bedachte, dass zwanglos praktisch mein zweiter Name war, obwohl ich es vermieden hatte, mich mit Freunden einzulassen, konnte ich ihr das nicht übel nehmen. Glücklicherweise ließ sie mir nicht lange Zeit zum Zögern, trat zu mir und schob mir rasch die Jacke von den Schultern. »Du hast zu viele Sachen an«, murmelte sie.

Sie schob ihre Hand unter mein T-Shirt, und das Gefühl ihrer Handfläche hinterließ feurige Spuren auf meiner Haut. Die Fesseln meiner Kontrolle entglitten mir, und ich verstärkte meinen Griff. Ich griff in meinen Nacken, packte den Kragen meines Shirts, zog es mir über den Kopf und schleuderte es zur Seite, wo es neben ihrem auf den Boden landete. Ich kramte ein Kondom aus meiner Brieftasche und warf es auf den Nachttisch neben ihrem Bett, während ich meine Jeans auszog.

Als ich zu Holly zurückblickte, schlüpfte sie gerade aus ihrer Baumwollhose und strampelte sie von ihren Füßen. Verdammt noch mal. Schon zu lange hatte sie meine Selbstbeherrschung auf die Probe gestellt. Ich war mir nicht sicher, ob das jetzt eine Form der Bestrafung war.

Sie stand vor mir und ihre Brüste verführten mich über alle Maßen. Meine Augen saugten jedes Detail auf – die Vertiefung in ihrer Taille, die sanfte Wölbung ihres Bauches, die Ausbuchtung ihrer Hüften – all diese Details machten mich fast verrückt, ohne dass ich sie auch nur mit einem Finger berührt hätte.

Um mich bis zum Äußersten zu treiben, trug sie natürlich einen marineblauen Seidenschlüpfer. Sie hakte ihre Finger am Rand des Slips ein und zerrte damit unbarmherzig an den Zügeln meiner Kontrolle.

»Nein«, grollte ich, und mein Wort kam wie ein grober Befehl aus meinem Mund.

Ihre großen braunen Augen blickten zu meinen. »Nein?«

»Noch nicht.«

Ich verringerte den Abstand zwischen uns und stöhnte fast auf, als ich meine Hand in ihr Haar und die andere über die süße Kurve ihres Hinterns gleiten ließ. Ich hatte Holly schon früher an mir gespürt, aber es waren immer mindestens ein oder zwei Schichten zwischen uns gewesen. Als ich ihre Brüste an meiner Brust spürte, ihre nackte Haut weich und seidig, war es, als würden Blitze unter meiner Haut zucken.

Ich wollte, dass es ihr genauso erging wie mir, dass sie sich in mir verlor. Ich forderte ihre Lippen und ließ das Verlangen, das mich durchströmte, in ihren Mund fließen. Sie erwiderte den Sturm, Kuss für Kuss, Berührung für Berührung, Biss für Biss. Eine Hand strich über meine Brust, die andere glitt meinen Rücken hinunter, wobei ihre Nägel mich leicht berührten. Ich klammerte mich an einen Faden der Kontrolle und sei es nur, weil sie alles war, was ich wollte. *Endlich.* Sie nackt in meinen Armen zu halten, war eine Fantasie, die ich schon so verdammt lange hegte, dass sie sich praktisch in mein Gehirn einge-brannt hatte.

Das Gefühl, sie tatsächlich *zu spüren,* war unglaublich. Ich ließ uns auf das Bett fallen, rollte auf die Seite, gab schließlich nach und löste mich von ihren Lippen, um jeden Zentimeter ihres köstlichen Körpers zu erkunden. Ihre Haut schmeckte süß und salzig. Ich umfasste eine ihrer Brüste und hob meinen Blick, als sie sich gegen mich wölbte und ein leises Stöhnen von sich gab.

Meine Fantasien über sie waren nichts im Vergleich hierzu gewesen. Seit unseren letzten Begegnungen hatte ich ein wenig mehr Inspirationen für meine Träume gehabt. Doch nichts hätte mich darauf vorbereiten können, wie exquisit es sich anfühlen würde, sie nackt an mir zu spüren, mit nichts als diesem winzigen Fetzen Seide, der mich davon abhielt, in ihr zu sein.

Ich strich mit meinem Daumen über ihre feste Brustwarze, um anschließend meine Zunge um sie herumzuwirbeln, sie einzusaugen und leicht daran zu knabbern, bis sie aufschrie. Dann bewegte ich mich zur anderen Brust und ließ meinen Finger währenddessen in der Feuchtigkeit kreisen, die meine Zunge hinterlassen hatte.

Alles war verschwommen – ihre Finger, die sich mit einem rauen Keuchen an meinem Haar festhielten, mein eigener rasender Atem, mein Schwanz, der so hart war, dass er schmerzte, und das Bedürfnis, das bei jeder Berührung wie eine Trommel in mir klopfte.

Ich strich über die weiche Wölbung ihres Bauches und genoss das Gefühl ihrer Haut, als ich ihre Hüfte umfasste und mich zurücklehnte. Als ich meine Finger zwischen ihre Schenkel schob, war die Seide klatschnass. Ich wusste, wie glitschig sie sich an meinen Fingern anfühlte. Ich konnte es verdammt noch mal nicht erwarten, tief in ihr zu versinken.

Aber zuerst musste ich dafür sorgen, dass sie ihren Verstand verlor.

Ich ließ meine Finger über die Seide gleiten und beobachtete ihr Gesicht. Ihre Wangen waren gerötet, und ihr ganzer Körper glänzte von den Schweißtropfen. Der sanfte Schein einer Lampe in der Ecke war das einzige Licht im Raum und tauchte sie in einen goldenen Schleier.

»Nate«, keuchte sie und ihre Hüften beugten sich meiner Berührung.

Ich konnte nicht verhindern, dass sich ein Gefühl der Befriedigung einstellte, zu wissen, dass sie mich so sehr wollte.

»Was?«, murmelte ich als Antwort.

Ihr Haar lag wirr auf den Kissen um sie herum. Sie hob ihren Kopf an und stützte sich mit einem Ellbogen ab. Mein Schwanz pochte. Ihre Nippel bettelten förmlich darum, wieder von mir gesaugt und geleckt zu werden. Während ich wartete, verengten sich ihre Augen. Oh, gut, ich liebte es, wenn Holly wütend war.

»Mach schon«, befahl sie.

Sie bewegte sich und griff nach mir. »Nicht so schnell«, mahnte ich und umschloss ihre Hand mit der einen Hand, während ich mit meiner anderen den Seidenstoff aus dem Weg schob und meine Finger zwischen ihren Schenkeln vergrub. Sie war heiß und feucht. Was auch immer sie als Nächstes sagen wollte, es ging in einen rauen Schrei unter, als sie gegen die Kissen zurückfiel und mir ihre Hüften entgegenschob.

Wenn es um Holly und mich ging, gab es keine Finesse. Es war wie zwei Funken, die aufeinander prallten und die Flammen nährten, die überall, wo wir uns berührten, mehr und mehr Feuer entfachten.

Ich rutschte nach unten und schob ihr Knie zur

Seite, um mit meiner Zunge an ihrer Knospe zu spielen. Sie spannte sich an und drückte meine Finger zusammen. Ihr Höschen musste aus dem Weg geschafft werden, also zog ich mich gerade lange genug zurück, um es ihr von den Beinen zu reißen und quer durch den Raum zu schleudern. Dann vergrub ich mein Gesicht zwischen ihren Schenkeln, leckte, saugte und streichelte, während ich sie mit meinen Fingern reizte. Sie stöhnte und reckte mir ihre Hüften entgegen.

Ich spürte, wie die Wellen ihres Höhepunkts hereinbrachen und sie sich immer weiter anspannte, bevor sie an einem rauen, lauten Schrei meinen Namen rief. Ich hatte es langsam angehen wollen, aber das hätte irgendeine Art von Kontrolle erfordert. Mit einem Ruck und einem Tritt fiel meine Boxershorts auf den Boden am Fußende des Bettes. Mit meinen Lippen und meiner Zunge bahnte ich mir meinen Weg zurück auf ihren Körper. Ich wollte nur eines, sie an mir zu spüren, endlich in diese Frau zu sinken, die meine Fantasien seit Jahren gequält hatte.

Meine Hüften ließen sich zwischen ihren Schenkeln nieder, die glitschige, feuchte Hitze war so verlockend, als ich meine Hüften einmal gegen sie schaukelte und mein Schwanz nur leicht durch über ihre Nässe glitt. Die Realität traf mich plötzlich wie ein Schlag. Ich war so vertieft in den Tornado des Verlangens, der in mir peitschte, dass ich fast ein Kondom vergessen hätte. Ich rollte mich schnell weg, oder besser gesagt, ich versuchte es und murmelte: »Kondom«.

Holly hatte ihre Beine um meine Hüften geschlungen und hielt mich fest. Sie war eine kleine Frau, zumindest von der Körpergröße her, aber sie war stark. Als ich nach unten schaute, begegnete sie meinem Blick; ihre Augen waren groß und dunkel.

»Holly?«

Sie schüttelte den Kopf und lockerte dann ihren Griff um meine Hüften. Ich bewegte mich schnell, griff nach dem Kondom auf ihrem Nachttisch und zog es im Handumdrehen über. Als ich mich wieder über sie beugte und das Gefühl, sie an mir zu spüren, fast nicht mehr ertragen konnte, durchbrach ich den Dunst des Verlangens in meinem Kopf mit aller Kraft. »Bist du sicher, dass du das hier willst?«

Sie kicherte, und das Geräusch ließ mein Herz klopfen. »Ich glaube, es ist ein bisschen spät, um jetzt noch einen Rückzieher zu machen, findest du nicht?«

Das hier war bedeutsamer, als ich erwartet hatte. Mal abgesehen von all meinen Fantasien, das hier war Holly, eine Frau, die ich schon ewig kannte. Ich war im Begriff, der erste Mann zu sein, der jemals auf diese Weise in ihr war. Es würde mich jedes Quäntchen Willenskraft kosten, aber wenn sie ihre Meinung änderte, würde ich es respektieren.

Kapitel Zwölf

HOLLY

Nates dunkler Blick haftete an meinem, so intensiv, dass er mir den Atem raubte. Ich spürte, wie sein langer, harter und dicker Schwanz mich berührte. Ich hatte gerade einen explosiven Orgasmus gehabt, dank seiner Finger und seines Mundes. Eigentlich hätte ich befriedigt sein müssen, doch ich war es nicht mal annähernd.

Und *jetzt* wollte er wissen, ob ich einen Rückzieher machen wollte? Wenn ich auch nur ein kleines bisschen Vernunft in mir hätte, würden wir jetzt nicht nackt in meinem Schlafzimmer stehen, Sekunden davon entfernt, einen Fehler epischen Ausmaßes zu begehen.

Nichts davon spielte in diesem Moment eine Rolle. Alles, was zählte, war der Trommelschlag meines Herzens, das Verlangen, das sich mit den Gefühlen vermischte und sich zu einem Sturm in meinem Inneren entwickelte, und das fast verzweifelte Verlangen, ihn in mir zu spüren.

»Ich bin sicher«, sagte ich.

Meine Hüften wölbten sich reflexartig, und das

Gefühl, wie er über meine geschwollene Knospe glitt, versetzte mir einen kleinen heißen Lustschock. Ich wollte mehr. Endlich, *endlich* gab er es mir. Als er sich zurückzog, spürte ich die Spitze seines Schwanzes zwischen meinen Schenkeln. Doch trotz aller Witzeleien über irgendwelche praktischen Aspekte verspürte ich einen Moment lang einen Anflug von Angst.

Und dann glitt er in mich hinein, ein langsamer, tiefer Stoß. Ich spürte, wie er verzweifelt versuchte, die Kontrolle zu behalten. Er war hart wie Stahl, jeder harte Zentimeter von ihm wurde noch fester, als er mich langsam ausfüllte. Ich spürte ein leichtes Zwicken und Brennen, aber es war nicht schlimm. Vielleicht hatte ich ja recht gehabt, dass meine Vibratoren geholfen hatten.

Seine Stimme klang fast undeutlich, als er sprach. »Holly, geht es dir gut?«

»Mmhm«, brachte ich hervor, und mein Herz schlug so heftig und schnell, dass mein ganzer Körper vibrierte.

Meine Hüften schaukelten ihm erneut entgegen, ich spürte ein weiteres leichtes Stechen. Aber das Gefühl, wie er mich dehnte und ausfüllte, war besser, als ich es mir je hätte vorstellen können. Mir war bewusst gewesen, dass mir etwas entging, ich schätze, ich hatte nur nicht realisiert, wie viel.

Nate zog sich langsam zurück und sank dann wieder hinein. Wieder spürte ich, wie er versuchte, sich zu zügeln, das Ganze zu kontrollieren. Ungeduldig, mit einem brennenden, sehnsüchtigen Verlangen, das mich antrieb, wölbte ich mich ihm entgegen, meine Hüften hoben sich, um jedem Stoß zu entgegnen. Ich war zu sehr gefesselt von diesem prickelnden

Gefühl, zu erregt, um das Ganze in die Länge zu ziehen.

Ich schlang meine Beine um seine Hüften und ließ meine Hand über seine Wirbelsäule gleiten. »Lass mich nicht warten«, murmelte ich.

Unsere Blicke trafen aufeinander, seiner dunkel und entschlossen. Da flackerte etwas auf, das direkt in mein Herz drang und sich dort einnistete. Ich fühlte mich, als würde ich mich drehen. Mit jeder seiner Bewegungen in mir, seiner Haut an meiner, seinem harten, muskulösen Körper, der mich umschlang, war ich in einem Netz aus Verlangen und Intimität gefangen.

»Ich werde mich nicht beeilen, nur weil du es sagst«, bestimmte er mit rauer Stimme an meinen Lippen.

Es stimmte, dass ich mich nicht gerettet hatte, aber darauf war ich nicht vorbereitet. Ich war überzeugt, dass ich für immer ruiniert sein würde. Diese erste Erfahrung mit Nate zu machen ließ mich von den Wellen der Gefühle und des Verlangens, die gegen die Klippen krachten, völlig durchgeschüttelt werden.

Alles verschwamm. Seine Hüften schaukelten gegen meine und er übernahm endgültig die Kontrolle, nicht dass ich sie je hätte an mich reißen können. Es war ein Zeitlupentanz des Wahnsinns mit seinem harten, muskulösen Körper an meinem und jedem quälenden Stoß seines Schwanzes. Glitschig und feucht trieben mich seine Bewegungen immer weiter, während sich der Druck zwischen meinen Schenkeln aufbaute.

Die ganze Zeit über waren seine Augen auf mich gerichtet und es war mir unmöglich, meinen Blick abzuwenden. Lust durchströmte mich und Feuer loderte in mir auf. Er griff zwischen uns hindurch, richtete sich leicht auf und schob sich erneut langsam in mich hinein. Als er mit dem Daumen auf meinen Kitzler drückte, löste sich der Druck in mir mit einer solchen Wucht, dass ich aufschrie.

Er setzte seine Bewegungen fort und mein Orgasmus wurde immer stärker und stärker, während sich mein Inneres fester um seinen Schwanz krampfte. Ich war erschöpft von der Wucht des Orgasmus, als er endlich abebbte. Mit einem rauen Aufschrei spannte er sich an. Daraufhin sackte er an mir zusammen und drehte uns so, dass er auf dem Rücken lag, während ich schlapp und befriedigt an seiner Brust lehnte.

Ich war völlig entkräftet und alles drehte sich. Nate murmelte etwas und strich mir die feuchten Haare aus dem Gesicht.

»Geht es dir gut?«

Diese einfache Frage, von der ich annahm, dass sie von seiner Sorge herrührte, mich irgendwie verletzt zu haben. Sicher, es hatte ein bisschen gebrannt und wurde gedehnt, auf jeden Fall mehr als alles andere, was ich bisher erlebt hatte, aber irgendwie ärgerte mich seine Frage.

Wahrscheinlich, weil ich mich zu verletzlich, zu ausgeliefert fühlte – gefangen in einem Sog aus Verlangen und Intimität, der viel intensiver war als alles, was ich bisher erlebt hatte. Ich konnte nicht erklären, warum es mit anderen Männern nie weitergegangen war, denn ich hatte mich nicht absichtlich zurückgehalten. Aber das, was ich mit Nate fühlte, war so viel mehr, als ich erwartet hatte.

Emotionen durchströmten mich, und ich konnte nicht mehr sprechen. Unfähig, den Blick von seinen dunklen Schokoladenaugen abzuwenden, brachte ich nur ein Nicken zustande. Ich war geistig kaum anwesend, immer noch von Gefühlen überflutet, kleine

Schauer durchliefen meinen Körper, und die Lust pulsierte in kleinen Nachbeben.

Unser Atem verlangsamte sich im Einklang und ich bekam endlich wieder genug Sauerstoff, um klar denken zu können. Als er seinen Arm um meinen Rücken legte, eine Handfläche meinen Po umfasste und die andere mein Haar durchwuschelte, sagte ich mir, dass ich aufstehen sollte. Aber ich wollte es nicht.

Das fühlte sich alles zu gut an. Ich hatte nicht erwartet, dass der Verlust meiner Jungfräulichkeit so bedeutsam sein würde. Ich wollte mich in Nates Arme wickeln und die Welt ignorieren. Aber das konnte ich nicht. Ich musste die Grenzen deutlich machen, sowohl für mich als auch für ihn.

Entschlossen hob ich meinen Kopf an und stützte mein Kinn auf meine Hand. Nates Augen öffneten sich. Ich hätte alles dafür gegeben, zu wissen, was er gerade dachte. Seit ich ihn kannte, war er noch nie besonders leicht zu durchschauen gewesen. Zumindest nicht über das hinaus, was er der Welt von sich preisgeben wollte. Nate war der Scherzbold, der Charmeur, den jeder kannte. Doch als ich ihm jetzt in die Augen sah, hatte ich keine Ahnung, was er gerade dachte. Seine Hand verharrte einen Moment in meinen Haaren, dann hob er sie an und strich mir eine weitere verheddterte Strähne aus der Stirn.

Das war alles zu viel, zu viel von dem, was ich wollte. Ich zwang mich, mich zu bewegen. Als ich mich aufrichtete, schaute ich nach unten und stellte fest, dass ich rittlings auf ihm saß. Als sich meine Hüften bewegten, spürte ich, wie sein Schwanz in mir anschwoll. Seine Mundwinkel zogen sich nach oben. »Tu das nicht«, murmelte er.

Ich hatte es nicht beabsichtigt, ich wollte ihn nicht absichtlich reizen, aber meine Hüften bewegten sich von selbst und wippten leicht. Egal, was ich mir einredete, mein Körper wusste, was ich wollte, oder besser gesagt, wen ich wollte – Nate. Es schien keine Rolle zu spielen, dass er mich gerade nicht nur einmal, sondern gleich zweimal über den Abgrund gejagt hatte.

»Überlegst du gerade, wie du mich loswirst?«, fragte er.

Und schon war ich stinksauer auf ihn. Aber ich hatte nicht vor, ihn das wissen zu lassen. Es ärgerte mich, wie gut und leicht er mich durchschaute. Denn er hatte recht. In dem Moment, in dem sich die Räder in meinem Kopf zu drehen begannen, fragte ich mich, wie ich ihn elegant aus meiner Wohnung vertreiben konnte.

Nicht, weil ich das wollte. Nein, eher weil ich wollte, dass er blieb. Viel zu sehr. Und das jagte mir eine Heidenangst ein.

Ich fing mich wieder und rollte mit den Augen. »Nein, ich hatte nicht vor, dich zu vertreiben.«

Falls er wusste, dass ich log, ließ er es durchgehen. Ein Gefühl der Befangenheit stieg in mir auf. Ich hatte nie gewollt, dass meine Jungfräulichkeit eine große Sache wird. Doch jetzt war ich hier, endlich von dieser Last befreit, und ich war bei Nate. Ich kannte ihn schon ewig, und er war einer der wenigen Menschen, die dieses kleine Geheimnis kannten.

Ich wusste nicht, wie ich mich so einfach von ihm trennen sollte. Er ersparte es mir, das zu klären. Ob es nun daran lag, dass er meine Unsicherheit spürte, oder er einfach den richtigen Zeitpunkt erwischte, er bewegte sich etwas und hob mich hoch, während er aus mir herausglitt. Für einen kurzen Moment fühlte ich mich verloren und vermisste augenblicklich seine Nähe.

Er rollte unter mir weg und stand auf. Als ich im

schummrigen Licht zu ihm aufblickte, stockte mir der Atem. Es war ja nicht so, dass ich Nate noch nie oben ohne gesehen hätte. Immerhin war er der beste Freund meines Zwillingsbruders. In der Highschool hatte er viele Nächte in unserem Haus verbracht, die Hälfte der Zeit in Jogginghosen und ohne Shirt.

Aber das war, bevor der Schalter in meinem Körper umgelegt worden war. Jetzt konnte ich ihn nicht mehr ansehen, ohne in meinem eigenen Körper ein Gefühl der Erregung zu spüren. Er hielt mir seine Hand hin. Ich musste ihn mit leerem Blick angestarrt haben, denn sein Mund verzog sich zu einem Grinsen.

»Dusche«, erklärte er, als wäre es das Natürlichste der Welt.

Im Augenblick dachte ich nicht besonders viel nach. Es war einfacher, es nicht zu tun. Als ich meine Hand in seine legte, spürte ich einen kleinen heißen Schauer, ein elektrisches Kribbeln, dort, wo wir uns berührten. Er legte seine Hand um meine und zog sie sanft an sich, sein Griff war warm und stark.

Kapitel Dreizehn

HOLLY

Ich wurde wach, als ich ein leises Rascheln im Schlafzimmer hörte. Ich musste ein Geräusch gemacht haben, denn ich hörte Nates Stimme. Er trat an den Rand des Bettes, beugte sich vor und seine Lippen streiften die meinen. Sofort wollte ich ihn an mich ziehen und mich in denselben Wahnsinn stürzen, in dem ich mich letzte Nacht verloren hatte.

»Ich muss los«, sagte er mit rauer, flüsternder Stimme.

Mein Vorhaben, letzte Nacht nicht mit ihm einzuschlafen, war auf ganzer Linie gescheitert. Nachdem er mich provoziert hatte, indem er von mir erwartet hatte, dass ich ihn rauswarf, konnte ich mich nicht dazu durchringen, es tatsächlich zu tun. Ich wollte nicht, dass er recht behielt. Und noch viel weniger wollte ich, dass er ging.

Ich erinnerte mich vage daran, dass er erwähnt hatte, dass er heute Morgen früh aufstehen müsse, um eine Gruppe von Skitourengehern in eine Lodge zu fliegen. Er würde erst in drei Tagen zurückkehren.

»Oh, richtig«, antwortete ich und richtete mich im

Bett auf. Die Decke schmiegte sich um meine Taille, als ich auf die Kissen rutschte. Ich strich mir das verwirrte Haar aus dem Gesicht und sah zu ihm auf. »Möchtest du einen Kaffee?«

»Du brauchst meinetwegen nicht aufzustehen – und bitte bedeck dich«, mahnte er mit einem leisen Kichern.

Im Licht des Badezimmers sah ich, wie sein Blick auf meine nackten Brüste fiel. Meine Nippel spannten sich sofort an. Bevor ich einen klaren Gedanken fassen konnte, neigte er den Kopf und umschloss eine meiner Brustwarzen mit einem schnellen Zungenwirbel und einem leichten Streifen seiner Zähne. Einfach so baute sich zwischen meinen Schenkeln erneut Anspannung auf.

Er wich hastig zurück. Unzufrieden schlug ich die Laken weg und griff nach meinem Morgenmantel, der auf einem Stuhl neben dem Bett hing. Ich schritt an ihm vorbei. »Ich stehe ohnehin früh auf. Ich muss in zwei Stunden im Krankenhaus sein. Ich mache dir einen Kaffee, bevor du gehst. Hast du noch Zeit dafür?«, rief ich über die Schulter, während ich schnell aus dem Schlafzimmer in die Küche schritt und das Licht anknipste.

Es war sechs Uhr dreißig. Die Sonne würde in etwa eineinhalb Stunden aufgehen.

»Ich habe Zeit. Du brauchst nicht ...« Er verstummte, als ich ihm einen Blick zuwarf und den Kopf schüttelte, während ich die Schlaufe meines Morgenmantels festzog.

Ich musste mich beschäftigen. Ich wollte ganz sicher nicht im Bett liegen und Nate nachtrauern. Er gluckste, als er auf einen Hocker neben dem Tresen rutschte. »Wenn du darauf bestehst. Ich habe etwa eine halbe Stunde Zeit.«

»Perfekt. Genug Zeit für mich, um dir Kaffee und etwas zu essen zu machen.«

»Du musst nicht ...« Diesmal lachte er, als ich einen weiteren ermahnenden Blick in seine Richtung warf.

»Du brauchst Frühstück. Janets Scones sind köstlich, aber das richtige Frühstück wird erst in einer Stunde serviert. In zehn Minuten habe ich ein Eiersandwich für dich fertig.«

Ich machte mich schnell ans Kaffee-Kochen, um die Tatsache zu überspielen, dass ich zufällig wusste, dass Nate Eiersandwiches liebte. Er hatte meine Mutter immer darum gebeten, sie für ihn zu machen, wenn er bei meinem Bruder übernachtete, als wir noch jünger waren. Nachdem ich den Kaffee aufgesetzt hatte, holte ich das Brot heraus, schlug die Eier auf und schüttete sie in eine kleine Pfanne. Ich hielt meine selbst auferlegte Frist von zehn Minuten mit einer Minute Vorsprung ein.

Nachdem ich ihm seinen Kaffee über den Tresen zugeschoben hatte, hob ich sein Sandwich mit einem Spachtel auf einen Teller und reichte es ihm. »Oh, warte, scharfe Soße«, rief ich. Ich drehte mich um, griff in meinen Schrank und holte seine Lieblingssauce heraus. Ich hob die oberste Scheibe des Brotes an und träufelte ein paar Tropfen auf die Eier.

Er nahm einen Schluck seines Kaffees und stieß einen Seufzer aus. »Der ist perfekt.«

Ich goss mir selbst eine Tasse Kaffee ein und stellte meinen Fuß auf einen Hocker an der Seite der Theke. Ich zog ihn näher heran, lehnte mich mit der Hüfte daran und nippte an meinem Kaffee, während er aß.

Ich wusste nicht recht, was ich von all dem halten sollte. Die letzte Nacht war ... nun, sie war *weit* mehr gewesen, als ich erwartet hatte. Der Verlust meiner Jungfräulichkeit selbst war nicht das, was mich so aus der Bahn geworfen hatte. Vielmehr war es die unerwartete Intimität. Irgendwie bezweifelte ich, dass dieses Gefühl einfach nur Lust war, sosehr ich mir das auch einreden wollte.

Nate aß schweigend, seine Augen blickten gelegentlich zu mir. Der Rest der Zeit verlief in geselligem Schweigen. Es war ja nicht so, dass ich das erste Mal mit Nate frühstückte. Ganz im Gegenteil. Alex war ein Langschläfer, im Gegensatz zu Nate und mir. Meine Mutter machte uns immer Frühstück, wenn Nate über Nacht blieb, und Alex kam meist erst viel später nach.

Diese kurze, alltägliche Interaktion fühlte sich sowohl vertraut als auch völlig neu an. Der Faktor, der die Dynamik veränderte, war die Tatsache, dass ich jetzt mit Nate intimer war als mit jedem anderen Mann zuvor. Unruhig nahm ich einen Schluck meines Kaffees und stand vom Tresen auf, wobei ich meinen Bademantel wieder enger zog. Ich war nervös, und ich war mir dessen nur allzu sehr bewusst.

Um mich zu beschäftigen, wusch ich die einzelne Pfanne, mit der ich sein Eiersandwich zubereitet hatte, in der Spüle ab, und füllte mir Kaffee nach. Als ich mich wieder umdrehte, lehnte ich mich gegen den Tresen, wobei ich mich mit einer Hand an der Kante abstützte und in der anderen meinen Kaffee hielt.

Meine Augen saugten Nates Anblick auf. Mit seinem von der Dusche feuchten Haar sah er so verdammt gut aus. Er hatte kurzes, glattes braunes Haar, das ihm in einem zotteligen Schnitt um die Ohren und über die Stirn fiel. Ich wollte näher treten, ihm mit den Fingern durch das Haar streichen und mich wieder in seinem Mund verlieren. Er hatte volle, sinnliche Lippen. Seine Gesichtszüge waren eher kantig, mit ausgeprägten Augenbrauen und schrägen

Wangenknochen, und dieser Kontrast machte seine Lippen umso dekadenter.

Mein Puls beschleunigte sich in dem Moment, als er seinen Teller wegschob und aufblickte. Oje. Es gab einen Grund, warum ich alles getan hatte, um enge Begegnungen mit Nate zu vermeiden. Mein Körper spielte jedes Mal verrückt, wenn ich in seine Nähe kam.

Jetzt, da ich mit jedem Zentimeter meines Körpers wusste, wie es sich anfühlte, seinen Körper an meinem zu spüren, bis zum Anschlag in mir vergraben, war es noch schlimmer, definitiv schlimmer.

»Danke«, sagte er. »Das war köstlich.« Seine Augen huschten über meinen Kopf zur Uhr über dem Herd. »Ich muss jetzt los. Ich muss es rechtzeitig zum Hangar schaffen, um alles für den Flug vorzubereiten.«

Er stand auf, umrundete den Tresen und leerte schnell seinen Kaffee, bevor er seine Tasse und seinen Teller in die Spüle stellte. Ich sagte meinem Körper immer wieder, er solle sich bewegen, aber ich blieb genau dort, wo ich war. Der Drang, ihm nahe zu sein, setzte sich über jeden gesunden Menschenverstand hinweg. Aber es schien, als würde sich mein gesunder Menschenverstand verabschieden, wenn es um Nate ging. Ich umklammerte meinen Kaffeebecher, als hinge mein Leben davon ab. Vielleicht würde ich dem Drang, ihn zu berühren, widerstehen können, wenn ich mich nur fest genug festhielt.

Er trug eine ausgeblichene Jeans, die seine muskulösen Beine umschmeichelte, ein weißes T-Shirt und darüber ein offenes, abgetragenes, blaues Flanellhemd. Diese Schichten konnten seine muskulöse Brust und die Tatsache, wie gut er seine Kleidung ausfüllte, nicht verbergen. Ich hatte ihn so gekleidet schon viel öfter gesehen, als ich zählen konnte, und doch saugten meine Augen seinen Anblick gierig auf und wollten ihn berühren.

Jetzt kam der wirklich unangenehme Teil. Er würde gehen, und vielleicht, nur vielleicht, würde ich die Kontrolle über meinen Verstand zurückbekommen. Nate warf alle meine Erwartungen wieder einmal über den Haufen. Er legte eine Hand seitlich von mir auf den Tresen, umschloss mich mit seinen Armen, und seine Augen funkelten, als er meinen Blick traf.

»Also.«

»Also was?«, entgegnete ich und versuchte zu ignorieren, dass mein Puls in dem Moment, als er mir so nahe kam, in die Höhe schnellte.

»Ich bin überrascht, dass du mich heute Morgen nicht verjagt hast«, murmelte er, und dieser neckische, spöttische Blick in seinen Augen erregte mich.

Ich spürte, wie sich meine Wangen erhitzten, und zwang meinen Körper, sich zu beruhigen. Dieser jedoch ignorierte mich völlig, mein Puls galoppierte noch schneller und Hitze schoss durch mich hindurch.

»Ich hatte nicht vor, dich zu verjagen«, erwiderte ich schließlich und hasste es, wie leicht er mir unter die Haut ging.

»Was nun?«, fragte er und ging weiter.

Das war eine Frage, die mir durch den Kopf ging, seit ich aufgewacht und mein Gehirn auf Touren gekommen war.

Ich musste die Sache locker angehen, für mich genauso wie für ihn. Ich wusste bereits, dass ich in Bezug auf Nate in die Gefahrenzone geraten war. Ich kannte ihn zu gut und wusste, dass er keine ernsthaften Absichten hatte, also konnte ich mir nicht mehr erhoffen. Aber ich wollte nicht, dass er meine Verletzlichkeit sah.

Nun, du gehst jetzt zur Arbeit und wir sehen uns vielleicht, wenn du wieder da bist.

Nates Augen verengten sich und das neckische Glitzern verblasste schnell. Gut so. Ich konnte damit umgehen, wenn er sauer auf mich war. Zu meinem Leidwesen widersprach er mir nicht einmal.

In Sekundenschnelle waren seine Lippen auf meinen und seine Zunge drang in meinen Mund ein, was mich aufkeuchen ließ. Binnen weniger Sekunden drängte er sich an mich, zog mich dicht an sich heran und seine Hand glitt meinen Rücken hinunter, um meinen Hintern zu umschließen, während er seine Erregung gegen mich stemmte.

Es war vorbei, bevor ich auch nur einen Gedanken fassen konnte. Dann wich er zurück, sein Blick war finster. Bei dem Blick in seinen Augen krampfte sich mein Unterleib zusammen, und ich wurde mir der glühenden Hitze der Lust zwischen meinen Schenkeln bewusst.

»Oh, du wirst mich definitiv wiedersehen, wenn ich zurückkomme. Das hier ist noch lange nicht zu Ende«, knurrte er. Dann machte er auf dem Absatz kehrt und schlenderte hinaus, nahm seine Jacke vom Haken an der Tür und ging mit einem Zwinkern und einem Grinsen.

In dem Moment, in dem die Tür hinter ihm zufiel, wartete ich und lauschte auf seine Schritte, die draußen die Treppe hinuntergingen. Mein Herz raste und mir war heiß, so verdammt heiß und ich war so erregt, dass es mich wütend machte.

Sobald ich hörte, wie sein Motor in der Dunkelheit ansprang, eilte ich hinüber und schloss die Tür hinter ihm, als könnte mich das vor meiner eigenen Reaktion auf ihn bewahren.

Wenige Augenblicke später stand ich unter der

Dusche, das heiße Wasser floss in Strömen an mir herunter, und ich ließ in Gedanken alles noch einmal Revue passieren, was gestern Abend passiert war. Wir hatten nur einmal richtigen Sex gehabt. Aber das hatte mich nicht davon abgehalten, ihn in der Nacht wieder aufzuwecken. Als ich mich gegen ihn gedreht hatte, hatte er meinen Namen gemurmelt. Das Nächste, was ich wusste, war, dass seine Hände meinen Körper erfassten, und er vergrub sein Gesicht zwischen meinen Beinen und schickte mich wieder in die Luft, bevor er sich über mich erhob und seinen Schwanz zu Fäusten formte, als er auf meinem Bauch kam.

Allein bei der Erinnerung daran wurde ich rot, und ertappte mich dabei, wie ich aus der Dusche stieg und meinen Lieblingsvibrator suchte, um mir zu einem heftigen und blitzschnellen Höhepunkt zu verhelfen.

Ich steckte in Schwierigkeiten, und zwar in großen Schwierigkeiten.

Kapitel Vierzehn

NATE

Ich neigte das Flugzeug am Himmel und blickte über die vor uns liegende Bergkette. Alaska war zu jeder Jahreszeit atemberaubend, aber der Winter brachte seine raue Schönheit erst richtig zur Geltung. In der Ferne erhoben sich schneebedeckte Berge, die sich hell und fast blendend weiß gegen den blauen Himmel abhoben. Das leise Brummen des Flugzeugmotors machte Gespräche während des Fluges weitgehend unmöglich. Mit meinen Kopfhörern konnte ich gelegentlich die Kommentare der Gruppe hören, mit der ich flog, aber ansonsten war ich auf mich allein gestellt.

Meistens war mir das auch lieber so. Ich war keineswegs ein schüchterner Typ. Ich gab freimütig zu, dass ich ein Scherzkeks und Charmeur war, aber ich liebte das Fliegen, weil es mir ein Gefühl der Ruhe vermittelte. Die Konzentration beim Fliegen über der schieren Schönheit Alaskas brachte mich zur Ruhe. Das war einer der Gründe, warum ich mich in die Fliegerei verliebt hatte. Mein Vater hatte seinen Privatpilotenschein gemacht, als er als Ingenieur an der Alaska-

Pipeline arbeitete. Als Kind hatte ich es geliebt, mit ihm im Flugzeug eines Freundes mitzufliegen.

Die Gruppe, mit der ich heute unterwegs war, wollte zu einer abgelegenen Lodge fliegen, um dort Skitouren zu gehen. Sie waren genau das, was ich hier als Hardcore-Wildnistouristen bezeichnen würde. Sie neigten dazu, sich selbst viel ernster zu nehmen, als die meisten Einheimischen es tun würden. Wenn man in Alaska lebte, war die Wildnis der eigene Hinterhof, mit wenigen Ausnahmen, wie den städtischen Gebieten von Anchorage, Fairbanks und Juneau. Und selbst dort liefen Elche über die Straßen, und die Wildnis war nur wenige Minuten entfernt.

Ich hatte nicht das Bedürfnis, mitten ins Nirgendwo zu fliegen, um auf Skitour zu gehen, aber solche Abenteurer wollten das auf ihrer imaginären Bucket List abhaken können. Ich wollte nicht beleidigend klingen, aber ich verstand wohl nicht ganz, warum sie nicht einfach irgendwo lebten, wo die Wildnis Teil ihres täglichen Lebens sein konnte.

Aber ich beschwerte mich nicht. Mit Flügen wie diesen verdiente ich meinen Lebensunterhalt. Mein Flugplan war abwechslungsreich, mit Flügen wie diesem, regulären Flügen, bei denen ich Post, Vorräte und Passagiere zu den vielen abgelegenen Dörfern in Alaska transportierte, und dann war da noch der Transport der Feuerwehreinsatzteams im Sommer. An diesem Wochenende allein verdiente ich mehr als bei einigen anderen Jobs. Die Leute zahlten einen hohen Preis, um genau dorthin zu kommen, wo sie hinwollten.

Manchmal kehrte ich zwischen den Flügen nach Hause zurück. Dieses Reiseziel war jedoch gerade so weit entfernt, dass ich mich für das lange Wochenende in der Lodge einquartiert hatte, bevor ich die Gruppe zurück in die Zivilisation flog.

Die Ruhe, die ich beim Fliegen suchte, war heute etwas schwierig zu finden. Holly füllte jeden Winkel meiner Gedanken. Die letzte Nacht war ... mir fehlten die Worte, um sie zu beschreiben. Ich hatte so viele Fantasien über sie gehabt, doch dann hatte die Realität jegliche Fantasie übertrumpft. Ich hatte bereits vor der letzten Nacht eine Kostprobe von Holly bekommen und wusste, dass die Flamme, die zwischen uns brannte, einem Inferno gleichkam. Aber als ich dann tatsächlich Körper an Körper mit ihr zusammen war und in ihr versunken war, konnte ich mit Sicherheit sagen, dass sie mich für alle anderen Frauen endgültig ruiniert hatte. *Endgültig.*

Ich schob meine Gedanken von ihr weg, als sich in der Ferne ein Lichtschimmer zeigte. Vor uns lag ein See in einem Tal, in dem sich eine erstklassige Skilodge befand. Der Begriff »Skilodge« wurde hier sehr großzügig verwendet. Es handelte sich keineswegs um einen Ort, an dem es Sessellifte gab, die die Skifahrer einen Berghang hinaufbrachten, um dann hinunterzufahren. Außer der Lodge selbst gab es hier nichts außer Wildnis, so weit das Auge reichte. Die Lodge war eine hochmoderne Wildnislodge mit ein paar gespurten Langlaufloipen in der Nähe und kilometerweise nur Schnee und Berge für Skitouren.

Ich würde mit meinem Flugzeug auf dem zugefrorenen See landen. Er diente im Winter und im Sommer als Landebahn. Im Sommer benutzte ich mein Wasserflugzeug, während im Winter der schneebedeckte See eine sanfte Landung ermöglichte. Ich meldete der Flugsicherung meinen Status und nahm dann das Mikrofon von meinem Mund weg, um der

Gruppe mitzuteilen, dass wir in wenigen Minuten landen würden.

Wir saßen in meinem Achtsitzer-Flugzeug, dem größten, das ich flog. Diese Gruppe – drei Paare und eine Freundin – füllte es bis auf den letzten Platz. Bei der Freundin handelte es sich zufällig um eine Frau, die bereits versucht hatte, mit mir zu flirten. Unter anderen Umständen hätte ich nur allzu gern mitgespielt. Sie war wunderschön und witzig. Aber wenn ich geglaubt hatte, dass ich nach dem Kuss mit Holly bei der Spendenaktion im letzten Oktober aus der Bahn geworfen worden war, dann war ich jetzt verdammt am Arsch.

Innerhalb weniger Minuten setzte ich das Flugzeug auf dem vereisten See auf, und bei der Landung wurde der Schnee um uns herum aufgewirbelt. Das Wetter war heute nahezu perfekt. An klaren Tagen konnte es ziemlich windig sein. Heute jedoch hatten wir klaren Himmel und fast keinen Wind, was im Winter in Alaska schon beinahe an ein verdammtes Wunder grenzte. Sobald wir Boden – oder besser gesagt vereisten See – unter den Füßen hatten, half ich allen beim Ausladen und fuhr das Flugzeug zum Dock. Die Gruppe startete ihren Fußmarsch durch den Schnee zur Lodge, während ich zurückblieb, um das Flugzeug zu versorgen.

Mein Freund Dave winkte mir vom Eingang aus zu. Ich hielt mir die Hände vor den Mund und rief: »Ich komme gleich nach, ich kümmere mich nur um das Flugzeug.«

Dave und seine Frau Nancy führten diese Lodge und hielten sie im Winter in tadellosem Zustand. Trotz der Abgeschiedenheit mangelte es ihnen nie an Gesellschaft. Den ganzen Winter über kamen fast jedes Wochenende Gruppen zu ihnen. Die Lodge wurde mit Solar- und Windenergie betrieben, und das Wasser wurde so aufbereitet, dass es wiederverwendet werden konnte. Die Apokalypse könnte kommen, oder welche Dystopie auch immer man sich vorstellen wollte, und sie würden wahrscheinlich einfach weitermachen, als wäre nichts geschehen. Sie wussten, wie man jagt, fischt und für sich selbst sorgt, besser als die meisten anderen.

Sie besaßen sogar noch einen echten Rübenkeller, den sie mit Vorräten versorgten, um den Winter ohne Probleme zu überstehen. Im Sommer hatten sie einen riesigen See zum Angeln, und in den nahe gelegenen Gebieten gab es jede Menge Jagdmöglichkeiten. Dave und Nancy liebten es hier draußen und flogen nur zwei- oder dreimal im Jahr in die Zivilisation, um die Familie zu besuchen und Einkäufe zu tätigen. Mit Satellitenfernsehen und -telefon waren sie bestens versorgt.

Nachdem ich das Flugzeug festgemacht hatte, schnappte ich mir meinen Rucksack und machte mich auf den Weg zur Lodge. Normalerweise freute ich mich auf Wochenenden wie dieses. Ich konnte faulenzen, fernsehen, lecker essen und mich einfach entspannen. Es war eine echte Pause von der Welt.

Doch dieses Mal war es anders. Die Tage, die vor mir lagen – nach dem heutigen Tag noch zwei – erstreckten sich endlos vor mir. Ich hatte Holly heute Morgen nicht verlassen wollen. Ich hatte gespürt, wie die Zahnräder in ihrem Gehirn ratterten, als sie versuchte, herauszufinden, was ich wollte. Ich wusste, dass zwischen uns die Chemie stimmte. Verdammt, das konnte sie mittlerweile doch selbst nicht mehr leugnen. Ich wusste, dass sie etwas Ernstes wollte. Ich war mir bloß nicht sicher, ob sie es mit mir wollte. Ich war seit unserer Kindheit mit ihrem Bruder befreundet, und ich wusste, dass sie mich in eben jene Schublade gepackt hatte.

Ich schob diese Gedanken beiseite, als ich die Treppe zur Luxus-Lodge erklomm.

»Hey, hey«, rief Dave, als ich die Tür hinter mir schloss und im Eingangsbereich den Schnee von meinen Stiefeln abklopfte.

»Hey Kumpel«, antwortete ich. Ich beugte mich vor, schnürte schnell meine Stiefel auf und zog sie aus. Ich stellte sie über ein schmales Gitter, das an der Außenwand entlanglief, wo der Schnee in einen darunter liegenden Abfluss schmelzen konnte. Stiefel, Jacken und andere Ausrüstungsgegenstände füllten den Eingangsbereich.

Ich warf mir meinen Rucksack über die Schulter und schlenderte in den Hauptraum, um Dave zu begrüßen. Er zog mich in eine Umarmung. Die Gruppe, die ich gerade abgeliefert hatte, hatte sich bereits auf ihre Zimmer verstreut, wie ich annahm.

»Welche Ecke hast du für mich reserviert?«, fragte ich mit einem Grinsen.

Dave gluckste. »Ich habe nur noch ein Zimmer. Es ist oben am Ende des Flurs im ersten Stock. Du hast schon mal dort geschlafen, also weißt du, wo es ist.«

»Ja, ich weiß, wohin. Du erwartest also noch eine zweite Gruppe.« Ich hatte nur sieben Gäste abgeliefert und wusste, dass die Lodge bis zu zwanzig Gäste beherbergen konnte.

»Ja, es kommt noch eine Gruppe aus Fairbanks an. Sie werden in etwa einer Stunde hier sein.«

»Alles klar, ich bringe meine Sachen auf mein Zimmer. Ist Nancy da?«, fragte ich.

»Natürlich. Sie ist in der Küche. Wir sehen uns dort, wenn du so weit bist. Klingt so, als würde deine Gruppe heute Nachmittag zum Skifahren aufbrechen, also falls du dich ihnen nicht anschließt ...« Dave verstummte mit einem fragenden Blick.

Ich schüttelte den Kopf und gluckste. »Ich muss nicht unbedingt Ski fahren. Ich bin hier auch zufrieden. Dieses Wochenende werde ich mich nur entspannen.« Mit einem Winken drehte ich mich um, und Daves Lachen folgte mir nach draußen.

Diese Lodge war wunderschön. Es handelte sich um eine zweistöckige Hütte im klassischen Fachwerkstil. Durch den zweitürigen Eingang, der zum See hin lag, gelangte man in ein großes, gefliestes Foyer mit Reihen von Haken für Jacken und Ausrüstung und einem schmalen Gitter, das an der gesamten Wand entlanglief, damit der Schnee schmelzen konnte, ohne sich auf dem Boden zu sammeln.

Eine hohe Decke mit sichtbaren Balken führte über das Foyer in einen großen Hauptraum. Hier befanden sich mehrere Sitzbereiche mit Sesseln und Fernsehern an den gegenüberliegenden Seiten des Raums, mit Fensterfront und einem zentralen Bereich mit Stühlen, einem Spieltisch und kleinen Tischen, die überall verstreut standen. Darüber hinaus gab es im hinteren Bereich zwei große Esstische und einen kleineren Tisch an der Wand. So war es möglich, große Gruppen zu versammeln oder eine intimere Atmosphäre zu schaffen, wenn die Lodge nicht voll war. Eine Tür dahinter führte in die Küche, in der Nancy, Daves Frau, mit gelegentlicher Hilfe kochte, wenn sie große Gruppen hatten. Da an diesem Wochenende zwanzig Leute hier waren, stellte ich mir vor, dass sie einige ihrer Helfer hinzugezogen hatte.

Dave war in der Gegend von Willow Brook aufgewachsen, und Nancy stammte aus Fairbanks. Sie hatten sich auf dem College kennengelernt. Sie hatten sich den Arsch aufgerissen, um dieses Stück Land zu kaufen und das Geld zu investieren, das nötig war, um diesen Ort zu dem zu machen, der er jetzt war. Mit der Beherbergung von Wildnistouristen und Abenteurern verdienten sie ein hübsches Sümmchen. Im Winter war die Lodge nicht immer voll, aber vom späten Frühjahr bis zum Herbst war sie immer ausgebucht.

Ich umrundete den Fuß der Treppe an einer Seite des Hauptraumes und joggte die Treppe hinauf. Das Obergeschoss bestand aus einem langen Flur, der auf beiden Seiten von Schlafzimmern und Appartements flankiert wurde. Nancy und Dave hatten unten neben der Küche ihr eigenes Privatquartier mit einem Wohnzimmer und einem eigenen Schlafzimmer mit Bad. Auf diese Weise konnten sie ein wenig Privatsphäre genießen.

Ich kannte Dave schon seit Jahren. Er war in der Highschool ein paar Jahre über mir gewesen und kam immer noch gelegentlich zu Besuch nach Willow Brook. Das Schlafzimmer, welches Dave mir zugeteilt hatte, lag direkt an der Treppe. Es war das kleinste Zimmer in der Lodge. Jedes Zimmer hatte jedoch ein eigenes Bad, und es gab ein paar Suiten für Familien oder Paare.

Die Zimmer waren hell und luftig, mit hohen Decken, offengelegten Balken und hellen weißen Wänden, die so viel Licht wie möglich hereinließen. Es gab kein einziges Fenster in der Lodge, das keinen Blick auf die Berge und die Wildnis bot. Obwohl mein Zimmer das kleinste war, war es dennoch luxuriös und bot einen Blick auf den See. Nachdem ich meine Tasche abgestellt und meine Toilettenartikel ins Bad geworfen hatte, zog ich meine schwere Outdoor-Kleidung aus und zog eine bequeme Jeans und ein T-Shirt an.

Ich machte mich wieder auf den Weg nach unten und steuerte in Richtung Küche. Als ich durch den Wohnbereich ging, sah ich die Gruppe, die ich gerade abgeliefert hatte, in der Eingangshalle ihre Skiausrüstung anziehen. Als ich die Küche betrat, blickte Nancy von ihrer riesigen Arbeitsplatte auf, die sich durch die Mitte des Raumes zog.

»Nate!«, rief sie mit einem breiten Grinsen. Ihr braunes Haar war zu einem Pferdeschwanz hochgebunden, und ihre blauen Augen leuchteten. Sie ließ alles liegen und stehen, wischte sich die Hände an ihrer Schürze ab, trat um den Tisch herum und zog mich in eine Umarmung. »Wir haben dich seit Monaten nicht mehr gesehen.«

»Es ist Winter«, sagte ich achselzuckend. »Ich komme nicht so oft hier rauf.«

»Ich weiß. Du bist jederzeit herzlich willkommen, wenn du möchtest«, meinte sie, während sie sich wieder ihrer Aufgabe widmete, Gemüse zu schneiden.

Dave trat aus der Hintertür, die zu ihrem Quartier führte. »Genau das macht er doch dieses Wochenende. Warum sollte er es umsonst machen?«, fragte Dave kichernd und fuhr sich mit der Hand durch sein dunkelblondes Haar. »Kaffee?« Dave hielt neben der Kaffeemaschine auf dem Tresen, hinter dem Nancy arbeitete, inne und schaute in meine Richtung.

»Sehr gern.«

Dave füllte zwei Tassen, umrundete den Tisch und gab mir ein Zeichen, mich neben ihn auf einen der Hocker zu setzen, die dort standen.

Nach einem Schluck von dem herrlichen Kaffee dachte ich sofort wieder an heute Morgen, als Holly darauf bestanden hatte, mir Kaffee und Frühstück zu machen. Mein Herz fing sofort heftig an, zu pochen, und ich verdrängte sie gewaltsam aus meinen Gedanken. Ich konnte es *nicht* gebrauchen, das Wochenende damit zu verbringen, an Holly zu denken, doch irgendwie befürchtete ich, dass mir genau das bevorstehen würde.

»Und, wie läuft's?«, fragte Nancy, während sie eine Tüte mit Zwiebeln unter dem Tisch hervorholte.

»Viel zu tun, aber so ist das Leben, nicht wahr?«

»Da hast du recht. Geht es dir immer gut?«, hakte Dave nach.

»Aber ja. Es gibt nichts wirklich Neues.«

Nancy sah mit einem verruchten Grinsen auf. »Ist das eines deiner Affären-Wochenenden?«

Ich schüttelte den Kopf. »Äh, nein. Das steht definitiv nicht zur Debatte.«

»Diese Gina hat gefragt, ob du Single bist«, sagte sie und meinte damit die einzige Passagierin, die allein angereist war.

Ich hätte mich beinahe an meinem Kaffee verschluckt. Sie hatte diese neugierige Ausstrahlung, aber ich hätte erwartet, dass sie es etwas langsamer angehen würde. Normalerweise würde ich das amüsant finden, aber in diesem Moment tat ich das nicht. Ich zuckte mit den Schultern. »Ich bin dieses Wochenende nur zum Entspannen hier, Nancy.«

Dave nahm einen Schluck von seinem Kaffee und rollte mit den Augen. »Ich will ja nicht sagen, dass du das nicht schon mal gemacht hast, aber das wäre das erste Mal, dass jemand so offensichtliches Interesse zeigt. Bist du immer noch der König der Zwanglosigkeit?«

Dave und Nancy sind seit dem College ein Paar und seit gut fünf Jahren verheiratet. Sie scheuten sich nicht, mich damit aufzuziehen, dass ich mich nie festlegte. Normalerweise nahm ich das gelassen hin. Doch in diesem Moment ärgerte es mich ein wenig. Denn genau dieser Ruf war der Grund, warum ich spürte, dass Holly mich nicht ernst nehmen wollte.

Zum tausendsten Mal machte ich mir Vorwürfe, weil ich letztes Jahr nach unserem ersten Kuss auf der Party kurz die Nerven verloren hatte. Ehrlich gesagt, hatte ich Panik bekommen. Ich hatte die Chance auf eine Beziehung mit ihr schon so lange abgeschrieben, dass ich erschrocken war, als ich sah und spürte, wie sie auf mein Verlangen reagierte. Damals hatte ich sie sehr begehrt. Seit ich sie kannte, war ich in ihrer Vorstellung nur ein Freund und hatte nichts anderes erwartet.

Um ehrlich zu sein, war ich auch noch nicht so weit gewesen. Aber ich wollte das alles nicht mit Nancy und Dave besprechen. Nicht jetzt, nicht, solange die Sache mit Holly noch so frisch war. Ich zuckte mit den Schultern und ließ das Gespräch weiterlaufen.

HOLLY

»Was zum Teufel meinst du damit?«, rief Ella aus. »Nate ist der Typ, der fünftausend Dollar für ein Date mit dir ausgegeben hat?«

Meine Wangen brannten, und ich nahm einen Schluck von meinem Wein. Es gab keine wirkliche Möglichkeit, die Sache schönzureden.

»Was? Du hattest es ihr nicht gesagt?«, fragte Megan mit großen Augen.

Ich war mit Ella und Megan zum Abendessen in Anchorage. Als Ella angerufen hatte, um mich zu fragen, ob ich am Wochenende mit ihr shoppen gehen wollte, hatte ich die Gelegenheit beim Schopf gepackt. Die Gedanken an Nate brannten mir förmlich Löcher in den Kopf und ich brauchte etwas, um mich von ihm abzulenken.

Megan lachte und schüttelte den Kopf. »Ich weiß nicht, warum du das nicht erwähnt hast. Ich meine, das lässt es wie eine große Sache erscheinen.«

Währenddessen kniff Ella ihre grünen Augen zusammen und strich sich das braune Haar hinter die Ohren. Nach einem kurzen Moment zog sie eine

Augenbraue hoch und neigte den Kopf zur Seite, bevor sie an ihrem Martini nippte.

»Also gut«, sagte ich schließlich. »Ich wollte eigentlich nicht weiter darauf eingehen, aber ja, Nate hat behauptet, er wolle mich bloß vor anderen, schlechteren Optionen bewahren.«

Megan kippte den Rest ihres Martinis hinunter und blickte zwischen Ella und mir hin und her. »Das hat er vielleicht gesagt, aber für mich ist es ziemlich offensichtlich, dass er scharf auf dich ist.«

Ella brach in Gelächter aus, schlug mit der Handfläche auf den Tisch und zog die Aufmerksamkeit einiger Gäste auf sich. Wir waren im Susitna Burgers & Brew, einem unserer Lieblingslokale hier.

»Wirklich? Müssen wir die Aufmerksamkeit des gesamten Lokals auf uns ziehen?«, fragte ich mit einem Seufzer.

Ella zuckte mit den Schultern, bevor sie erneut zu lachen begann. Kurz darauf hatte sie sich wieder unter Kontrolle. »Nein, aber es ist verdammt lustig. Ich habe Caleb letztes Jahr gesagt, dass Nate auf dich steht, und er hat mir zugestimmt«, erklärte sie und beugte sich vor. »Caleb hat sogar behauptet, dass Nate schon in der Highschool *total* auf dich stand.«

Ellas Blick wurde ernst. Es war nie einfach, über die Highschool zu sprechen. Der Unfall hatte einen dunklen Fleck auf den Erinnerungen hinterlassen.

Ich war allerdings schockiert. Niemand hatte je erwähnt, dass ich Nate auch nur annähernd aufgefallen war. Allerdings konnte ich nicht behaupten, dass ich ihm viel Aufmerksamkeit geschenkt hatte, jedenfalls nicht auf diese Weise. Er und Alex waren beste Kumpel, genau wie jetzt, und mein Zwillingsbruder hatte mich damals zu Tode geärgert. Nate ignorierte Alex' Hänseleien meistens, aber ich warf ihn mit Alex in einen Topf. Dann ging alles den Bach runter, als Jake starb und wir beinahe auch Ella verloren hätten.

»Wirklich?«, sagte ich schließlich.

»Ich weiß nicht, wie es damals war«, schaltete sich Megan ein, »aber auf der Spendengala hatte er es wirklich total auf dich abgesehen. Aber eins muss ich dir lassen, du sahst absolut heiß aus.«

»Ja, weil du mich in das knappste Krankenschwester-Outfit *aller Zeiten gesteckt* hast.«

»Gibt es irgendwelche Fotos?«, fragte Ella mit einem Zwinkern zu Megan, die neben mir saß.

»Oh, ja. Willst du mal sehen?«, entgegnete Megan.

»Herrgott, wage es bloß nicht«, murmelte ich, obwohl ich erleichtert war, nicht mehr an die Highschool denken zu müssen. Dieses Thema war wie eine nicht verheilte Wunde. Egal, wie viel Zeit vergangen war, der dumpfe Schmerz war immer noch da. »Es war für eine gute Sache, und ich würde es immer wieder tun.«

»Zurück zum wichtigen Punkt: Wart ihr denn auf eurem Date?«, fragte Ella.

»Ja, er hat schließlich fünf Riesen dafür bezahlt«, sagte Megan mit großen Augen. »Das war ein Rekord.«

Ich rollte mit den Augen und grinste Ella an. »Die Gebote gingen einfach in die Höhe, ich bin mir ziemlich sicher, dass er nicht mit dieser Summe gestartet ist.«

»Vielleicht, aber er war offensichtlich bereit, so viel zu zahlen«, erwiderte sie und rollte erneut mit den Augen.

Ich wusste, dass Ella möglicherweise ein klein wenig sauer sein würde, weil ich ihr das verheimlicht hatte, aber noch schlimmer war, dass ich das Gefühl hatte, ein riesiges Geheimnis mit mir herumzutragen. Ich hatte ihr zwar auch noch nichts von dem bevorstehenden Date erzählt, aber das war auch kein großes Geheimnis, denn es war ja noch gar nicht passiert.

Ich hatte mich nie dazu durchringen können, meine viel zu lange bestehende Jungfräulichkeit zu beichten. Es schien immer wichtigere Dinge zu geben. Ich meine, nach allem, was in der Highschool vorgefallen war, waren bestimmte Angelegenheiten schlichtweg auf der Strecke geblieben. Dann war Ella für einige Jahre weggezogen, und wir sprachen einfach nicht mehr darüber.

Außerdem war es mir irgendwie peinlich. Abgesehen davon war ich jetzt mit Nate ein paar Schritte weiter gekommen. Dennoch hielt ich einiges zurück, Nate hin oder her, und ich wusste nicht, was ich damit anfangen sollte. Ich war mir auch nicht so sicher, ob ich darüber reden wollte. Und doch brauchte ich einen Rat. Und zwar dringend.

Da wir in einem Hotel ganz in der Nähe wohnten und zu Fuß zum Abendessen hierhergekommen waren, gab ich der Kellnerin ein Zeichen, und wir bestellten eine weitere Runde Martinis. Wie es der Zufall wollte, kam ein Freund, den Megan aus der Stadt kannte, an den Tisch, um Hallo zu sagen. Als er wieder ging, war unsere zweite Runde Getränke schon da, und ich nahm ein paar stärkende Schlucke.

»Also gut, ich schätze, ich spuck's einfach aus. Ich hatte zwar noch kein Date mit Nate, aber ich habe möglicherweise eine Nacht mit ihm verbracht«, sagte ich schlicht und einfach.

Megan nippte gerade an ihrem Martini und stotterte leicht, bevor sie sich wieder erholte. Ellas scharfer grüner Blick wechselte zu meinem. »Eine Nacht?«

»Sex«, erklärte ich unverblümt.

Megan hatte gerade einen weiteren Schluck von

ihrem Getränk genommen und begann zu husten. Ich reichte ihr eine Serviette, während Ella mich mit geweiteten Augen anstarrte. »O Gott«, murmelte sie schließlich.

»Warum sagst du das so?« Mein Tonfall war schärfer, als ich beabsichtigt hatte, aber ich fühlte mich defensiv und unsicher. Ich vermute, Ella war besorgt, dass Nate mich so behandeln würde wie jede andere Frau – jemanden, der seine Bedürfnisse befriedigt, bis er genug davon hatte. Ich wollte Nate nicht als Arschloch hinstellen. Das war er nicht. Er hielt die Dinge zwanglos und bevorzugte Frauen, die sich gerne darauf einließen.

Eine Beziehung innerhalb unseres kleinen Freundeskreises sorgte für jede Menge Komplikationen, und das wusste ich verdammt gut.

Ella nahm einen gemäßigten Schluck von ihrem Getränk, ihre Schultern hoben und senkten sich mit einem Atemzug. »Caleb glaubt, dass Nate seit Jahren in dich verliebt ist, aber das ändert nichts an der Tatsache, dass es Nate die Dinge immer zwanglos hält. Ich will nicht, dass die Dinge chaotisch werden. Du bist meine beste Freundin.«

»Es ist ja nicht so, dass ich nicht mit offenen Augen in die Sache hineingegangen wäre«, erklärte ich schließlich und ließ meinen Plan, zu fragen, was ich mit all den Gefühlen, die in mir hochkochten, tun sollte, sofort fallen. Denn, Himmel, da waren jede Menge Gefühle. Seit der letzten Nacht und dem Morgen danach hatte ich kaum aufhören können, an Nate zu denken. Seine Worte, als er abreiste, hallten in meinem Kopf nach.

»Es ist noch lange nicht vorbei.«

Megans Blick war nüchterner geworden. »Weißt du, ich kenne Nate nicht so gut. Jedenfalls nicht so wie du«, sagte sie und warf einen Blick auf Ella, bevor sie wieder zu mir sah. »Er war definitiv scharf auf dich, aber für mich wirkte es nicht so, als sähe er dich nur als eine zwanglose Geschichte. Es schien eher so, als möge er dich wirklich.«

Ich hob eine Schulter und zuckte leicht mit den Schultern, wobei ich mich bemühte, meinen Tonfall nonchalant zu halten. »Ich weiß nicht, was Nate denkt. Da ist definitiv etwas zwischen uns. Und ich kann gut auf mich selbst aufpassen. Ich habe keine Erwartungen.«

Mein Verstand schrie geradezu, und mein Herz pochte laut, fast im Widerspruch zu meinen Worten. Ich wollte mehr – so viel mehr – mit Nate, und ich musste verdammt vorsichtig sein, um meine Erwartungen in Schach zu halten. »Ich weiß es nicht. Ich schätze, ich werde die Dinge einfach auf mich zukommen lassen müssen. Mach dir keine Sorgen«, fügte ich hinzu und sah Ella an. »Ich bin ein großes Mädchen. Es ist ja nicht so, dass ich nicht wüsste, dass Nate Mr. Zwanglos höchstpersönlich ist. Es war nur eine Nacht. Ich werde da nicht zu viel hineininterpretieren.«

Ella öffnete den Mund, als wolle sie etwas sagen, schloss ihn dann aber wieder und presste ihre Lippen zu einer Linie zusammen. Nach einem langen Moment schien sie ihr Schweigen zu überdenken und sagte: »Ich dachte, du wolltest etwas mehr mit jemandem.«

»Nun, das kommt schon noch, wenn es so weit ist. Nicht jeder hat das, was du und Caleb habt.«

Etwas flackerte in den Tiefen von Ellas Augen auf. Ich wusste, dass sie es bedauerte, wie lange sie Willow Brook ferngeblieben war und damit fast ihre Chance vertan hatte, mit der Liebe ihres Lebens zusammen zu sein. Schließlich nickte sie und nahm einen weiteren

Schluck von ihrem Martini. Ich wusste, dass sie mehr sagen wollte, aber sie entschied sich offensichtlich dagegen. Ich wollte mir nicht eingestehen, wie sehr ich seit unserem Kuss im letzten Jahr von Nate fantasiert hatte. Ich hatte es tunlichst vermieden, mit ihm allein zu sein, aus Angst, mich tatsächlich in ihn zu verlieben. Ich musste mich daran erinnern, dass alles, was ich von ihm erwarten durfte, eine Freundschaft mit gewissen Vorzügen war.

Ich bemerkte Megans Blick und konnte die Sorge darin erkennen. Ich wollte nicht, dass sich meine Freunde Sorgen um mich machten. Bei allem, was ich durchgemacht hatte, war eine Sache, die ich mir angeeignet hatte, stark und unabhängig zu sein. Ich wollte nicht daran zerbrechen, dass ich dumm genug war, so verzweifelt etwas von einem Mann zu wollen und zu brauchen, der es mir höchstwahrscheinlich nicht geben würde. Mein ausgezeichnetes Urteilsvermögen war wieder mal in Aktion.

Megan lenkte das Thema schnell auf andere Dinge. Nach einer weiteren Runde Drinks gingen Ella und ich gemeinsam zurück zum Hotel, während Megan sich ein Taxi zu ihrer Wohnung nahm. Als wir in unser Hotelzimmer zurückkehrten und unsere Schlafanzüge angezogen hatten, die aus Jogginghosen und bequemen T-Shirts bestanden, machten wir es uns auf der Couch bequem und sahen fern.

Ich erschrak, als Ella plötzlich sprach. »Du magst ihn wirklich, nicht wahr?«

Sie kannte mich zu gut, als dass ich hätte lügen können. Meine Mauern waren nicht mehr ganz so stabil, und ich war beschwipst von den paar Martinis. Ich rollte meinen Kopf auf der Couch zur Seite und begegnete ihrem besorgten Blick. »Kann sein, aber ich komme schon klar. Mach dir keine Sorgen um mich.

Sich Sorgen zu machen, ist mein Job. Versuch bloß nicht, ihn mir wegzunehmen.«

Das war während unserer Freundschaft lange Zeit meine Aufgabe gewesen. Der Unfall hatte uns beide hart getroffen, aber Ella war diejenige, die gegangen war. Obwohl der Unfall ausschließlich die Schuld des betrunkenen Fahrers war, der uns entgegengekommen war, lastete das Überlebens-Schuld-Syndrom schwer auf ihr, mehr noch als auf Caleb und mir, wo wir doch ebenfalls im Auto gesessen hatten.

Sie lächelte sanft, ihr Lachen klang leise in dem ruhigen Raum. »Mag sein, aber ich darf mir auch Sorgen machen«, sagte sie, dann wurde ihre Stimme fest. »Und ich werde Nate in den Arsch treten, wenn er dir wehtut.«

Kapitel Sechzehn

NATE

Es war Sonntagabend, und ich war erleichtert, dass ich diese Gruppe am nächsten Morgen endlich ausfliegen konnte. Das Wetter sah gut aus, also hoffte ich, bei Sonnenaufgang in der Luft zu sein. Da wir etwas weiter nördlich waren, ging die Sonne hier später auf. Nach meiner Einschätzung und Daves Bestätigung würde ich noch vor neun Uhr abheben können.

Ich hatte vor, die Gruppe in Anchorage abzusetzen, um dann mit meinem Flugzeug zurück nach Willow Brook zu fliegen. Diese Gruppe hat sich das ganze Wochenende dem Skitourengehen gewidmet und war nur abends in der Lodge aufgetaucht. Dave, Nancy und ich saßen vor dem Kamin, in einer der kleineren Sitzgruppen im Hauptraum. Der Fernseher dröhnte im Hintergrund, während Dave und ich eine Runde Rommé spielten.

Die Haupttür der Lodge öffnete sich und Stimmen drangen herein, als eine Gruppe eintrat. Nachdem sie ihre Jacken aufgehängt und den Schnee von ihren Sachen geklopft hatten, gingen sie direkt nach oben, um zu duschen. Kurz darauf waren die meisten wieder unten, wo wir alle gemeinsam Pizza aßen, die Nancy wie üblich mit sehr viel Liebe zubereitet hatte.

Nachdem wir fertig gegessen hatten, saßen wir bei ein paar weiteren Drinks vor dem Feuer. Zusätzlich zu der alleinstehenden Frau in der Gruppe, die ich hierher gebracht hatte, war noch eine andere Frau aus Fairbanks eingeflogen, die ebenfalls sehr flirtfreudig war. Doch auch bei ihr spürte ich absolut nichts. Es ärgerte mich ein wenig. Nicht, dass ich mich jemals groß darum gekümmert hätte, aber es bestand definitiv die Tendenz, dass Frauen nach Alaska reisten, um einen harten Kerl zu finden. Dieses Klischee nutzte Alaska voll und ganz aus. Es gab ein paar Reality-Shows, einen Kalender und sogar ein verdammtes Magazin, die sich an diesem Klischee bedienten.

Da ich normalerweise nur auf der Suche nach flüchtigen Affären war, kam mir das in der Regel nur recht. Zum ersten Mal überhaupt jedoch empfand ich die Aufmerksamkeit als lästig. Ich wollte sie bloß loswerden. Nachdem es mir gelungen war, die Flirtversuche einer der Frauen abzuwehren, drehte sie sich mit einem Zwinkern weg.

Daves Glucksen drang an meine Ohren, und ich blickte in seine Richtung. »Was?«, fragte ich.

Nancy beugte sich vor, um ihr Bier vom Couchtisch zu holen, und schüttelte den Kopf. »Du hattest noch nie Schwierigkeiten damit, die Aufmerksamkeit der Frauen auf dich zu ziehen, aber dieses Mal scheint es dich zu nerven. Bist du mit jemandem zusammen?«

Ich wusste ehrlich gesagt nicht, was ich sagen sollte. Ich genoss den Besuch bei Dave und Nancy. Sie waren alte Freunde und gute Menschen. Sie waren auch nicht so dramatisch, was schön war. Doch dieses Wochenende war anders gewesen. Ich war mir der

Leichtigkeit, mit der sie miteinander umgingen, und der Tiefe der Verbundenheit und der Liebe, die so offensichtlich zwischen ihnen herrschte, überdeutlich bewusst geworden.

Sie waren zu diesem Zeitpunkt schon über ein Jahrzehnt zusammen, und nichts war abgeflaut. Es gab nur eine Frau, mit der ich mich jemals so wohlgefühlt hatte – Holly. Ich hatte völlig unterschätzt, wie schnell sie mein Herz eingefangen und es fest verschnürt hatte.

Als Nancy sich räusperte, zuckte ich lässig mit den Schultern. »Nicht wirklich, aber die ganzen Verabredungen werden manchmal langweilig.«

Sie kannten Holly beide, aber ich hatte im Moment keine Lust, darüber zu reden. Das, was ich mit ihr hatte, war noch so frisch, dass ich mich nicht traute, darüber zu sprechen. Nicht, bevor ich nicht eine bessere Vorstellung davon hatte, wo wir tatsächlich standen. Eines der Dinge, die ich an Holly immer geliebt hatte, war, wie frech und feurig sie war. Sie war nie eine Frau gewesen, die klein beigegeben hätte, und sie war verdammt unabhängig. Genau diese Eigenschaften, die ich bewunderte, machten mich auch stutzig. Ich bewegte mich auf einem schmalen Grat zwischen ihrer Wahrnehmung von mir als Mann und als Freund.

Dave gluckste. »Na, da schau her. Irgendetwas sagt mir, dass du vielleicht bald sesshaft werden willst.«

Oh, verdammt noch mal. Ich liebte es, Freunde zu haben, die ich seit meiner Kindheit kannte, die Art von Freunden, auf die man sich verlassen konnte, egal was passierte. Was ich nicht mochte, war die Tatsache, dass diese Freunde mich viel zu leicht durchschauen konnten. Mit einem weiteren Achselzucken antwortete ich: »Möglich.«

Nancy warf lachend den Kopf zurück und stupste mit ihrem Fuß gegen mein Knie. »Nun, ich hab's immer schon gesagt, du wärst ein verdammt guter Ehemann. Nicht für mich, ich meine nur, ich dachte, es wäre eine Verschwendung.«

»Eine Verschwendung?«

»Du vergeudest deine Zeit mit all den anderen Frauen. Das ist alles. Du bist einer von den Guten«, erklärte sie.

In diesem Moment schlenderten zwei Paare herüber, und die Unterhaltung ging zum nächsten Thema über. Zu meinem Glück.

Als ich in dieser Nacht im Bett lag und aus dem Fenster auf die Sterne blickte, die sich hell gegen den dunklen Himmel abhoben, erfüllte Holly meine Gedanken und Sinne.

Ich hatte in meinem Leben schon viel Sex gehabt. Doch keine Erfahrung hatte mich auf die Nacht mit Holly vorbereitet. Diese Nacht enthielt mehr als nur eine Premiere. Holly hatte im Laufe der Jahre die Hauptrolle in zu vielen Fantasien gespielt. Sie wahr werden zu lassen, hatte meine Welt aus den Fugen geraten lassen. Es war auch eine Premiere, diese Intimität zu erleben, die sich wie ein schimmerndes Netz um uns gespannt hatte, dessen Seidenfäden sich immer enger zusammenzogen. Darauf war ich völlig unvorbereitet gewesen.

Die nächste Premiere, die mich seitdem jede Nacht wachgehalten hatte, war, dass sie mir nicht mehr aus dem Kopf ging. Das Gefühl ihres weichen Körpers, der sich um mich schloss, der Klang ihrer heiseren Stimme, ihr raues Stöhnen, das Gefühl ihrer feuchten Haut auf der meinen und ihre üppigen Kurven, die sich an mich pressten – all das zusammen, verpackt in der heißesten Nacht meines Lebens.

Ich hatte völlig unterschätzt, wie es sich anfühlen würde, tatsächlich mit ihr *zusammen zu sein*. Ich hatte auch die möglichen, verdammt chaotischen Komplikationen falsch eingeschätzt, wenn es zwischen uns nicht klappen würde.

Sie hatte mich für jede andere Frau völlig verdorben.

In dieser Nacht, allein in einem Bett mitten im Nirgendwo in Alaska, mit nichts als der Dunkelheit, den Sternen, den Bergen und der eisigen Winterluft da draußen, schmerzte mein Schwanz, als ich daran dachte, wie es sich angefühlt hatte, mit ihr zusammen zu sein.

Ich schlug die Decke weg und begab mich ins Bad. Eine kalte Dusche und meine Hand verschafften mir etwas Erleichterung. Doch das befriedigte mein Bedürfnis nicht. Nicht einmal annähernd.

———

Am folgenden Nachmittag, als mein kleines Flugzeug in Anchorage abhob und ich nach Westen in Richtung Willow Brook flog, begann die Sonne ihren Bogen am Himmel zu ziehen. Ich hatte es schon Stunden zuvor eilig gehabt, abzureisen, aber eine Sache nach der anderen hatte mich nach der Landung in Anchorage ausgebremst. Der Flug nach Hause war ein Katzensprung. Innerhalb von zwanzig Minuten, mit dem Meer auf der einen und den Bergen auf der anderen Seite, öffnete sich ein Tal, und ich konnte den Swan Lake im Gold und Orange der untergehenden Sonne schimmern sehen.

Kurz darauf war ich auf der kleinen Landebahn am

Stadtrand gelandet und gerade dabei, mein Flugzeug im Hangar zu verstauen. Das Geräusch der sich öffnenden Tür hallte durch den riesigen Raum. »Nate«, ertönte Calebs Stimme.

Ich warf mir meinen Rucksack über die Schulter und umrundete das Flugzeug. »Hey Caleb, was gibt's?«, fragte ich, als er auf mich zukam.

Caleb und ich hatten dieselbe Hautfarbe. Sein braunes Haar war zerzaust, wahrscheinlich von einem anstrengenden Tag, an dem er irgendwo ein Feuer bekämpft oder vielleicht jemanden gerettet hatte. Mein älterer Bruder war auf jeden Fall ein Klischee – ganz der heldenhafte Feuerwehrmann. Ich liebte es, ihn damit aufzuziehen, aber ich würde ihn um nichts in der Welt tauschen wollen.

Caleb blieb am Flugzeug stehen, als ich meinen Rucksack auf den Boden gleiten ließ und mich mit den Hüften an der Cockpittür abstützte. »Nicht viel. Ich habe deinen Truck gesehen und dachte, ich frage mal nach, ob du mit den Jungs im Wildlands etwas trinken gehen willst.«

Normalerweise wäre die Antwort ein einfaches Ja gewesen. Ich war angespannt und konnte die Zeit nutzen, um mit Freunden abzuschalten. Ich hatte es kaum erwarten können, zurückzukommen und Holly zu sehen. Am liebsten wäre ich direkt zu ihr gefahren, allerdings war ich am Verhungern. In diesem Fall jedoch überwog ein Bedürfnis alle anderen. Ich musste Holly sehen. Und zwar lieber früher als später. Mein Bedürfnis nach ihr war dringender als Luft, Wasser oder Nahrung. Als ich Calebs Blick begegnete, schüttelte ich den Kopf. »Ich muss nach Hause und unter die Dusche. Ich bin ziemlich fertig.«

Das war nach Strich und Faden gelogen. Ich hatte heute Morgen geduscht. Ich hatte zwar nicht gelogen, was die Tatsache betraf, dass ich müde war, aber ich war ganz sicher nicht zu müde, um Holly aufzusuchen, mit der festen Absicht, so schnell wie möglich Hautkontakt mit ihr zu haben.

Falls Caleb etwas mitbekam, ließ er es mir durchgehen und zuckte nur mit den Schultern. »Wie du willst.«

Ich drückte meine Hüften vom Flugzeug weg und beugte mich vor, um meinen Rucksack wieder an mich zu nehmen. Wir gingen schweigend zusammen hinaus. Ich spürte, dass Caleb etwas auf dem Herzen lag, aber ich wusste nicht, was. Nachdem ich den Hangar abgeschlossen hatte, steuerten wir auf unsere Pick-ups zu. Er blieb an der Beifahrerseite meines Wagens stehen, als ich die Tür öffnete und meinen Rucksack auf den Sitz warf.

»Ich sollte dir vermutlich sagen, dass Ella dir in den Arsch treten wird – ihre Worte, nicht meine –, wenn du Holly etwas antust«, murmelte Caleb ohne Umschweife.

Gottverdammt. Das konnte nur eines bedeuten. Holly hatte Ella von uns erzählt.

Ich drehte mich um, schloss die Tür und stützte meine Hand auf die Motorhaube, während ich zu Caleb blickte. »Sie wird mir in den Arsch treten?«, fragte ich schmunzelnd.

Caleb unterdrückte ein Lachen und nickte. Er fügte nichts hinzu, und ich nahm an, dass er abwarten wollte, wie ich darauf reagieren würde.

»Hör mal, ich weiß nicht, was Ella weiß ...« Ich verstummte, als Caleb ein breites Grinsen aufblitzen ließ.

»Nun, sie weiß, dass du Sex mit Holly hattest, denn ich musste mir einen Vortrag darüber anhören. Das

Letzte, was ich will, ist ein Bericht über das Sexleben meines Bruders.«

»Verdammt noch mal«, murmelte ich und fuhr mir mit der Hand durchs Haar.

»Hör mal, Nate, die Details interessieren mich nicht. Aber du weißt, wie Ella ist. Sie ist sehr beschützerisch und will nicht, dass Holly verletzt wird. Außerdem denkt sie, dass Holly etwas Ernsthaftes will und ist sich nicht sicher, ob das mit euch beiden eine gute Idee ist. Nochmals, es geht mich nichts an, aber ich verstehe ihren Standpunkt. Du bist nicht wirklich an etwas Ernstem interessiert. Das warst du noch nie.«

Ich starrte Caleb an und seufzte. »Ich weiß. Aber mit Holly ist es anders. Sie bedeutet mir etwas. Ich bin mir nur nicht so sicher, ob sie mir das glauben wird.«

Ich konnte *nicht* fassen, dass ich gerade dieses Gespräch führte. Es war nicht so, dass mein Bruder und ich keine ernsten Gespräche führten. Wir hatten uns schon immer nahegestanden. Und nach allem, was Caleb nach dem Unfall in der Highschool durchgemacht hatte, hatten wir keine Angst mehr davor, schwierigere Themen anzusprechen. Das war wirklich eine harte Zeit gewesen, und wir hatten es geschafft, sie zu überstehen.

Die Wahrheit war, dass ich damals in der Highschool niemandem von meiner Schwärmerei für Holly erzählt hatte. Der Unfall, der uns gezwungen hatte, über schwere Themen zu sprechen, hatte auch dazu geführt, dass viele andere Dinge eben auf der Strecke geblieben waren.

Da ich mich danach nur noch auf lockere Beziehungen beschränkte, hatte ich mit Caleb definitiv keine Gespräche über Romantik geführt. Als ich seinem Blick begegnete, sah ich eine Mischung aus Verständnis und einem Hauch von Belustigung.

»Lach ruhig«, seufzte ich, ließ meine Hand in der Luft kreisen und drehte mich um, um meine Hüften gegen meinen Truck zu lehnen.

Caleb gluckste. »Weiß Holly davon?«

»Wovon?«

»Dass du nicht nur etwas Zwangloses willst?«

Ich lehnte meinen Kopf zurück, richtete meinen Blick in den Himmel und atmete tief ein und aus, bevor ich mich wieder an Caleb wandte. »Das glaube ich nicht.«

Caleb schüttelte den Kopf. »Tja, da hast du jede Menge Arbeit vor dir. Ganz zu schweigen davon, dass ich mich frage, was Alex von all dem halten wird.«

Ich stöhnte. »Das weiß ich selbst nicht.«

»Ich verstehe, aber sie ist die Zwillingsschwester deines besten Freundes. Dein Ruf eilt dir voraus. Du solltest ihn am besten gleich vorwarnen, bevor er auf falsche Gedanken kommt.«

»Damit hast du absolut recht. Aber ich kann nichts tun, ohne vorher sicherzugehen, dass Holly damit einverstanden ist. Sie würde mir die Leviten lesen, wenn ich ohne ihr Einverständnis anfinge, über die Sache zu reden. Obwohl, offensichtlich ist es in Ordnung, wenn sie mit ihren Freunden tratscht«, murmelte ich.

Caleb gluckste. »Mit ihrer besten Freundin darüber zu sprechen, würde ich nicht direkt als Tratschen bezeichnen. Ich würde das durchgehen lassen. Du weißt, dass Ella niemandem etwas sagen würde. Ich wurde nur eingeweiht, weil wir verheiratet sind. Und ich schätze, weil sie dachte, ich würde dich bei der Stange halten. Ich muss ihr sagen, dass es keinen Grund zur Sorge gibt.«

Ich schaute Caleb an und zuckte mit den Schultern. »Definitiv nicht.«

Er schwieg, sein Blick war abschätzend. Nach ein paar Augenblicken gluckste er wieder. »Wir sehen uns. Mom und Dad wollen am Wochenende zusammen zu Abend essen, kommst du auch?«, fragte er, während er sich zu seinem Wagen umdrehte.

»Ja, natürlich. Wir sehen uns spätestens dann.«

Kapitel Siebzehn

NATE

Ich bog auf die Main Street im Stadtzentrum von Willow Brook. Ich wusste nicht, ob es völlig verrückt war, aber ich wollte Holly sehen. Jetzt.

Als ich hinter ihrem Haus anhielt und den Motor abstellte, saß ich einen Moment lang schweigend da. Das Bedürfnis, sie zu sehen und mich in ihr zu verlieren, machte mich ungeduldig.

Ich hatte keine Ahnung, was ich von ihr zu erwarten hatte oder ob sie mich überhaupt sehen wollte. Als ich aus meinem Truck stieg, war die kalte Winterluft fast eine Erleichterung. Die Schärfe umspülte meine Sinne und weckte sie auf.

Ich klopfte an ihre Küchentür und wartete. Ich nahm an, dass sie zu Hause war, weil ihr Auto hier stand, aber sie hätte auch zu Fuß zum Wildlands oder zum Firehouse Café gehen können. Ich kannte ihre Lieblingsplätze, und sei es nur, weil ich sie schon ewig kannte.

Zwischen meinem Klopfen und ihren Schritten an der Tür verging gerade so viel Zeit, dass ich mich zu fragen begann, ob sie nicht da war. Ein Gefühl der Enttäuschung machte sich in mir breit.

Als ich hörte, wie sie sich näherte, entwich mir ein Seufzer. An ihrer Tür befand sich ein Guckloch, und ich sah, wie sie hindurchschaute. Ich wusste, dass sie kein Fan von unangekündigten Besuchen war, und ich fragte mich, ob sie mich einfach ignorieren würde. Als sie die Tür öffnete, war sofort klar, dass sie mich nicht erwartet hatte. Sie trug ein langes T-Shirt, das ihr bis zur Hälfte der Oberschenkel herunterhing, und ein Paar dicke, flauschige Socken – eine rosa und eine blau. Ich musste mir ein Lachen verkneifen, denn ich wusste, dass Holly, als sie klein war, immer ungleiche Socken anhatte. Es war so *typisch für sie*, dass sie sich nicht um solche Details kümmerte.

Ihre Wangen erröteten und ihre braunen Augen weiteten sich. Ich musste mich beherrschen, um sie nicht auf der Stelle zu küssen.

»Hey«, sagte ich nach einem gewichtigen Moment des Schweigens.

Holly starrte mich an, ihre Zunge fuhr heraus und strich über ihre Unterlippe, was meinen bereits anschwellenden Schwanz direkt in Wallung brachte. Ich wollte gar nicht darüber nachdenken, was es bedeutete, dass mich allein der Gedanke, Holly zu sehen, schon auf der Fahrt hierher erregt hatte. Bei ihr fühlte ich mich wie ein kleines Kind, das keine Kontrolle hatte. Bei ihr hatte ich die wohl auch nicht. Meine Augen glitten nach unten – gierig darauf, ihren Anblick aufzusaugen. Ihre Brustwarzen waren steif und durch ihr dünnes Baumwollshirt hindurch zu sehen.

Der Rest ihres üppigen Körpers war verborgen, doch meine Fantasie erledigte den Rest. Ich erinnerte mich an das weiche Gefühl ihrer Haut, als meine

Hände ihre Hüften umfassten, und wusste jetzt, dass sie hier und da Sommersprossen auf ihrem Körper verteilt hatte.

Das war etwas, das ich erst vor ein paar Nächten über sie erfahren hatte. Sie hatte ein paar Sommersprossen auf der Nase und den Wangen, aber bis dahin war mir nicht bewusst gewesen, dass sie über ihren ganzen Körper Sommersprossen verstreut hatte, wie eine Karte mit Konstellationen, die ich erkunden wollte. Denn ich musste, verdammt noch mal, jeden Zentimeter von ihr kennen.

»Hallo«, sagte sie mit Verspätung. »Was machst du denn hier?«

Gute Frage. Ich dachte nicht weiter nach, meine Antwort platzte einfach so heraus. »Ich bin gerade zurückgekommen. Ich wollte dich sehen.« Ein kalter Windstoß zog über den Treppenabsatz vor ihrer Küche und wehte durch die Tür. Ihr Frösteln war sichtbar. »Darf ich reinkommen?«

»Oh, natürlich.« Sie trat einen Schritt zurück und öffnete die Tür weiter, um mich hineinzulassen. Ihr Duft schwebte zu mir herauf – süß und scharf, genau wie sie.

Sie schloss die Tür hinter uns und drehte sich um, blieb jedoch an der Tür stehen. Sie verschränkte die Arme und fragte: »Wie war deine Reise?«

»Gut.«

Worte, Emotionen und Bedürfnisse stritten sich um den Platz in meinem Gehirn. Das Bedürfnis siegte. Ich konnte nicht einmal eine höfliche Unterhaltung führen.

Die Luft um uns herum war geladen. Uns trennte gerade mal ein Meter, und das Bedürfnis, sie zu berühren, schlug in mir wie eine Trommel. Ich wollte nicht reden. Mein gesunder Menschenverstand versuchte, die Kontrolle zu bewahren, aber er wurde vom Strom der rohen Lust weggespült. Ich streckte die Hand aus und nahm eine ihrer Hände in meine.

Wenn sie auch nur ein bisschen gezögert hätte, wäre ich sicher vernünftig gewesen. Aber das tat sie nicht. Ihre Hand verschränkte sich mit meiner und ich trat näher heran. Ich konnte das wilde Flattern ihres Pulses an ihrem Hals sehen.

Ich trat näher und ließ ihre Hand los, um ihr das Haar aus dem Gesicht zu streichen. Meine Finger glitten durch ihr seidiges Haar und ihren Rücken hinunter, um die üppige Kurve ihres Hinterns zu umschließen. Sie drückte sich an mich, ihr Atem zischte durch die Zähne und sie keuchte.

»Was machst du da, Nate?«

»Ich habe dich vermisst«, murmelte ich, während meine Lippen über ihre Wange strichen. Ich knabberte an ihrem Ohr, genoss das leichte Kribbeln, das sie durchfuhr, und das Gefühl, wie ihre Haut unter meinen Lippen eine Gänsehaut bildete.

Sie keuchte auf, als meine Zähne die weiche Haut an ihrem Hals streiften. Ich konnte praktisch spüren, wie die Gedanken in ihrem Kopf herumsprangen. Dann plötzlich spürte ich, wie sie aufhörte zu denken. Ich fuhr mit meiner Zunge an ihrem Hals entlang und genoss das Gefühl ihrer Brustwarzen, die sich durch den dünnen Stoff ihres und meines T-Shirts hart an meine Brust drückten. Als ich mich zu ihren Lippen vorarbeitete, seufzte sie und ihr ganzer Körper entspannte sich.

Unser Kuss war ein einziges Knistern, wie ein Blitz, der in trockenes Gras einschlägt. Das Feuer war augenblicklich entfacht. Sofort wurde er ungestümer – ihre Zunge verwickelte sich mit meiner, während sie ein leises Grollen durchfuhr. Ich hielt sie fest an mich gepresst, streichelte ihren Hintern und drängte meine Erregung an ihre Hüften.

Holly hatte sich in meinen Gedanken bereits eingenistet. Ich hatte nicht darüber nachgedacht, wie es sich anfühlen würde, wieder mit ihr zusammen zu sein. Ich war zu sehr in Instinkt und Gefühl gefangen, als dass es etwas anderes als das gewesen wäre – rein, roh und ursprünglich. Holly forderte jede Faser in mir. Das Gefühl der Erleichterung, das mich durchströmte, als ich die Intensität ihrer Reaktion spürte, nährte nur das Feuer, das uns zu verschlingen drohte.

Sie griff nach meiner Jacke, ich streifte sie ab und griff hinter meinen Kopf, um mein Shirt auszuziehen. Ich trat nur so weit zurück, dass ich den Saum ihres T-Shirts erwischte, es über ihren Kopf zog und auf den Boden zu meinem warf.

Mein Blick wanderte nach unten, und ich bemerkte, dass sie splitternackt war; nicht einmal ein Höschen trug sie. Nun, außer ihren Socken, die geradezu liebenswert waren.

»Mein Gott, Holly, du läufst ohne Unterwäsche herum?«

Sie keuchte, als ich meine Hand zwischen ihre Schenkel schob und ihre feuchte Hitze dort spürte. Ihre Haut war am ganzen Körper gerötet. Ich senkte meinen Kopf und nahm eine ihrer Brustwarzen in den Mund, wirbelte mit meiner Zunge herum und saugte fest und schnell daran, genoss das scharfe Stechen ihrer Hände in meinen Haaren, die sie fest umklammerten, als sie aufschrie.

Sie war klatschnass, ihr glitschiges Verlangen überzog meine Finger, als ich durch ihre Spalte strich. Ich hob meinen Kopf und sah ihr in die Augen. »Du bist verdammt nass.«

Als ich zwei Finger in sie versenkte, stöhnte sie auf. »O Gott, Nate.«

»Verrate mir etwas«, murmelte ich.

»Was?«

Ich trat näher, und ihr Kopf stieß gegen die Tür, als ich meine Finger herauszog und sie wieder in ihr versenkte. »Hast du mich vermisst?«

Ihr Blick blieb an meinem haften, ihre Augen weiteten sich mit einem Hauch dieser kämpferischen Unnachgiebigkeit, die ich so verdammt liebte. Als sie nicht antwortete, zog ich meine Finger wieder heraus und strich über die feuchte Hitze. Ohne Vorwarnung stieß ich sie tief hinein und sie schrie auf.

»Ja!«, schrie sie beinahe.

Ich war wie besessen. Ich hatte beabsichtigt, das Ganze heiß und schnell zu beenden, aber ich brauchte sie – alles von ihr. Und zwar sofort. Mit einer Hand, die ihre Hüfte stützte, sank ich vor ihr auf die Knie. Ich legte eines ihrer Beine über meine Schultern und vergrub mein Gesicht zwischen ihren Schenkeln. Sie war salzig, süß und so feucht, dass ich fast in meiner Jeans gekommen wäre. Mein Schwanz drückte gegen meinen Reißverschluss, aber ich brauchte das zuerst. Ich musste spüren, wie sie in meinem Mund kam.

Als ich sie langsam mit meinen Fingern fickte und jeden Zentimeter mit meiner Zunge erforschte, war sie in Sekundenschnelle am Abgrund angelangt.

»O Gott! O Gott, Nate, hör nicht auf«, befahl sie mir.

Als ich mit den Zähnen über ihren Kitzler streifte, stieß sie meinen Namen in einem unterbrochenen Schrei aus, während sich ihre Hüften gegen meinen Mund stemmten und ihr ganzer Körper sich anspannte und erbebte. Ich wartete nicht, zog mich zurück und befreite meinen Schwanz, während ich sie hochhob und sie an die Wand hinter uns lehnte.

Ich nahm meinen Schwanz in die Hand und zog ihn durch ihre feuchten Schamlippen, wobei ich nach Luft schnappte. Als ich die Unterseite meines Schwanzes gegen ihren geschwollenen Kitzler gleiten ließ, fiel mir ein, dass ich mich nicht einmal vergewissert hatte, ob ich ein Kondom dabeihatte.

»Scheiße«, murmelte ich und begann, mich zurückzuziehen.

Hollys Beine schlossen sich um mich und hielten mich fest. »Wohin gehst du?«

Ich kramte in der Gesäßtasche meiner halb herunterhängenden Jeans, weil ich mir sicher war, dass ich eines in meiner Brieftasche haben musste. In ihren Augen blitzte Erkenntnis auf, und ihre Lippen verzogen sich zu einem Lächeln. »Ich bin Krankenschwester. Ich verhüte und bin definitiv sauber.«

Mein Blick traf auf ihren. Ich hatte noch nie Sex ohne Kondom gehabt. Mein Vater hatte mir schon vor der Mittelschule schonungslose Sexualkunde eingetrichtert.

»Ich hatte noch nie Sex ohne Kondom«, sagte ich schließlich.

Hollys Grinsen wurde breiter und sie lehnte ihren Kopf zurück gegen die Tür. Ihr Haar fiel ihr unordentlich ins Gesicht, ihre braunen Augen waren dunkel vor Verlangen und ihre Lippen gerötet und geschwollen von unseren Küssen; sie war so verdammt sexy, dass ich all meine Kraft benötigte, um nicht direkt in sie einzudringen.

»Natürlich hast du das nicht«, meinte sie mit einem heiseren Lachen. »Du bist so ein guter Junge.« Ihr Blick wurde nüchterner. »Und jetzt fick mich.«

Ich realisierte sofort, dass ich, wenn es um Holly

ging, ziemlich gut darin war, Befehle zu befolgen. Während meine Jeans um meine Hüften hingen und sie bis auf ihre leuchtend rosa und blauen Socken nackt war, stellte ich meinen Winkel ein und versank in ihr.

Ihre glitschige, pralle Hitze fühlte sich so verdammt gut an, dass ich stillhalten und bis zehn zählen musste, um meine Ladung nicht auf der Stelle zu verschießen.

Kapitel Achtzehn

HOLLY

Nates schroffe Stimme ließ mich die Augen öffnen. Mein Blick traf auf seinen. Mit dem Rücken gegen die Tür gelehnt, bildete das kühle Holz einen Kontrast zu seiner Hitze, die sich gegen mich presste. Das Gefühl, von ihm ausgefüllt zu werden, war so verdammt gut, dass ich kaum an etwas anderes denken konnte als an die Lust, die sich in mir ausbreitete.

Er hielt ein paar Takte lang still und wippte dann mit seinen Hüften in mich hinein, was einen heißen Lustschauer in mir auslöste. Ich hatte nicht erwartet, ihn heute Abend zu sehen. So ungern ich es auch jemandem gegenüber zugeben wollte, ich hatte die Tage, Stunden, Minuten und Sekunden gezählt, bis ich ihn wiedersehen würde. Das war vollkommen lächerlich.

Ich hatte mich nie als die Art von Frau gesehen, die ängstlich auf die Rückkehr eines Mannes warten würde. Er war nur ein paar Tage weg gewesen. Ich hatte gehofft, meine Reise nach Anchorage würde mich ablenken. Ein totaler Fehlschlag. Ich war zwar irgendwie beschäftigt gewesen. Und doch war Nate nie weit weg von meinen Gedanken gewesen. Nicht einmal ein bisschen. Er war immer da gewesen und hatte darauf gewartet, dass ich vorbeischaute. Mein Geist und mein Körper hatten die Nacht mit ihm in den drei Tagen, die in der Zwischenzeit vergangen waren, wahrscheinlich ein paar hundert Mal durchgespielt.

Es fühlte sich an, als wäre er in meinen Körper eingeprägt und in meine Sinne eingebrannt. Dass er jetzt hier war und mich gegen die Tür drückte, war alles, was ich wollte.

Er fixierte mich mit seinen Augen und nahm mich in die Arme. Er hielt mich mit Leichtigkeit, was nicht gerade eine Überraschung war. Seit meine Körperantenne sich auf Nate eingestellt hatte, war mir aufgefallen, wie lächerlich fit er war – hart, muskulös und schelmisch. Gerade hatte er eine Hand an meine Hüfte gelegt und die andere unter meinen Hintern geschoben. Als seine nackte Brust meine Brüste berührte, kam mir der Gedanke, dass ich allein durch dieses Gefühl zum Orgasmus kommen könnte. Er zog sich weiter zurück und sank wieder in mich ein, wobei er mich noch ein wenig höher gegen die Tür hob.

»Also«, murmelte er, sein Blick brannte sich in meinen und ließ die kleinen, wenn auch fadenscheinigen Barrieren, die mir noch geblieben waren, verschwinden, »es geht um Folgendes. Ich konnte dieses Wochenende nicht aufhören, an dich zu denken. Die Nacht neulich war nicht alles, was wir haben. Das hier« – er hielt inne, seine Hüften bewegten sich zurück und stießen vor, das Gleiten seines Schwanzes in mir entlockte mir ein Stöhnen – »passiert jetzt, später und wahrscheinlich auch morgen früh. Sag mir, dass du das nicht willst.«

Nach einem rasenden Atemzug zog er seine

Hüften noch einmal zurück und füllte und dehnte mich so herrlich aus, dass ich es kaum ertragen konnte. Die ganze Zeit über hatte ich mich nach Nate gesehnt, aber ich hatte mir nicht vorstellen können, dass es so sein könnte. Bei jedem Stoß in mich hinein rieb sein Becken an meinem Kitzler und entfachte jeden einzelnen Nerv.

Auch wenn ich bis vor ein paar Tagen noch Jungfrau war, bedeutete das nicht, dass ich völlig unerfahren war, sondern nur, dass ich es nie bis zum eigentlichen Akt geschafft hatte. Dennoch war ich mir sicher, dass ich noch nie auch nur annähernd so etwas wie mit Nate gefühlt hatte.

Seine geschickten Finger und sein Mund hatten mich heute Abend schon einmal in den Wahnsinn getrieben, und jetzt waren es seine Worte und sein Schwanz, die mich erneut um den Verstand brachten, während sich die Spannung erneut in mir aufbaute. Meine Beine schlossen sich um ihn, als würde mein Leben davon abhängen, während ich nach einer weiteren Erlösung lechzte.

»Ich habe noch keine Antwort bekommen«, murmelte er und seine Augen wurden schmal.

Durch den Schleier der Lust, der mein Gehirn vernebelte, starrte ich ihn an.

»Sag mir, dass du das genauso willst wie ich.« Allein der schroffe Klang seiner Stimme jagte mir einen heißen Schauer über den Rücken, ein süßer Schmerz breitete sich in meinem Inneren aus.

»Natürlich will ich das«, keuchte ich schließlich, als er mich mit einem tiefen Stoß antrieb.

»Sieh mich an«, knurrte Nate, und der Klang seiner Stimme zerrte an meinen überreizten Nerven.

Ich riss die Augen auf und begegnete seinem Blick, der dunkel und zielstrebig war. Ich wusste nicht, wie ich das, was ich in seinen Augen sah, deuten sollte.

Ich kannte Nate schon ewig. Und doch war das, was in den letzten Tagen zwischen uns passiert war, eine solche Veränderung in unserer Beziehung zueinander, dass es sich anfühlte, als befänden wir uns auf einer völlig neuen Ebene. Er nahm mich in die Arme und stemmte mich höher gegen die Tür, als er erneut in mich eindrang. Sein Blick bohrte sich in meinen und brachte mein Herz dazu, wie wild in meiner Brust zu schlagen. Seine Kraft und seine Hitze nahmen mich vollständig ein. Ich fühlte mich, als wären wir allein auf der Welt, gefangen in einem schillernden Netz aus Intimität, Verlangen und purer Lust.

Mir fielen die Augen zu, als er sich zurückzog, und das langsame Gleiten ließ Funken der Lust durch mich sprühen. »Sieh mich an«, knurrte er wieder, der warme Befehl in seinem Ton war deutlich zu vernehmen.

Ein Funke flammte in mir auf und ich wollte widersprechen. Ich öffnete die Augen und begegnete seinem Blick, während er stillhielt und die pralle Spitze seines Schwanzes nur leicht über mich gleiten ließ. »Und wenn ich Nein sage?«

Seine Mundwinkel zogen sich nach oben, die Hitze in seinem Blick verbrannte mich fast. »Ich werde dir nicht geben, was du willst, bevor du es nicht getan hast«, erwiderte er.

Ich wollte antworten, doch dann füllte er mich aus und was immer ich sagen wollte, kam in einem leisen Stöhnen heraus.

»Ich möchte, dass du genau weißt, wer in dir steckt, wenn du erneut explodierst. Ich will spüren, wie du auf meinem Schwanz kommst.«

Seine Worte, so direkt und schmutzig, jagten mir einen Schauer über den Rücken. Ich hätte nicht mehr wegsehen können, selbst wenn ich es gewollt hätte. Es war fast wie eine Aufforderung, als ob ich davor zurückschrecken würde. Er hatte es nicht eilig. Mit dem kühlen Holz der Tür an meinem Rücken fickte er mich langsam und intensiv, wobei sein Becken bei jedem Stoß gegen meinen Kitzler wippte.

Jedes Mal schossen scharfe Splitter der Lust durch mich hindurch. Am Rande eines weiteren Höhepunkts schauderte ich und jagte unter Nates Blick meiner Erlösung hinterher. Als er mich wieder tief ausfüllte, zerrissen meine empfindlichen Nerven und ein Feuer durchzuckte mich, während ich vor Ekstase zitterte.

Er zog sich zurück und stieß wieder in mich hinein, seine Hüften pochten hart und schnell. Ich registrierte die Kraft kaum, die Grenze zwischen Lust und Schmerz verschwamm. Sein Name kam in einem gehauchten Singsang über meine Lippen, als ich spürte, wie die Hitze seiner Erlösung mich erfüllte, mein eigener Name folgte in seinem rauen Schrei.

Alles in mir drehte sich, die Lust überflutete mich, während ich versuchte, zu Atem zu kommen. Der einzige Anker, der mich in der Realität hielt, war das Gefühl von Nate, der mich fest an sich drückte.

Er hielt mich immer noch fest und sein Kopf legte sich in die Vertiefung meines Halses, sein Atem strich über meine Haut. Mein eigener Atem wurde zu einem abgehackten Keuchen, als ich versuchte, mich zu sammeln. Ich wollte mich nicht bewegen. Ich wollte in seiner starken Umarmung bleiben, verloren in diesem Netz aus Verlangen und Intimität, das ich mir nie vorstellen gekonnt hätte, schon gar nicht mit Nate.

Nach ein paar Augenblicken spürte ich, wie er den Kopf hob und sich bewegte. In diesem Moment knurrte sein Magen. Er gluckste, ein reumütiges Lächeln umspielte seine Lippen, als ich meine Augen aufriss. Die Realität holte mich ein und ich setzte mich in Bewegung, aber er hielt mich fest. Ich lehnte meinen Kopf zurück und neigte ihn zur Seite. »Lässt du mich jetzt runter?«

Meine Wangen fühlten sich heiß an. Die Hitze des Augenblicks war verflogen und die Realität holte mich heftig und schnell ein.

»Das tue ich, aber zuerst ...« Er beugte sich vor und küsste mich schnell auf die Lippen. Seine Zunge glitt hinein, um sich für einen Moment mit meiner zu vereinen, bevor er sich wieder zurückzog. Und schon kribbelte mein Körper wieder.

Er sagte nichts weiter, er zog sich einfach langsam aus mir heraus und ließ mich nach unten sinken. Ich zitterte und mein Körper hallte noch immer von zwei aufeinanderfolgenden intensiven Orgasmen wider. Ich fühlte mich wie durch die Mangel gedreht. Die Emotionen ließen jedoch nicht lange auf sich warten, Emotionen, denen ich mich nicht ganz stellen wollte.

Ich dankte den Sternen, dass ich die Tür hinter mir hatte, die mich aufrecht hielt. Als ich meine Handflächen flach auf die Tür legte, fühlte ich mich plötzlich nackt. Ich *war* nackt, bis auf meine Socken.

Nate ging einen Schritt zurück und stand lediglich da, seine Augen auf mich gerichtet. Herrgott nochmal. Er sah beinahe lächerlich gut aus, mit seiner offenen Jeans und seinem ziemlich üppigen Schwanz. Mein Blick wanderte gierig über ihn. Wenn es nach meinem Körper ginge, würden wir direkt in die nächste Runde gehen.

Praktischerweise knurrte sein Magen wieder, was meinem gesunden Menschenverstand einen Moment Zeit gab, sich zu behaupten. Mit immer noch wackeligen Beinen stieß ich mich von der Tür ab. »Hast du Hunger?«

»Offensichtlich«, antwortete er, mit gerade so viel Sarkasmus in seinem Ton, dass er meine bissige Seite zum Leben erweckte.

»Warst du etwa so dumm, dir nicht die Mühe zu machen, etwas zu essen, bevor du hierhergekommen bist?«, fragte ich, als ich an ihm vorbeischlenderte, mein T-Shirt vom Boden aufhob und es mir hastig über den Kopf zog.

Als ich mich umdrehte, knöpfte er gerade seine Jeans zu und schlüpfte in sein Shirt.

»Das Essen war mir egal. Mein Verlangen nach dir war größer als mein Hunger.«

Mein gesunder Menschenverstand hielt nicht sehr lange an und mein Herz jubelte praktisch bei dieser Bemerkung. Und bevor ich mich versah, schlug ich vor, eine Pizza zu bestellen. Obwohl es schon fast dunkel war, hatte ich auch noch nichts gegessen.

»Klingt gut«, antwortete er.

»Ich bestelle«, sagte ich schnell, als er begann, sein Handy aus der Tasche zu ziehen.

Willow Brook war eine sehr kleine Stadt. Nun, vielleicht nicht ganz so klein. Aber ich zweifelte keine Sekunde daran, dass, wenn Nate die Bestellung aufgab, sich irgendwie herumsprechen würde, dass er sich gerade hier in meiner Wohnung aufhielt. Er hielt inne, sein Finger schwebte über dem Bildschirm seines Telefons.

»Ich kann das übernehmen.« Als er mich ansah, schien er plötzlich zu verstehen. »Du hast Angst, dass jemand merkt, dass ich hier bin.«

Meine Wangen wurden heiß, aber das war mir egal. »Ja, hab ich. Alex ist dein bester Freund und ich bin noch nicht so weit, ihm zu sagen, was zwischen uns läuft.«

Nate ließ die Hand sinken und steckte sein Handy

zurück in die Tasche. »Verstanden«, sagte er mit einem Nicken, und ich hob die Augenbrauen.

Sein Lachen ließ einen Schauer über meine Haut laufen, als ich mich umdrehte und in die Küche ging, um mein Handy von der Theke zu holen. Ich stützte mich mit der Hüfte auf einen Hocker und sah ihn an. »Was ist so lustig?«

»Du warst bereit für einen Kampf, nicht wahr?«

Ich verdrehte die Augen und streckte ihm die Zunge heraus, etwas, das ich wahrscheinlich schon ein paar hundert Mal in unserem Leben getan hatte. »Und wenn schon? Weiter im Text: Was für eine Pizza willst du? Ich bestelle bei Alpenglow Pizza. Das ist meine neue Lieblingspizzeria.«

»Ich esse alles.«

Ich hätte wissen müssen, dass das seine Antwort sein würde. Denn Nate würde alles essen, was ich bestellte. Er war kein wählerischer Esser. Ganz und gar nicht.

»Okay, dann halb Peperoni und halb Griechisch, weil ich beides will.«

Während ich telefonierte, zog er endlich seine Schuhe aus und hob seine Jacke vom Boden auf, um sie an den Haken neben der Tür zu hängen. Während ich darauf wartete, dass die Frau, die unsere Bestellung aufnahm, einen weiteren Anruf beendete, trat er hinter mich, legte seine Hände um meine Taille und senkte seinen Kopf, um Küsse in meinen Nacken zu drücken.

Schmetterlinge kribbelten in meinem Bauch und mein Unterleib spannte sich an. Ach, du lieber Gott. Ich steckte bereits so tief in der Sache drin, dass ich praktisch ertrank.

Kapitel Neunzehn

HOLLY

Es vergingen einige Tage, in denen ich mich immer wieder an die schlichte Wahrheit und den darin enthaltenen Widerspruch erinnerte. Ich durfte mich nicht in Nate verlieben. Und doch verliebte ich mich in Nate – und zwar heftig.

Die Wahrheit war wohl, dass ich schon seit unserem ersten beschwipsten, verrückten Kuss vor über einem Jahr in der Garderobe einer Party in Gefahr war, mich in ihn zu verlieben. Dann musste ich zu dieser blöden Spendenaktion gehen. Vor diesem Abend hatte ich mich wieder im Griff gehabt. Im Nachhinein betrachtet hätte ich es vermutlich überwunden, wenn nichts weiter passiert wäre.

Dann gab es da *die Aufzug-Sache*, wie ich es in meiner Erinnerung nannte. Zu diesem Zeitpunkt war ich schon verloren. Und jetzt? Nun, jetzt war bereits viel zu viel passiert.

Der zweite Februartag brach kalt und klar an. Es war Groundhog Day. Ich wachte in der Dunkelheit auf, hellwach und aufgewühlt von einem Traum über Nate. Nach unserer zweiten gemeinsamen Nacht hatte ich zwei Nachtschichten hintereinander gearbeitet. Das war gut für meine geistige Gesundheit, und sei es nur, weil es mich davor bewahrte, ihm absichtlich aus dem Weg zu gehen.

Ich hatte mir nie viele Gedanken über seine Arbeitszeiten gemacht. Als ich mit geröteter Haut und feuchtem Höschen aufwachte, wünschte ich mir inständig, er wäre bei mir. Verdammte Scheiße.

Ich frage mich, ob er heute arbeitet. O mein Gott. Du musst damit aufhören. Du musst aufhören, dir Gedanken über Nate und seinen verdammten Arbeitsplan zu machen.

Ich hatte mich noch nie über die Arbeitszeiten eines Mannes gewundert. Umso peinlicher war das Ganze.

Nate führte sein eigenes Unternehmen und übernahm Flüge, wann immer er wollte. Ich wusste, dass er im Sommer mehr zu tun hatte, weil das für jeden Piloten im Hinterland Alaskas der Fall war. Im Winter arbeitete er mit einigen örtlichen Fluggesellschaften in Anchorage und flog Abenteurer für Skitouren und Ähnliches ins Hinterland.

Rastlos schlug ich die Decke weg und eilte unter die Dusche. Sosehr mein Körper auch darum bettelte, ich weigerte mich, ihm nachzugeben und mich durch meine eigene Hand zu erlösen, während meine Gedanken nur um Nate kreisten.

Obwohl ich genau das im letzten Jahr wohl mindestens ein paar hundert Mal gemacht hatte. Es war so verdammt peinlich. Mit dem heißen Wasser, das mich praktisch verbrühte, spülte ich meinen Traum weg, aber ich hatte kein Glück, Nate aus meinen Gedanken zu vertreiben. Er füllte jeden Winkel davon aus.

Wenn ich wie heute Frühschicht hatte, trank ich normalerweise zu Hause einen Kaffee und aß vielleicht eine Schale Müsli, bevor ich ins Krankenhaus ging. Heute jedoch machte mich das Alleinsein mit meinen Gedanken rastlos. Sobald ich angezogen war, steckte ich meine Füße in die Winterstiefel, zog meine Daunenjacke über und machte mich auf den Weg, um im Firehouse Café einen Kaffee zu trinken und ein Frühstückssandwich zu essen. Diejenigen, die lange Winter kannten, kamen oft zu dem Schluss, dass eine der besten Erfindungen der Menschheit der Fernstart für Autos war. Ich hatte meinen noch während des Anziehens eingeschaltet und kletterte ein paar Minuten später in ein schönes, warmes Auto.

Innerhalb weniger Minuten hielt ich vor dem Firehouse Café, das sich direkt an der Straße befand. Im Sommer wäre ich zu Fuß gegangen, aber ich war keine Masochistin. Es war noch dunkel, die Sterne leuchteten noch hell am Himmel und ein hübscher, geschwungener Mond stand über den Bergen hinter dem Stadtzentrum von Willow Brook.

Ich atmete die belebende Luft tief ein, als meine Schritte über den verschneiten Parkplatz knirschten. Die Lichter in den Fenstern funkelten und winkten mich ins Innere. Als ich durch die Tür trat, umgaben mich Wärme und der Duft von Kaffee und Gebäck, der meine Sinne betörte.

Trotz der frühen Stunde waren schon ein paar Leute hier, und ich konnte das geschäftige Treiben in der Küche hinter den Schwingtüren hören. Ich ging zum Tresen und grinste Janet an, als sie aufblickte.

»Morgen, Holly«, sagte sie mit einem breiten Lächeln. Sie legte die Scones beiseite, die sie einge-packt hatte. »Was kann ich dir heute Morgen Gutes tun?«

»Ich nehme einen Americano und ein Eier-sandwich.«

»Kommt sofort.« Sie drehte sich um und rief durch die Tür nach hinten. »Hey Daniel, kommst du mal raus und machst mir ein Eiersandwich?«

Das Café war so eingerichtet, dass hinter dem Tresen ein Grill zu sehen war, während im hinteren Teil gebacken wurde. Daniel schob sich durch die Tür, warf mir ein Grinsen zu und wandte sich schnell dem Grill zu.

Janet machte sich an meinem Kaffee zu schaffen und schenkte mir ein weiteres Lächeln, bevor sie zur Tür schaute, als die Klingel läutete. »Hallo, Jake und Sandy«, rief sie.

Als ich mich umdrehte, sah ich die Eltern von Jake Green auf mich zukommen. Während der ganzen schrecklichen Zeit nach Jakes Tod in der Highschool waren sie in Willow Brook geblieben. Wie ich waren sie durch das Feuer der Trauer gegangen und hatten es auf die andere Seite geschafft.

»Morgen, Holly«, sagte Sandy, als sie mich für eine kurze Umarmung an sich zog.

Jake zwinkerte und nickte, als er die Hand seiner Frau wieder in seine nahm. »Du musst Frühschicht im Krankenhaus haben«, bemerkte er.

»Stimmt genau«, antwortete ich.

In all den Jahren hatte ich mich mit Jakes Eltern angefreundet. Ich kannte sie, seit ich ein kleines Mädchen war. Von allen in Willow Brook wussten sie am besten, wie meine Beziehung zu Jake war. Ich dankte den Sternen dafür, denn ich hätte mir nicht vorstellen gekonnt, ihnen das erklären zu müssen.

Sandy strich sich das dunkle Haar aus dem Gesicht und lächelte Janet an, als sie sich umdrehte, um mir den Kaffee zu reichen.

»Lasst mich raten, zwei Kaffee?«, fragte Janet.

»Natürlich«, antwortete Jake.

»Etwas zu essen?«

»Nein, danke. Wir fahren heute nach Anchorage, um ein paar Besorgungen zu machen, und ich habe einen Termin beim Arzt.«

»Alles in Ordnung?«, fragte Janet über ihre Schulter, während sie den Kaffee vorbereitete.

»Ach ja, nur eine Mammografie. Du weißt ja, wie lustig die sind.«

Janet lachte bellend. In diesem Moment hörte ich die Stimme meines Bruders, als sich die Tür öffnete und ein kalter Luftzug mit ihm hereinwehte. Und siehe da, Nate war direkt hinter ihm.

Ach, du Scheiße. Alex wusste nichts von dem, was zwischen Nate und mir passiert war. Praktischerweise hatten sich unsere Wege in der letzten Woche nicht allzu oft gekreuzt.

Alex musste das Ende unseres Gesprächs gehört haben. Sein Blick wanderte zwischen mir, Janet und Sandy hin und her. Sandy zuckte mit den Schultern und warf ihm ein schiefes Grinsen zu. »Ja, du hast mich gerade Mammografie sagen hören. Ist schon okay, nichts, worauf du dich freuen musst«, sagte sie mit einem kleinen Lachen. Währenddessen rollte Jake mit den Augen und schüttelte den Kopf.

»Ähm, okay«, antwortete Alex.

Es war selten, dass mein Zwillingsbruder um Worte verlegen war, besonders wenn es um unpassende Witze ging. Aber dieser hier war definitiv außerhalb seines Territoriums. Ich grinste. »Morgen.«

Der Moment hatte gerade ausgereicht, um mich aus meiner Befangenheit über die Begegnung mit Alex und Nate zu reißen.

Nates Augen landeten auf meinen, und das Glitzern darin ließ mir einen Schauer über den Rücken laufen.

Ach Mann. Das war so verdammt unfair. Mein Körper brauchte einen Aus-Schalter, wenn es um Nate ging. Ich stand hier mit den Eltern meines alten Highschool-Freundes und meinem Zwillingsbruder, der Nates bester Freund war. Die ganze Situation hätte jedes Verlangen, das ich für Nate hatte, auf Eis legen müssen.

Tat es nicht. Ganz und gar nicht.

Gottverdammt.

Ich schenkte Nate ein knappes Lächeln und hoffte inständig, dass niemand die Hitze, die ich in meinen Wangen spürte, bemerkte. Janet drehte sich um, und ich fischte mein Portemonnaie aus meiner Handtasche, während sie Sandy und Jake ihre Kaffees reichte.

»Ich muss noch bezahlen«, sagte ich und hielt ihr einen Schein hin.

»Verstanden.« Janet nahm ihn mir schnell ab und tippte etwas in die Kasse.

»Leg das Wechselgeld einfach zum Trinkgeld«, fügte ich hinzu.

Mit einem Lächeln warf sie es ein und wandte ihre Aufmerksamkeit Nate und Alex zu, während sie Jake und Sandy abkassierte. Währenddessen reichte mir Daniel mein Eiersandwich auf einem Teller. Noch vor wenigen Minuten wäre es schön gewesen, meinen Kaffee und mein Frühstück in Ruhe zu genießen. Jetzt wollte ich einfach nur fliehen. Zu viele verwirrende Gedanken schwirrten in meinem Kopf herum und konkurrierten mit meinen Gefühlen, die alles zu überrollen drohten.

Leider gab es keine elegante Möglichkeit, das zu erreichen, und besonders nicht, nachdem Alex sich zu Wort gemeldet hatte. »Perfekt, du wirst doch mit mir frühstücken, oder?«, fragte er.

»Sieht ganz so aus«, antwortete ich, unschlüssig darüber, was ich sonst antworten sollte.

Mit Teller und Kaffee in der Hand blieb ich neben Sandy und Jake stehen. »Schön, euch beide zu sehen. Wie geht es Clay?«, fragte ich und bezog mich dabei auf Jakes jüngeren Bruder.

»Oh, ihm geht es super. Er ist in Washington D.C. und macht dort ein Praktikum«, antwortete Sandy mit sichtlichem Stolz. »Wir werden ihn in ein paar Wochen besuchen. Wir waren nicht mehr in D.C., seit wir als Aufpasser auf seiner Klassenfahrt dabei waren. Sandy drückte mir einen Kuss auf die Wange. »Es ist immer schön, dich zu sehen, Liebes.«

Ich winkte, als sie hinausgingen, und drehte mich um, um Alex und Nate einen Blick zuzuwerfen. Alex ärgerte ihn über irgendetwas, während Nate bezahlte. »Ich besorge uns einen Tisch, Jungs«, meinte ich schnell, bevor ich mich umdrehte und auf einen Tisch in der hinteren Ecke bei den Fenstern zusteuerte.

Normalerweise wäre es nichts Außergewöhnliches, meinen Bruder und seinen besten Freund hier anzutreffen. Obwohl Alex nicht gerade ein Morgenmensch war, musste er bei seinem Job als Spezialmechaniker oft früh auf den Beinen sein. Wie ich war auch Nate immer ein Frühaufsteher gewesen. Ihm hier morgens über den Weg zu laufen, war ganz normal und hätte mich nicht weiter stören sollen. Doch Nates Nähe entzündete etwas in mir.

Ich konnte nicht umhin, mich zu fragen, ob er einen Flug geplant hatte. Allein sein Anblick brachte meinen Körper zum Summen. Ich wollte gar nicht darüber nachdenken, wie peinlich und unbequem es war, auf den besten Freund meines Bruders zu stehen. Es war auch nicht so, dass es ein neuer Zustand für mich war. Der Unterschied bestand darin, dass nun etwas zwischen uns geschehen war. Jetzt fühlte es sich absolut real und viel intensiver an, als ich es mir vorgestellt hatte.

Ich ließ mich in einem Stuhl nieder und nahm einen langen Schluck von meinem Kaffee. Über den Bergen in der Ferne erhob sich langsam das Tageslicht. Es würde noch etwa eine Stunde dauern, bis das Licht die Dunkelheit vollständig verdrängen würde. Pünktlich zum Beginn meiner Schicht bei der Arbeit.

Nach einem weiteren Schluck Kaffee nahm ich einen Bissen von meinem Sandwich und blickte auf, als Nate auf den Stuhl mir gegenüber rutschte. Alex war nirgends zu sehen. »Wo ist Alex?«

»Toilette.« Er hielt inne, sein Blick war dunkel und unergründlich, als er mich betrachtete. Ich wollte ihn küssen, verdrängte diesen Gedanken aber schnell wieder. »Frühschicht?«

»Ja.« Die Tragweite meiner Antwort wurde mir plötzlich bewusst. Ich hatte zwei Nachtschichten hinter mir. Mein Arbeitsplan war mein Ausweg gewesen, um Nate nicht sehen zu müssen. Da er nun wusste, dass ich heute Frühschicht hatte, hatte ich keine Ausrede, falls er mich heute Abend sehen wollte.

Hitze durchflutete meinen Bauch und strahlte durch mich hindurch. Nate nahm einen Schluck von seinem Kaffee, sein Blick wich nicht von meinem. Das Versprechen, das darin lag, ließ meinen Puls in die Höhe schnellen und raubte mir den Atem. Meine Gedanken kreisten um ...

In diesem Moment kam Alex und brachte meinen Gedankengang abrupt zum Stillstand.

Nimm dich zusammen.

Mein innerer Befehl klang herrisch und klar, aber mein Körper revoltierte regelrecht und ignorierte ihn völlig.

Alex schnappte sich einen Stuhl vom Nebentisch, schwang ihn hinüber und setzte sich. »Frühschicht, Schwesterherz?«

»Offensichtlich. Warum sollte ich sonst um diese Zeit in meiner Arbeitskluft hier sein?«

Alex nahm einen Schluck von seinem Kaffee und gluckste. »Punkt für dich.«

»Was hast du heute vor? Du bist doch nie freiwillig um diese Zeit wach.«

»Stimmt. Ich kümmere mich um eine größere Reparatur an einem Triebwerk am Flughafen in Anchorage, deshalb musste ich früh aufstehen. Ich habe Nate überredet, mich zu begleiten und vielleicht auf ein Doppeldate zu gehen«, sagte Alex und blickte zu Nate.

Gespräche dieser Art zwischen meinem Bruder und Nate hatten schon oft in meiner Gegenwart stattgefunden. Bis zum letzten Jahr oder so hatte ich mir nie viel dabei gedacht. Doch jetzt schoss heiße Eifersucht durch mich hindurch, und in meinem Bauch pochte es vor Besorgnis.

Notiz an mich selbst: Das ist der Grund, warum du nie etwas mit Nate hättest anfangen dürfen.

Ich konnte nicht anders, aber mein Blick glitt zu Nate. Ich zwang mich, genauso schnell wieder wegzusehen, blickte aus dem Fenster und betete, dass sich meine Gefühle nicht in meinem Gesicht zeigten.

»Alter, ich habe dir schon gesagt, dass ich nicht über Nacht bleiben werde. Ich hab keinen Bock auf ein Date. Du bist auf dich allein gestellt«, sagte Nate.

O mein Gott! Das war gar nicht auszuhalten. Ich wollte fragen, was das alles zu bedeuten hatte. Wir hatten nicht darüber gesprochen, was zwischen uns passiert war. Nicht, dass ich Nate dafür verantwortlich gemacht hätte. Ich wollte selbst auf keinen Fall darüber reden, nicht, wenn ich keinen zusammenhängenden Gedanken fassen konnte, wenn es um ihn und meine Gefühle ging. Zu dieser Unbehaglichkeit kam noch die äußerst unangenehme Anwesenheit meines Bruders hinzu.

Versunken in meinen verwirrten Gefühlen, kaute ich auf meinem Eiersandwich herum.

Alex zuckte resignierend mit den Schultern. »Alles klar, dein Pech. Aber was ist denn los? Findest du nicht auch, dass er nicht mehr in Form ist? Es ist, als hätte er den Frauen abgeschworen«, sagte Alex und richtete seine Bemerkung an mich.

Ich nahm einen Schluck von meinem Kaffee und zuckte mit den Schultern, denn das war alles, was ich zu diesem Thema zu sagen hatte. Alex verdrehte die Augen und ich nahm einen weiteren Bissen von meinem Sandwich, wobei ich mich zwang, Nate nicht anzusehen. Ich nahm mir vor, nicht zuzulassen, dass noch mehr zwischen uns passierte, denn diese Art von Gesprächen würde auch weiterhin ätzend sein. Unabhängig davon, warum er Alex' Angebot für ein Doppeldate ablehnte − was immer das auch heißen mochte −, machte ich mir keine Illusionen darüber, dass er irgendetwas zwischen uns ernst nahm.

Irgendwie schaffte ich es, den Rest dieser eher unangenehmen und elenden Minuten zu überstehen. Da weder Alex noch Nate genau wussten, wann ich im Krankenhaus auftauchen musste, stand ich auf, sobald ich mein Sandwich aufgegessen hatte. »Ich muss los, Leute. Viel Spaß in Anchorage. Wir sehen uns.«

Ich wartete nicht auf eine Antwort, warf mir meine Handtasche über die Schulter und eilte hinaus. Gerade als ich mein Auto erreichte, hörte ich Schritte hinter mir, ein leises Knirschen auf dem festgefahrenen Schnee des Parkplatzes.

»Holly.«

Der Klang von Nates Stimme an diesem kalten, stillen Wintermorgen ließ mich aufschrecken. Ich war innerlich aufgewühlt, gefangen in einer Flut von Emotionen, Selbstverurteilung und Verwirrung, die sich mit einer Welle des Verlangens vermischte. Ich wollte ihn *so* gerne ignorieren, aber ich wusste, dass ich damit nicht durchkommen würde. Ich holte tief Luft, hielt neben meinem Auto an und blickte zurück. »Ja?«

Er hatte den Abstand zwischen uns bereits geschlossen. Noch ein Schritt, und er war direkt vor mir. Seine Präsenz war überwältigend. Trotz der Kälte strahlte er Wärme aus. Ich sagte nichts, vor allem, weil ich mir selbst nicht ganz traute.

»Das war alles nicht meine Idee«, sagte er mit entschlossenem Blick.

Ich hatte das Gefühl, dass er versuchte, mich zu durchschauen. Nicht, dass es eine Rolle gespielt hätte, wenn er es gekonnt hätte. Ich konnte mir selbst keinen Reim auf meine Gefühle machen. In mir herrschte ein einziges Chaos von Gefühlen und Vernunft.

Ich zuckte mit den Schultern. Als er nichts weiter sagte, sah ich mich gezwungen, die Stille zu füllen. »Es ist keine große Sache. Du schuldest mir keine Erklärung«, sagte ich schließlich.

Etwas flackerte in seinem Blick auf. Durch das trübe Grau der Winterdämmerung konnte ich seine Augen nicht klar erkennen. Außerdem traute ich meiner eigenen Wahrnehmung nicht, nicht, wenn sie durch ein Durcheinander von Gefühlen getrübt war.

»Doch, das tue ich. Ich treffe mich mit niemandem sonst. Und zwar schon seit ...« Er hielt inne, lehnte den Kopf zurück und schaute in den Himmel. Als er seinen Blick wieder auf den meinen richtete, wurde die Luft von seinem Seufzer benebelt. »Seit damals vor letztem Halloween.«

Seine Worte trafen mich direkt in die Magengrube. Das war Monate her. Halloween war der Abend der Spendenaktion gewesen. Mein Mund öffnete und schloss sich. Ich fühlte mich wie ein verdammter Fisch.

Seine Mundwinkel zogen sich nach oben, und er zuckte mit den Schultern. »Du bist meine Priorität.«

»Hm?«

Brillant, Holly.

Ich entschied mich dafür, meine stets bereitstehende kritische Stimme zu ignorieren.

Seine Schultern hoben und senkten sich mit einem tiefen Atemzug. »Okay, ich bin ganz ehrlich mit dir. Du hast vermutlich genug Gründe, an meinen Worten zu zweifeln, aber für mich ist das weit mehr als nur Sex. Ich will dich. In jeder Hinsicht.«

Seine Worte waren leise, sein Blick entschlossen. Mein Herz hämmerte in meiner Brust und versuchte, sich aus dem Käfig meiner Rippen zu befreien. Ich schüttelte den Kopf, denn ich konnte es weder glauben noch wusste ich, wie ich darauf reagieren sollte.

Die Tür zum Firehouse Café öffnete sich auf der anderen Seite des Parkplatzes. Alex trat heraus, mit dem Rücken zu uns, während er mit jemandem drinnen sprach.

Nate trat auf mich zu, beugte sich herunter und presste seine Lippen auf meine. Der Kuss war kurz und elektrisierend. Der Kontrast zwischen der eisigen Morgenluft und dem Gefühl seiner Lippen auf meinen war so scharf, dass mich das Verlangen durchbohrte. Die Panik folgte jedoch schnell, denn als ich aufblickte, hatte sich Alex umgedreht. Ich wusste nicht, was er gesehen hatte.

Nate zuckte mit den Schultern, seine Augen suchten meine, als er sich aufrichtete. »Es ist mir egal, was Alex denkt. Das sollte es dir auch sein. Das ist eine Sache zwischen dir und mir.«

Auch wenn ich eigentlich nie um Worte verlegen war, so war es in diesem Moment so weit. Alles, was ich tun konnte, war, ihn anzustarren.

»Geh zur Arbeit«, sagte er leise und griff an mir vorbei, um die Tür zu meinem Auto zu öffnen.

Trotz meiner geistigen Umnachtung hatte ich den Fernstartknopf im Café betätigt, bevor ich hinausging. Als sich die Autotür öffnete, schlug mir ein Hitzeschwall entgegen.

»Ich komme heute Abend vorbei«, sagte Nate, seine Stimme war so leise, dass nur ich sie hören konnte.

Irgendwie schaffte ich es, in mein kleines Auto zu klettern, und Nate schloss die Tür hinter mir. Ich beobachtete, wie er sich umdrehte und auf Alex zuging, wo ihre Wagen nebeneinander geparkt waren. Alex winkte, und dann fuhren sie weg, Alex dicht gefolgt von Nate.

Was zum Teufel war hier gerade passiert?

Kapitel Zwanzig

NATE

»Was zum Teufel läuft zwischen dir und meiner Schwester?«, verlangte Alex zu wissen und knallte die Tür hinter sich zu, als wir den großen Flugzeughangar betraten.

Ich war verdammt überrascht, dass Alex so lange durchgehalten hatte, ohne mich etwas über Holly zu fragen. Als sie heute Morgen praktisch aus dem Firehouse Café gerannt war, hatte ich beschlossen, das nicht zulassen zu können, und war ihr kurzerhand gefolgt. Ich wollte nicht zulassen, dass sie den ganzen Tag davon ausging, dass ich auch nur im Entferntesten daran interessiert war, mit jemand anderem auszugehen.

Ich wusste, dass ich ein Risiko einging, eines, das Holly mehr als alle anderen verärgern konnte. Es war mir scheißegal, ob Alex sauer auf mich war. Damit würde ich schon fertigwerden.

Er blieb stehen und drehte sich zu mir um. Es war niemand sonst in der Nähe. Zwei kleine Flugzeuge, die im Hangar standen, waren unser einziges Publikum.

Metallwände und Beton bildeten einen hallenden Raum.

Ich stellte mich direkt vor ihn hin. »Was meinst du?«

Die Konfrontation machte mir nichts aus. Ich hatte ja gewusst, dass sie irgendwann kommen musste. Dann konnte ich es auch gleich hinter mich bringen. Ich hätte auch gerne mehr Zeit gehabt, um herauszufinden, wie viel ich meinem besten Freund über die Tatsache sagen sollte, dass ich auf dem besten Weg war, mich in seine Zwillingsschwester zu verlieben.

Alex neigte den Kopf zur Seite und kniff die Augen zusammen. »Du weißt genau, was ich meine. Ich habe gesehen, wie du sie heute Morgen geküsst hast. Beim Frühstück war sie verdammt angespannt. Sie wird mir nichts verraten, also solltest du es besser tun.«

»Ich bin mir noch nicht sicher«, lenkte ich schließlich ein. »Aber ich würde gerne sehen, wie es sich entwickelt.«

»Fuck«, murmelte Alex. »Du wirst meine Schwester nicht verarschen. Du meinst es mit niemandem ernst.«

»Ich werde Holly nicht verarschen. Das würde ich niemals.«

»Was, bist du etwa in sie verliebt?«

Seine Worte trieften vor Sarkasmus, und ich zuckte fast zusammen. Er hatte jedes Recht anzunehmen, dass ich nichts weiter wollte als etwas Spaß ohne Verpflichtungen. Nur damit das klar ist, ich wollte mich unbedingt wieder und wieder und wieder in Holly verlieren, aber meine Gefühle für Holly beschränkten sich nicht nur auf das eine.

»Ich weiß nicht, ob ich schon bereit bin, das zu sagen, aber ich würde gerne sehen, was daraus wird.«

»Fuck«, wiederholte Alex, drehte sich von mir weg

und ging auf das nächstgelegene Flugzeug zu, um seinen Stiefel gegen den Reifen zu treten. »Weiß sie das?«

»Ich habe versucht, ihr das klarzumachen, aber ich bin mir nicht sicher, was sie will.«

Alex machte kehrt und schritt direkt auf mich zu. »*Verarsch sie nicht*. Ich werde dir in den Arsch treten.«

»Ich weiß«, antwortete ich und versuchte, ruhig zu bleiben. Es war nicht so, dass ich mir diese Reaktion von Alex nicht erwartet hätte, aber seine Annahmen nervten mich. »Ich verspreche dir, dass die Sache nicht nur eine Affäre für mich ist.«

Alex trat zurück und drehte seinen Kopf hin und her, als wollte er die Verspannungen in seinem Nacken und seinen Schultern lösen. Als er wieder zu mir sah, schüttelte er langsam den Kopf. »Ich wusste, dass du in der Highschool etwas für sie übrig hattest. Ich dachte bloß, du wärst darüber hinweg.«

»Das hatte ich und das bin ich nicht.«

Alex starrte mich an, sein Blick war nachdenklich. Nach langem, sehr langem Schweigen schüttelte er wieder den Kopf. »Willst du mir etwa sagen, dass du seit *Jahren* in meine Zwillingsschwester verknallt bist?«

Ich lehnte meinen Kopf zurück und starrte auf das Wellblechdach über mir, wobei meine Augen die Linien der Stahlträger nachzeichneten. Als ich meinen Blick wieder auf Alex richtete, zuckte ich mit den Schultern. »Ich weiß nicht, wie ich es beschreiben soll. Bevor du jetzt denkst, dass ich ihr nachgeschmachtet habe, so war es nicht. Also ja, ich war in der Highschool in sie verknallt, aber ...«

Ich brach ab, weil ich nicht recht wusste, wie ich den Rest erklären sollte. Ich hatte nicht vor, Alex zu erzählen, dass Holly seit der Highschool die Hauptrolle in den meisten meiner Fantasien gespielt hatte. Ich würde nicht sagen, dass ich in sie verknallt war, sondern eher, dass, sobald ich mehr in ihr gesehen habe, ein ziemlich chaotisches Ereignis dazwischengekommen war. Jetzt ... nun jetzt waren die Dinge anders.

Alex übernahm den Gedanken für mich. »Das Leben ist uns in die Quere gekommen, und zwar gründlich. Der Unfall hat viele von uns hart getroffen. Auch wenn du nicht danach gefragt hast, aber Holly war nie in Jake verliebt. Sie kamen eigentlich nur zusammen, weil Caleb und Ella die ganze Zeit zusammen waren.« Alex wandte den Blick ab, atmete tief durch und stieß mit dem Absatz gegen den Flugzeugreifen hinter ihm.

Als er zurückblickte, war sein Blick todernst. »Hör zu, Holly würde mir in den Arsch treten, wenn ich versuchen würde, diese ganze ›überfürsorglicher Bruder‹-Nummer abzuziehen, also werde ich mich nicht einmischen. Es sei denn ...« Er hielt inne, hob einen Finger und zeigte direkt auf mich. »Es sei denn, du verarschst sie. Du kannst dir vorstellen, dass ich jeder Freundin von uns, die auf der Suche nach etwas Ernsthaftem ist, sagen würde, dass sie es nicht bei dir finden wird. Wenn es das ist, was Holly will, ist das ihre Sache, aber verarsch sie nicht.«

Mein Herz klopfte heftig und polterte gegen meine Rippen. Ich hatte nicht vor, Alex das Ausmaß meiner Gefühle für sie zu offenbaren, noch nicht. Ich war mir nicht so sicher, was sie wollte.

Ich hielt seinem Blick stand und nickte langsam. »Ich verstehe schon, aber du musst dir keine Sorgen machen.«

Alex schüttelte den Kopf. »Wirst du ihr sagen, dass ich von euch weiß?«

»Ja. Ich bin nicht so dämlich, es zu verheimlichen.«

Dieses Mal war Alex' Lächeln echt. »Ja, das wäre wirklich verdammt dämlich. Wie auch immer, sehen wir uns das mal an«, meinte er und machte sich an die Arbeit.

Alex öffnete schnell das Fach über dem Motor des Fliegers. Das Flugzeug war nicht meins, sondern gehörte einem guten Freund, der nicht in der Stadt war. Er hatte mich gebeten, es für Alex vorzubereiten, damit er es sich ansehen konnte, da Alex zertifizierter Flugzeugmechaniker war.

Wir schafften es, dieses unangenehme Gespräch hinter uns zu lassen und machten uns an die Arbeit. Als wir ein paar Stunden später aufbrachen, warf Alex mir einen Blick zu, als wir bei unseren Trucks anhielten. »Sag mal, ist Holly der Grund dafür, dass du dich seit letztem Herbst oder so mit niemandem mehr verabredet hast, zumindest soweit ich weiß?«

Herrgott nochmal. Ich hatte nicht vor, Alex die Details unserer wenigen kurzen Aufeinandertreffen in der Vergangenheit zu erzählen. Er brauchte nicht zu wissen, dass ich seine Schwester fast in einer Garderobe gevögelt hätte und dann in einer Umkleidekabine bei einer Benefizveranstaltung. Ich steckte ein wenig in der Klemme. Er war nicht umsonst mein bester Freund. Er kannte mich gut. Als ich seinen Blick bemerkte, zuckte ich mit den Schultern, offenbar meine Standardantwort, wenn es um Holly ging.

»Nicht ganz.«

Ich blieb so vage wie möglich. Aber ich konnte ihm auf keinen Fall sagen, wie sehr Holly in meinen Gedanken verankert war.

Er gluckste, bevor er sich abwandte. »Vergiss nicht, was ich dir gesagt habe.«

Ich blieb in der Kälte zurück, hörte den lauten Ruf

eines Raben, der über mich hinwegflog, und dann knirschten meine Stiefel auf dem Schnee des Parkplatzes, als ich mich umdrehte, und in meinen Wagen einstieg.

eines Raben, der über mich hinwegflog, und dann knirschten meine Stiefel auf dem Schnee des Parkplatzes, als ich mich umdrehte, und in meinen Wagen einstieg.

Kapitel Einundzwanzig

HOLLY

Nachdem ich den Pausenraum betreten hatte, ließ ich mich seufzend auf einen Stuhl sinken. »Scheiße, bin ich müde«, stöhnte ich und griff nach meinem Pferdeschwanz, während ich Chris, der auf der anderen Seite des kleinen runden Tisches saß, ein schwaches Lächeln zuwarf.

Chris nickte mir zu, fuhr sich mit der Hand durch die Haare und nippte an seinem Kaffee. »Der Kaffee ist noch heiß und verdammt stark, wenn du welchen willst. Ich bin zu müde, um aufzustehen und ihn für dich zu holen.«

Ich lachte, als ich aufstand und zum Tresen an der Wand hinüberging. »Ich brauche das Koffein so dringend, dass ich meinen Arsch hierher bewegen muss.«

Nachdem ich mir eine Tasse eingeschenkt hatte, fügte ich einen Schuss Sahne hinzu und setzte mich ihm wieder gegenüber. Meine Schicht war seit fünf Minuten zu Ende. In der Notaufnahme war den ganzen Nachmittag über viel los gewesen. Auf dem Highway außerhalb von Willow Brook hatte es zwei

Autounfälle gegeben. Heute war es eisig, und die Sonne reichte gerade aus, um den Schnee zu schmelzen und den Straßen einen glatten Schimmer zu verleihen. Bei Einbruch der Dunkelheit würde es heute Nacht Glatteis geben.

»Wir hatten Glück. Niemand ist gestorben«, kommentierte ich.

Chris nahm einen weiteren langsamen Schluck Kaffee und nickte. Wir saßen ein paar Minuten lang in geselligem Schweigen, jeder von uns trank seinen Kaffee und ließ das Adrenalin aus seinem Körper fließen. Wenn man in der Notaufnahme arbeitete, brauchte man dieses Adrenalin wie die Luft zum Atmen, um die Arbeit zu bewältigen, um sich zu konzentrieren und den Überblick zu behalten. An langen Tagen war es eine Erleichterung, sich zu entspannen, wenn es vorbei war. Manchmal dauerte das Stunden. Nach dem Tag, den ich hinter mir hatte, wusste ich, dass ich heute Abend aufgedreht sein würde, wahrscheinlich noch ein paar Stunden, nachdem ich nach Hause gekommen war.

»Also, erzähl mir was Gutes. Irgendwelche Neuigkeiten über Nate? Oder deine Jungfräulichkeit?«

Obwohl Chris mich neckte, nahm ich es ihm nicht übel. Wir hatten diese Art von Freundschaft, in der wir uns über sensible Themen lustig machen konnten, weil wir beide wussten, dass der andere es verstand.

»Na ja, ich habe es geschafft, meine Jungfräulichkeit endlich loszuwerden«, antwortete ich mit einem Augenzwinkern.

»Gut so, Süße«, sagte er mit einem breiten Grinsen. »War es schrecklich? Als Mann habe ich da keine Vorstellung von.«

Ich brach in Gelächter aus. »Das kann ich mir

vorstellen. Ich denke, für euch ist es wahrscheinlich anders. Aber nein, es war nicht furchtbar.« Ich spürte, wie meine Wangen heiß wurden, denn genau genommen war es das Gegenteil von schrecklich gewesen. Es war fantastisch gewesen.

Chris wölbte eine Augenbraue. »Es sieht so aus, als wäre es überhaupt nicht schlimm gewesen. Also, was jetzt?«

Ich nahm einen langen Schluck meines Kaffees, genoss den Geschmack und den Koffeinschub, nach dem sich mein Körper gesehnt hatte. »Ich weiß es nicht.« Ich stellte meine Tasse ab. Allein der Gedanke daran schnürte mir die Brust zusammen und ließ Panik in mir aufsteigen.

Nate verwirrte mich, weil es so aussah, als wollte er, dass ich die Sache ernst nahm. Ich glaubte nicht, dass er das verstand. Seitdem er meinen Körper zum Leben erweckt hatte, war ich mir ziemlich sicher, dass er mich für jeden anderen ruiniert hatte. Obwohl ich für immer dankbar sein würde, meine Jungfräulichkeit an ihn und nicht an einen anderen verloren zu haben, hatte ich schreckliche Angst vor meinen Gefühlen.

Gott weiß, welche Emotionen über mein Gesicht liefen, aber Chris griff über den Tisch. »O Süße, du magst ihn wirklich.«

Die Gefühle schnürten mir die Kehle zu, und Tränen stachen mir heiß in die Augen. Ich drückte seine Hand und schnappte mir ein Taschentuch aus der Schachtel, die in der Mitte des Tisches stand. »Ja. Ich glaube schon, aber es ist dumm. Ich kann nicht« – ich hielt inne, um mir die Nase zu putzen – »Ich kann nicht zulassen, dass ich mich in ihn verliebe.«

»Ihr wärt nicht die ersten Freunde, die sich ineinander verlieben.«

»O Gott, es ist nicht ... wir sind nicht verliebt.«

Chris' warmer Blick hielt meinen fest, völlig ernst. »Ich glaube schon lange, dass Nate dich mag. Vielleicht solltest du die Dinge einfach auf dich zukommen lassen.«

»Nun, das tue ich bereits, also ...« Ich zuckte mit den Schultern und wischte mir die Tränen weg.

Er trank seinen Kaffee aus und sah mich an. »Vielleicht wird etwas daraus«, sagte er schließlich. »Aber wenn du der Sache keine Chance gibst, wird definitiv nichts daraus.«

Ich leerte meinen eigenen Kaffee. »Ich weiß.«

Er stand auf, schritt um den Tisch herum und zog mich in eine kurze Umarmung. Ein verschmitztes Grinsen umspielte seine Lippen, als er zurücktrat. »Wenigstens bist du diese lästige Jungfräulichkeit losgeworden. Ich vermute mal, es war fantastisch.«

Chris wusste immer genau, wann es an der Zeit war, von ernst auf lustig umzuschalten. Ich stupste ihn mit meiner Schulter an. »Wir sehen uns in ein paar Tagen.«

»Klar!«, rief er, als wir gemeinsam hinausgingen und uns in entgegengesetzte Richtungen voneinander entfernten.

Ich eilte zurück zum Schwesternzimmer, um noch schnell ein paar letzte Eintragungen zu machen. Innerhalb weniger Minuten war ich fertig und ging als letzte Schwester von der Tagschicht in den Feierabend. Die Nachtschicht war jetzt in vollem Gange, und auf dem Flur herrschte geschäftiges Treiben, als ich ging.

Es war noch nicht ganz dunkel, als ich nach draußen trat. Lavendel- und rosafarbene Streifen hingen noch am grauen Himmel. Die kühle Luft ließ mich erschaudern. Als ich mein Auto erreichte, war ich überrascht, dass es noch nicht angesprungen war.

Ich musste vergessen haben, meine Fernsteuerung zu benutzen.

Als ich in meine kleine Schräghecklimousine stieg, drückte ich auf den Startknopf und bekam nichts außer einem Klicken zu hören. Ich drückte ihn erneut. Ein paar weitere Klicks.

»Mist. Wahrscheinlich eine leere Batterie«, murmelte ich vor mich hin.

Als ich mich auf dem Parkplatz umsah, sah ich, dass niemand in der Nähe war. Mein Kopf fiel zurück gegen die Kopfstütze, während ich mich mental darauf vorbereitete, wieder hineinzugehen und jemanden zu überreden, mir Starthilfe zu geben.

Ich stieg wieder aus, zog meinen Mantel enger um mich und begann, über den Parkplatz zu gehen, als mich ein Paar Scheinwerfer anstrahlte. Als ich zur Seite blickte, erkannte ich Nates Wagen. Ich konnte nichts gegen die Vorfreude tun, die sich in mir breitmachte. Allerdings hatte ich wichtigere Dinge im Kopf – nämlich, dass er mir Starthilfe für mein Auto geben musste.

Ich trat zur Seite und ließ ihn passieren, als er mit heruntergekurbeltem Fenster zum Stehen kam. »Ich wollte gerade sehen, was du heute Abend vorhast«, sagte er zur Begrüßung.

»Ich brauche jemanden, der meinem Auto Starthilfe gibt, und ich glaube, du wärst genau der Richtige dafür«, antwortete ich grinsend.

Bei der Erwiderung seines Lächelns kräuselten sich seine Augenwinkel. »Natürlich kann ich das. Wo steht dein Wagen?«

Ich zeigte auf mein Auto, das auf der anderen Seite des Parkplatzes stand. »Steig ein«, sagte er und nickte mit dem Kopf in Richtung Beifahrertür.

Mir war leicht kalt, dass mir eine kurze Fahrt über

den Parkplatz gerade recht kam. Ich joggte um den Truck herum und sprang hinein. Ganz der Gentleman, hatte Nate die Tür bereits für mich geöffnet.

»O Gott, es ist so warm hier drin.« Ich seufzte, umarmte meine Taille und zitterte leicht.

Nates dunkle Augen sahen mich an, als er gluckste. Oh, Mist. Ich hatte gerade ganz andere Dinge im Kopf – wie zum Beispiel mein Auto, das nicht anspringen wollte – und dennoch, bei dem Blick in seinen Augen geriet mein Körper in Wallung. Verdammt.

Innerhalb von Sekunden hielt er vor meinem Auto, und wir stiegen gemeinsam aus. Ich klappte die Motorhaube meines Wagens auf, während er sein Starthilfekabel herausholte. Als er die beiden Fahrzeuge miteinander verbunden hatte, nickte er. »Starte den Motor.«

Sobald ich im Auto saß, drückte ich mehrmals auf den Startknopf.

»Nichts passiert«, rief ich, weil ich manchmal eben gern das Offensichtliche aussprach.

Nate kam zur Fahrerseite herüber, stützte sich mit einer Hand auf dem Dach ab und lehnte sich herein. »Gar nichts?«

»Nö.« Ich drückte den Startknopf noch ein paar Mal. Mein Auto machte gehorsam ein klickendes Geräusch, aber der Motor sprang nicht an.

Als ich aufblickte, war sein Mund direkt vor mir. Ich bewegte mich instinktiv, ohne überhaupt darüber nachzudenken. Ich beugte mich vor, legte meine Hand um seinen Nacken, verringerte den Abstand zwischen uns und legte meine Lippen auf seine.

Als ich sein gedämpftes Lachen spürte, machte sich ein Gefühl der Freude in meiner Brust breit. Ich mochte ihn vielleicht überrascht haben, aber er fing sich sofort. Seine Zunge glitt in meinen Mund, um mit meiner zu spielen, während seine Hand durch mein Haar glitt und er unseren Kuss vertiefte.

Als er sich zurückzog, war ich Feuer und Flamme, keuchte und wünschte mir, wir wären an einem eiskalten Winterabend irgendwo anders als auf einem öffentlichen Parkplatz vor meinem Arbeitsplatz.

»Ich bring dich nach Hause. Oder du kannst mit zu mir kommen. Wie du willst«, meinte er.

Mein Unterleib spannte sich beim Klang seiner Stimme an. Die Vernunft war heute nicht mein Freund. Genauer gesagt hatten sich Vernunft und Verstand vollständig verabschiedet.

»Zu dir.«

Warum ich diese Wahl getroffen hatte, wusste ich nicht. Vielleicht wollte eine klitzekleine, unterdrückte Stimme der Vernunft in mir sicherstellen, dass er nicht zu viel Zeit in meiner Wohnung verbrachte, um sie davor zu bewahren, für immer von Erinnerungen an ihn gefärbt zu werden.

»Na los. Du kannst Alex morgen bitten, sich dein Auto anzusehen«, antwortete er.

Mit seiner warmen Hand um meine folgte ich ihm zurück zu seinem Wagen. Als wir drin waren und Nate losgefahren war, sagte ich: »Wenn ich Alex bitte, sich das anzusehen, wird er fragen, wie ich von der Arbeit nach Hause gekommen bin.«

Nate kam mitten in der Einfahrt zum Krankenhaus zum Stehen, sein Blick glitt zu mir. »Sag ihm doch einfach, dass du von einem Freund mitgenommen wurdest.«

Der Blick in seinen Augen gefiel mir nicht. Ich wusste nicht, was ich sah, aber da war etwas. »Bitte sag mir nicht, dass du Alex von uns erzählt hast.«

Nate lehnte seinen Kopf seufzend zurück. »Er hat

mich direkt gefragt. Nachdem er gesehen hat, wie ich dich auf dem Parkplatz geküsst habe.«

Frustration und Verärgerung wirbelten in mir auf. »Was hast du ihm gesagt?«

»Nicht viel, jedenfalls keine Details. Ich bekam eine Standpauke und er drohte mir, mir in den Arsch zu treten, wenn ich dir wehtue.«

Nates Blick war düster. Mein Herz flatterte schnell in meiner Brust. Zwischen meinem Verlangen und der Mischung aus Gefühlen für Nate war ich innerlich komplett verwirrt. Mein Zwillingsbruder war manchmal viel zu neugierig.

Nate spürte deutlich, dass ich wütend werden wollte, und versuchte, mich abzulenken. »Hör mal, er ist mein bester Freund. Ich kann das nicht lange vor ihm verheimlichen. Ich habe ihm die Wahrheit gesagt, und zwar, dass ich eine Chance bei dir will. Das war's.«

»Das hast du ihm gesagt?«, fragte ich, und mein Tonfall war ungläubig.

»Ja, das habe ich ihm gesagt. Weil es die Wahrheit ist.«

»Seit wann willst du mehr als nur eine Freundschaft mit Vorzügen? Mit irgendjemandem?«

»Seit dir«, antwortete er schlicht, und seine Augen forderten mich geradezu auf, zu widersprechen.

Mir musste der Mund offen gestanden haben, was ich erst bemerkte, als er die Hand ausstreckte und mit dem Finger unter mein Kinn tippte, wobei sich ein verschmitztes Lächeln auf seine Lippen legte. Erschrocken klappte ich meinen Mund zu, sah weg und holte zittrig Luft.

Das war alles, was ich wollte, und doch traute ich ihm nicht. Obwohl ich damals in der Highschool den Schmerz des Autounfalls überwunden hatte, bei dem meine beste Freundin fast gestorben wäre und ein weiterer guter Freund tatsächlich gestorben« war, hatte ich die stumpfe Realität, die man durch solche Ereignisse erlebt, nie ganz abgeschüttelt. Das Leben konnte sich blitzschnell ändern.

Seitdem fiel es mir schwer, meine Hoffnungen an etwas zu knüpfen, an etwas zu glauben. Noch viel weniger konnte ich glauben, dass Nate plötzlich seine Ansichten geändert hatte.

Jahrelang hatte er sich dadurch ausgezeichnet, die Dinge zwanglos zu halten. Es gab nie einen Zweifel daran, was er wollte – Sex und Spaß. Ich hatte das längst hinter mir gelassen. Ich wollte das Märchen, während der Teil von mir, der sich all die Jahre zurückgehalten hatte, sich über die Idee lustig machte. Ich war ein wenig zwiegespalten, könnte man sagen.

Das einzige Geräusch war die Hitze, die aus den Lüftungsöffnungen seines Lastwagens trat. Der Himmel hatte mittlerweile seine letzten Farbschimmer verloren, Sterne glitzerten in der zunehmenden Dunkelheit über den zerklüfteten Gipfeln der Berge, eine dunkle Silhouette am Horizont.

Schließlich drehte ich mich um und sah Nate an, weil ich mich langsam wie ein Feigling fühlte. Sein dunkelbrauner Blick blieb fest und unerschütterlich. Ich wusste nicht, was ich mit all dem anfangen sollte. Nate war immer der Witzbold gewesen, der Gegenpol zu seinem sehr viel ernsteren älteren Bruder.

Verärgerung blitzte auf und ich hielt sie fest. Plötzlich erinnerte ich mich daran, wie dieser ganze Gesprächsverlauf begonnen hatte. »Ich kann nicht glauben, dass du etwas zu Alex gesagt hast«, murmelte ich.

Nates Augen verengten sich. »Und was zum Teufel hätte ich sagen sollen?«

»Du hättest mich nicht küssen müssen«, protestierte ich.

»Seit wann bist du so ein Feigling?«

Oh, zur Teufel, nein.

»Ich bin kein verdammter Feigling, wie kannst du es wagen, das zu sagen?«, erwiderte ich, wobei meine Worte stärker klangen, als ich mich tatsächlich fühlte.

Kapitel Zweiundzwanzig

HOLLY

Nate neigte den Kopf zur Seite und wölbte eine Braue. Als er mich ansah, verfinsterten sich seine Augen und riefen eine Reaktion in meinem Körper hervor. Ich hasste es, wie leicht er mich beeinflussen konnte. Ein einfacher Blick von ihm konnte dieses brodelnde Bedürfnis in mir entfachen. Es schien in mir zu lauern – eine heißes, brennbares Etwas, das nur darauf wartete, mit einem Funken entflammt zu werden.

Ich wollte über nichts mehr nachdenken. Nicht daran, wie schnell ich dabei war, mich in ihn zu verlieben, nicht daran, wie sehr mich sein plötzliches Interesse an mehr als nur gelegentlichem Sex verwirrte, nicht daran, wie viel es mir bedeutete, meine Jungfräulichkeit an ihn verloren zu haben – nichts davon. Es fühlte sich an, als würde ein Blitz durch die Luft zucken, gefolgt von einem Donnergrollen. Ich war vielleicht gerade nicht in der Lage, meinen Gefühlen einen Sinn zu geben, aber ich konnte mich in ihm verlieren, in diesem wilden Verlangen, das wie ein Feuerwerk zwischen uns explodierte.

Ich lehnte mich über die Konsole und hielt inne,

meine Lippen waren kaum einen Zentimeter von seinen entfernt. »Wage es nicht, mich einen Feigling zu nennen.«

Nate war ganz ruhig, die Luft zwischen uns schien zu knistern. Und dann prallten unsere Lippen in einem heißen, wilden Kuss aufeinander. In Sekundenschnelle ergriff das Verlangen die Oberhand − so stark und elementar, dass wir praktisch unser eigenes Wetterereignis erzeugten, als wir uns berührten. Es hätte mich nicht gewundert, wenn bei unserer Berührung Funken von unseren Lippen gesprüht wären.

Ich fühle mich, als würde ich innerlich verglühen. Ich musste ihn in mir spüren. Jetzt.

Ein heftiges Klopfen an der Fahrerscheibe riss mich aus diesem Wahnsinn. Wir trennten uns, beide schwer atmend.

»Scheiße«, murmelte ich.

Nate lachte leise, was nur dazu diente, meine anhaltende Wut über seine Bemerkung, ich sei ein Feigling, zu verstärken. Diese Wut jedoch schürte mein Verlangen nur noch mehr. Als er aus dem Fenster schaute und sich in seinem Sitz aufrichtete, bemerkte ich, dass es Dan war, einer der Pflegehelfer im Krankenhaus. Ich kannte ihn zwar nicht besonders gut, aber immerhin.

Klatsch und Tratsch waren für die Bewohner von Willow Brook wie Blut im Wasser für Haie, besonders mitten im Winter. Alle waren gelangweilt und ruhelos, und es gab keine Touristen, die für Ablenkung sorgten. Ich bezweifelte, dass es möglich war, dass der Typ nicht bemerkt hatte, dass wir uns geküsst hatten, aber vielleicht würden mich die beschlagenen Fenster retten.

Nate kurbelte sein Fenster herunter. »Ja?«, fragte er.

»Ich wollte nur Bescheid sagen, dass der Wagen die Einfahrt zur Notaufnahme blockiert. Es kommt ein Krankenwagen, der in ein paar Minuten hier eintreffen wird«, antwortete Dan.

Bevor ich überhaupt darüber nachdenken konnte, lehnte ich mich über Nate und fragte: »Irgendetwas Ernstes?«

Dans Augen weiteten sich, als er mich entdeckte. »Jemand mit Brustschmerzen. Du bist fertig für heute. Geh nach Hause. Ist übrigens alles in Ordnung mit deinem Auto?«, fragte er.

»Batterie leer. Nate nimmt mich mit.«

»Verstehe. Nun, ich bin sicher, wir sehen uns«, sagte er. Mit einem Winken trat er zurück, als in der Ferne das Geräusch einer Sirene ertönte.

Nate kurbelte sein Fenster hoch und fuhr los. Keiner von uns beiden sprach für ein paar Augenblicke, während ich darüber nachdachte, ob ich gerade von einem meiner Kollegen beim Knutschen mit Nate in einem verdammten Pick-up auf dem Parkplatz bei der Arbeit erwischt worden war oder nicht.

Meine Wangen glühten schon bei der bloßen Vorstellung von dieser Art von Klatsch, ganz zu schweigen davon, dass mir jedes Mal heiß und ich nervös wurde, wenn ich mich in Nates Nähe befand.

»Wohin?«, fragte er erneut, als hätte ich es mir anders überlegt.

Für einen kurzen Moment dachte ich daran, ihm zu sagen, er solle mich zu Hause absetzen und ihn abwimmeln. Das Problem war, dass ich ihn verdammt noch mal zu sehr wollte. Mein Höschen war feucht, meine Brustwarzen schmerzten, und das Brummen der Lust durchdrang jede Zelle meines Körpers. Ich war praktisch am Vibrieren.

»Zu dir.« Er hatte am Ende der Auffahrt zum Krankenhaus angehalten. Als ich zu ihm blickte, jagte mir allein das Gefühl seines Blickes einen heißen Schauer über den Rücken. »Worauf wartest du denn?«, murmelte ich.

Sein Lachen war leise und schroff und ließ eine Gänsehaut über meine Haut jagen.

—

Nate wohnte nur ein paar Minuten hinter dem Zentrum von Willow Brook. Von Alex wusste ich, dass Nate dieses Haus größtenteils selbst gebaut hatte, mit ein wenig Hilfe seines älteren Bruders Caleb und ihres Vaters. Ich war schon eine Weile nicht mehr hier gewesen, aber es war genau so, wie ich es in Erinnerung hatte.

Das Haus war im Fachwerkstil gebaut. Obwohl es draußen dunkel war, wusste ich, dass es einen Blick auf ein Feld mit den Bergen im Hintergrund bot. Der gleiche Bach, der durch das Grundstück meiner Eltern floss, floss auch durch sein Grundstück. Ich war ganz in der Nähe aufgewachsen, ein paar Kilometer Luftlinie entfernt. Nates Eltern wohnten direkt neben meinen, und diese Nähe war der Keim für seine lebenslange Freundschaft mit meinem Bruder.

Wir parkten im hinteren Teil des Hauses und gingen auf die kleine Terrasse, die einen Zugang zur Küche bot. Als wir eintraten, klopften wir uns auf den grauen Fliesen den Schnee von den Stiefeln. Die Küche hatte eine Theke, die an der Rückwand entlanglief, mit dem Kühlschrank auf der einen Seite und dem Herd auf der anderen. Direkt gegenüber befand sich eine ovale Kücheninsel. Die Arbeitsplatten aus weichem, grauen Granit passten zum Boden. Töpfe und Pfannen hingen über der Insel an einem dekorativen Regal. Gleich dahinter trennte ein Hartholzboden die Küche von dem offen gestalteten Wohn- und Sitzbereich.

Ich schaute in die hintere Ecke, wo ein Holzofen stand, um den herum Sitzgelegenheiten aufgestellt waren. Auf der anderen Seite war ein Flachbildfernseher an der Wand montiert. Eine Couch in der Mitte des Raumes war so geneigt, dass man den Fernseher sah und die Aussicht auf die Vorderseite des Hauses genießen konnte. Wie bei vielen anderen Häusern in Alaska gab es raumhohe Fenster, um die spektakuläre Aussicht in vollem Umfang zu genießen.

Das Obergeschoss befand sich nur in der hinteren Hälfte des Hauses, mit einer Treppe an der Seite, die zu einer Plattform mit einem Geländer führte, sodass man vom zweiten Stock aus die Aussicht genießen konnte. Erst jetzt fiel mir ein, dass ich noch nie im Obergeschoss von Nates Haus gewesen war. Er hatte das Haus vor etwa fünf Jahren gebaut, nachdem er seinen Pilotenschein gemacht hatte. Obwohl ich schon mal hier gewesen war, hatte ich nie einen Grund gehabt, nach oben zu gehen, und ich nahm an, dass die Schlafzimmer dort oben waren.

Nate veranstaltete gelegentlich zwanglose Zusammenkünfte, zu denen natürlich auch mein Bruder eingeladen war, und damit auch ich. Plötzlich schlug das Gewicht von allem, was zwischen uns passiert war, auf mich ein. Ich wollte jetzt nicht daran denken, ganz und gar nicht.

Ich drehte mich um und zog meine Stiefel aus, als Nate wieder auf die Veranda trat, um Salz und Sand auf die eisige Oberfläche zu streuen. Wäre es ein anderer Mann gewesen, hätte ich ein Gefühl der Anspannung verspürt, vielleicht auch der Ungewohntheit, in seinem Territorium zu sein. Mit Nate erlebte ich eine seltsame Kombination aus Vertrautheit und Neugierde. Unsere Freundschaft hatte sich verändert. Wenn ich nicht gerade in Gedanken über die Situation nachdachte und dabei gelegentlich stolperte und strauchelte, waren wir ineinander verschlungen – das heftige, glühende Verlangen, das zwischen uns brannte, ließ meine Sorgen in Rauch aufgehen.

Ich hängte meine Jacke an den Kleiderständer neben der Tür und blickte auf, als er durch die Tür zurückkam und ein kalter Luftzug ihm folgte. Meine Brustwarzen richteten sich auf, als die kalte Luft durch den Stoff meines Shirts drang. Ich war so unsexy wie nur irgendwie möglich gekleidet. Heute Abend trug ich einen hellvioletten OP-Kittel, die Farbe, die mich aufmunterte, wenn ich einen langen Tag im Krankenhaus verbrachte. Ich zog es vor, lockere Kittel zu tragen, wenn ich arbeitete, weil ich mich darin wohlfühlen musste.

Es war das genaue Gegenteil von dem, was ich an jenem verhängnisvollen Abend bei der Spendenaktion im letzten Herbst getragen hatte. Mit einem zittrigen Atemzug zwang ich mich, ruhig zu bleiben. Doch das Verlangen schlug wie eine Trommel in meinem Körper, Lust pulsierte durch meine Adern und flüsterte mir zu, dass es nur einen Weg der Erlösung gab.

Nate warf einen leeren Plastikbecher in den Eimer mit dem Salz-Sand-Gemisch neben der Tür und schob den Deckel wieder darauf. Nachdem er sich die Stiefel und die Jacke ausgezogen hatte, wandte er sich mir zu.

Meine Augen – meine unartigen, eigensinnigen Augen – wanderten an seinem Körper auf und ab und nahmen seinen Anblick in sich auf. Er roch nach kühler Winterluft, mit einem Hauch von Holzrauch, der an ihm haftete. Er trug eine ausgeblichene, weiche

Jeans, die von den Muskeln seiner Oberschenkel ausgefüllt wurde. Mein Blick wanderte nach oben, und sein Baumwolltrikot verbarg kaum seine muskulöse Brust und seine Schultern. Es war mir nicht entgangen, dass seine Erregung offensichtlich war.

Ein Anflug von Erleichterung durchdrang mich. Wenigstens war ich nicht allein in diesem wilden Rausch. Unruhe machte sich in mir breit. Ich musste mich bewegen, musste etwas mit dem Tornado der Gefühle und des Verlangens tun, der sich wild in mir drehte. Meine Gedanken rangen in meinem Gehirn um Aufmerksamkeit und Platz, verdrängt von purer Lust.

Ich trat näher an Nate heran, ließ meine Hand kühn über die harte Beule seiner Erregung gleiten und beugte mich vor, um ihn zu küssen. Überrascht atmete er auf und stöhnte leise gegen meine Lippen. Ich zog mich schnell zurück und öffnete seinen Hosenschlitz, schob meine Hand in seine Unterhose und befreite seinen Schwanz. Die samtige Haut war heiß und ein Tropfen glitzerte an der Spitze, als ich nach unten blickte.

Ich drückte ihn gegen die Tür und ließ mich hinuntergleiten, um den Tropfen mit meiner Zunge aufzusaugen. Befriedigung durchströmte mich, als er grob meinen Namen murmelte und seine Hand fest in meinem Haar verankerte. Ich war keine Blowjob-Jungfrau und gab mir Mühe, ihn genauso wild zu machen wie er mich. Ich fuhr mit meiner Zunge an der Unterseite entlang und wirbelte sie um die breite Spitze seines Schwanzes, genoss den salzigen Geschmack seines Saftes und nahm ihn in meinen Mund, bis zum Ansatz, leckend, streichelnd und saugend.

Es war nicht so, dass ich Zweifel daran gehabt hätte, dass Nate gut bestückt war, aber das war das erste Mal, dass ich ihn so hautnah erleben konnte. Er war lang, dick und hart und erinnerte mich genau daran, warum ich immer noch ein wenig wund von der letzten Nacht war. Ich hörte, wie sein Kopf gegen die Wand schlug, während ich meine Hand im Takt mit meinem Mund auf und ab gleiten ließ.

Ein weiterer Lusttropfen tanzte über meine Zunge. »Holly«, murmelte er schroff.

Seine Hand griff fester in mein Haar und das Ziehen auf meiner Kopfhaut war ein willkommenes Gefühl, das mit dem Verlangen in mir kollidierte. Ich zog mich zurück und fuhr langsam mit meiner Zunge um seine Spitze. Mit einem gemurmelten Knurren versuchte er, mich hochzuziehen, aber das ließ ich nicht zu. Ich wollte ihn in den Wahnsinn treiben und zog mich langsam zurück, bevor ich ihn wieder tief in mich aufnahm, bis die Spitze seines Schwanzes gegen meinen Rachen stieß. Noch einmal glitt ich an ihm entlang, spürte den Puls seines Schwanzes und genoss den rauen Schrei meines Namens aus seiner Kehle, als er seine Erlösung fand.

Ich wartete ein paar Takte, bevor ich mich mit einem letzten Zungenschlag langsam zurückzog. Als ich mich aufrichtete, öffnete ich meine Augen und nahm ihn in mich auf. Er lehnte an der Tür und war so verdammt sexy, dass mir der Atem im Hals stecken blieb. Mein heftiges Verlangen wuchs. Seine Jeans hingen offen, seine Augen nur zur Hälfte geöffnet, sein Blick war intensiv. Der kurze Anflug von Macht, den ich in den letzten Minuten verspürt hatte, verflüchtigte sich bei dem erhitzten Blick in seinen Augen.

Dieser Mann. Nur dieser Mann konnte mich mit nur einem Blick zum Schmelzen bringen.

Mit seinem dunklen Blick auf mich gerichtet, trat er mit dem Fuß gegen die Tür und stieß sie zu. In

Windeseile hob er mich an sich, ohne sich um seine Kleidung zu kümmern. Meine Beine schlangen sich reflexartig um seine Hüften und ein Keuchen entwich mir, als er mich im Nacken packte. Hitze schoss durch mich hindurch. Er zögerte nicht lange, lief schnell durch das Wohnzimmer und die Treppe hinauf und trug mich leicht in seinen Armen. Er hielt mich fest, so fest, dass ich mich sicher fühlte – als würde er mich immer beschützen. Ich nahm an, das würde er auch. In jeder Hinsicht.

Angetrieben vom Verlangen streute ich Küsse auf seinen Hals, als er mich die Treppe hinauftrug, genoss den salzigen Geruch seiner Haut und den rasenden Takt seines Pulses. Dann schob er sich durch eine Tür in der Mitte des Balkons im Obergeschoss. Mit einem Stoß seines Ellbogens auf den Lichtschalter neben der Tür gingen zwei Lampen in den Ecken an, die einen sanften Schein in den Raum warfen.

Ich hatte kaum Zeit, sein Schlafzimmer in mich aufzunehmen – ein großes Kingsize-Bett in der Mitte des Raumes, mit eingebauten Bücherregalen zu beiden Seiten, und eine Kommode unter einem Seitenfenster waren die einzigen Einrichtungsgegenstände.

Nate warf mich praktisch auf das Bett, sein Blick war finster, als er auf mich herabblickte. »Ich brauche dich«, sagte er unverblümt, und allein diese drei Worte verursachten ein Kribbeln zwischen meinen Beinen.

Wir entledigten uns unserer restlichen Kleidung in einem wirren Durcheinander. Das Nächste, was ich wusste, war, dass sich die Matratze senkte und er sein Knie zwischen meine Schenkel drückte. Meine Brustwarzen spannten sich, mein Unterleib krampfte sich zusammen und ich war feucht, so feucht, dass ich es kaum aushalten konnte.

Sein Blick glitt an meinem Körper hinunter, und

die Hitze, die er dabei ausstrahlte, ließ meine Haut prickeln. Als seine Augen wieder nach oben wanderten, um die meinen zu treffen, trat ein verruchtes Schimmern in seinen Blick.

»Du bist dran.«

Kapitel Dreiundzwanzig

NATE

Hollys Haut glitzerte im sanften Schein der Lampen auf beiden Seiten des Bettes. Ihre Brustwarzen waren fest und zartrosa, ihre Brüste prall und voll. Ein Lust-schauer durchfuhr mich. Mein Körper hatte definitiv nicht vergessen, dass sie mich gerade erst in ihrem Mund zum Höhepunkt gebracht hatte, doch mein Schwanz war bereits wieder angeschwollen. Ich hatte mich kaum noch unter Kontrolle, aber ich würde warten. Ich musste das auskosten, sie auskosten.

Ich lehnte mich leicht zurück und strich mit den Fingerspitzen über die Innenseiten ihrer Schenkel, beobachtete, wie sich ihre Lippen mit einem Keuchen öffneten und sie sich unruhig bewegte. Ihre Zunge strich über ihre Unterlippe, ihr Blick hielt meinen fest.

Das war eine Sache, die ich an Holly liebte. Sie zögerte nicht und scheute nicht ein einziges Mal davor zurück, mich direkt anzuschauen. Erst jetzt wurde mir bewusst, dass ich der einzige Mann war, der sie so hatte. Ich habe mich nie als besitzergreifenden Mann betrachtet, das lag nicht in meiner Natur.

Holly bewies mir, dass ich in diesem Punkt falschlag. Bei der Vorstellung, dass außer mir noch nie ein anderer Mann in ihr war, erfasste mich eine heftige Welle von Besitzanspruch und rohem Verlangen. Ich konnte mir nicht einmal vorstellen, dass ein anderer Mann so mit ihr sein könnte. Ich ließ meine Finger höher gleiten und strich mit den Fingerknöcheln über ihren Unterbauch, als sie unter meiner Berührung zitterte.

Ich nahm eine ihrer Brüste in die Hand und genoss das Gewicht, das Gefühl ihrer seidigen Haut und die Art und Weise, wie sich ihre Brustwarze versteifte, als ich mit dem Daumen darüber strich und sie leicht zwischen Daumen und Zeigefinger einklemmte. Ich konnte mich nicht mehr zurückhalten und beugte mich nach vorn, um ihre andere Brustwarze mit meinem Mund zu erfassen, meine Zunge um sie zu wirbeln und leicht daran zu saugen, bevor ich sie mit meinen Zähnen einklemmte.

Sie war so empfänglich für mich, wölbte sich in mich hinein, ihre Hand vergrub sich in meinem Haar und griff zu, als sie sich aufbäumte. Ich wusste, wenn ich jetzt meine Hüften gegen sie drückte, wäre es das gewesen. Das Bedürfnis, mich in ihrer glühenden Hitze zu vergraben, würde alles andere übertrumpfen.

Ich hielt mich zurück und wirbelte mit meiner Zunge um ihre Brustwarze, während meine Hände ihren Körper hinunterwanderten, Küsse auf die weiche Wölbung ihres Bauches streuten und ihre Schenkel auseinanderdrückten. Mit einem Keuchen fiel sie zurück in die Kissen. Ich hob meinen Kopf und blickte auf. Ihre Atmung kam in raschen Zügen und ihre Brüste hoben und senkten sich schnell. Ihr langes blondes Haar lag zerzaust auf den Kissen, und ihre Wangen waren gerötet.

Sie war so verdammt schön und so sexy, dass sie mir den Atem raubte. Ich ließ meinen Blick nach unten gleiten. Zwischen ihren Schenkeln glitzerte es feucht und rosa. Ich fuhr mit meinen Fingern über ihre schlüpfrige Haut und beobachtete, wie sich ihre Hüften meiner Berührung entgegenreckten.

»Sag mir, was du willst«, murmelte ich und beobachtete ihr Gesicht.

Sie riss die Augen auf, ihr Blick war dunkel und feurig.

»Noch mehr davon?«, fragte ich, während ich mit meinen Fingern über ihren Eingang streichelte.

»Nate!«, sagte sie keuchend, als ich einen Finger in ihr versenkte.

Ich wollte sie noch länger reizen, aber ich liebte es einfach zu sehr, ihr dabei zuzusehen, wie sie wild wurde. Als sich ihre Hüften den Bewegungen meines Fingers entgegendrückten, gesellte sich ein weiterer Finger zu dem ersten. Ich ging mit meinem Mund näher heran und knurrte vor Befriedigung, als sie aufschrie. Ihre Hüften stemmten sich gegen meine Zunge, als ich sie um ihren Kitzler wirbelte und meine Finger in ihr vergrub.

Sie war bereits kurz vor dem Höhepunkt. Ich konnte spüren, wie sie mit jeder Bewegung meiner Finger schneller wurde. Ich trank von ihr, ihr Saft klebte an meiner Hand und an meinem Mund. Ein paar weitere Berührungen und dann schrie sie laut auf, als sie sich gegen mich stemmte. Ihr ganzer Körper erbebte, schloss sich um meine Finger. Ich zog mich langsam zurück, fast widerwillig, ihren Geschmack zurückzulassen. Doch das Bedürfnis, mich tief in ihr zu vergraben, war stärker als dieses Verlangen.

Ich erhob mich, hielt inne und mein Schwanz schwoll an, als ich auf sie hinunterblickte. Ihre Haut war vor Leidenschaft gerötet, ihre Pupillen dunkel und geweitet, als sie ihre Augen öffnete. Mein Herz drückte sich wie eine Faust in meiner Brust zusammen und begann so stark und schnell zu schlagen, dass ich vor lauter Emotionen kaum denken oder hören konnte.

Ich hatte von Anfang an gewusst, dass Holly für mich weit mehr war als jede andere Frau zuvor. Und doch war ich auf diese durchdringende Verbindung zu ihr nicht vorbereitet gewesen. Die Tiefe und Süße dieser Verbindung löste einen Schmerz in der Mitte meines Herzens aus.

Ich hätte nicht ahnen können, dass ich dem Verlangen zwischen uns nachgeben würde, um mich in eine Flamme zu stürzen, die mich zu Asche verbrennen würde, wenn ich sie nicht haben könnte – auf jeder Ebene, Körper, Herz und Seele. Vollkommen.

Sie bewegte ihre Beine, griff nach oben und ließ ihre Finger über meine Brust gleiten. Diese subtile Berührung fühlte sich an wie ein Peitschenhieb auf meiner Haut, der ein sengendes Feuer in mir entfachte. Ich umfasste meinen Schwanz und zog seine pralle Spitze durch ihre Nässe. Als sie nach Luft schnappte und ihr Körper noch immer von den Nachwirkungen ihres Höhepunkts bebte, klammerte ich mich an das letzte bisschen Kontrolle, das mir blieb.

Mit einem schnellen Stoß füllte ich sie aus, ihre feuchte Mitte zog mich an und presste sich um mich herum zusammen. Langsam beugte ich mich über sie und stöhnte auf, als ich ihre feuchte, seidige Haut auf meiner spürte, ihre Weichheit auf meiner Härte.

Gerade als ich mich auf ihr niederließ, wurde ich mir der Situation bewusst und begann, mich zurückzuziehen, allerdings nicht schnell genug. Sie schlang ihre Beine um mich und hielt mich an Ort und Stelle.

»Wo willst du hin?«, fragte sie mit heiserer, herrischer Stimme.

Lieber Gott. Ich liebte diese Frau verdammt noch mal.

»Kondom«, stöhnte ich.

»Hatten wir dieses Gespräch nicht schon?«, murmelte sie. »Ich bekomme die Spritze. Ich bin Krankenschwester, verdammt noch mal. Ich bin so sauber wie nur irgendwie möglich. Und ich vertraue dir, weil du ein verdammter Pfadfinder bist«, sagte sie mit einem verschmitzten Grinsen.

Da ich bereits zwischen ihren Beinen vergraben war, war das Letzte, was ich tun wollte, mich zurückzuziehen. Aber es war ihre Entscheidung. »Bist du sicher?«, fragte ich und beobachtete ihre Augen.

Sie weiteten sich und blitzten vor Verärgerung. »O mein Gott, ja!«

Ich brauchte keine weiteren Anweisungen, nicht, als sich ihre Hüften gegen meine wölbten und mich anspornten. Ich senkte meinen Kopf und küsste ihre Lippen, während ich mich zurückzog und sie erneut ausfüllte.

Ich fühlte mich wie ein verdammter Teenager. Ich hätte schon längst gesättigt sein sollen, als sie mich mit ihrem Mund in den Wahnsinn trieb. Aber nein, ich raste schon wieder auf einen neuen Höhepunkt zu, Spannung baute sich in mir auf und die Hitze kribbelte meinen Rücken hinauf. Sie keuchte laut auf, als ich wieder in sie eindrang, und riss ihre Lippen mit einem markerschütternden Schrei von meinen weg.

Meine Hüften trommelten gegen ihre, mit jedem Stoß prallten wir mit feuchten, gleitenden Geräuschen unserer Haut aufeinander. Ich spürte, wie ihre Pussy pochte und sich um mich schloss, bevor ihr ganzer Körper erneut erbebte und mein Name in einem heiseren Schrei erklang. Ich stürzte mit ihr über den Abgrund und meine Erlösung durchfuhr meinen Körper wie ein gewaltiger Donnerschlag. Ich ließ mich auf sie fallen, rollte schnell zur Seite und schloss sie in meine Arme.

Sie lag entspannt und weich an mir, ihr Körper wurde von den leichten Wellen ihres Höhepunkts durchströmt und an meinem Schwanz spürte ich die sanften Erschütterungen ihres Inneren. Ich fühlte mich, als wäre ich von einem Lastwagen überfahren worden, zu Boden geschleudert von einer so intensiven Lust, dass ich völlig fertig war.

Wir lagen in einem Gewirr von Gliedmaßen da, die Geräusche unseres Atems erfüllten die Luft. Langsam setzten sich die Gedanken in meinem Gehirn wieder durch. Ich wollte nicht, dass Holly jemals von mir wegging. Wir könnten einfach hier in meinem Bett bleiben und das noch tausendmal tun. Vielleicht, nur vielleicht, würde das ausreichen, um mein brennendes Verlangen nach ihr zu stillen.

Nach ein paar Augenblicken spürte ich, wie sie sich bewegte. Ich öffnete die Augen und begegnete ihrem Blick, als sie ihren Kopf hob und ihr Kinn auf meine Brust legte. Ihre Augen suchten meine, und mein Herz begann wieder gegen meine Rippen zu hämmern. Ich wusste nicht, was ich Holly bedeutete, aber ich wusste, was sie mir bedeutete. Sie hatte mich vernichtet, mich für jede andere Frau völlig ruiniert. Ich musste alles tun, was nötig war, um sie für mich zu gewinnen.

»Danke fürs Mitnehmen«, sagte sie und verzog ihre Mundwinkel zu einem Grinsen.

Einen Moment lang war ich verwirrt, aber dann erinnerte ich mich. Die Tatsache, dass ich keine Ahnung hatte, wie lange wir schon hier waren, seit wir ihr Auto nicht starten konnten, sagte eine Menge aus.

»Jederzeit«, antwortete ich.

———

Ich erwachte in der Dunkelheit mit Holly, deren warmer Körper dicht neben mir lag. Ich hatte mich hinter ihr zusammengerollt und hielt sie gegen meine morgendliche Erregung gedrückt. Ich machte mir nicht die Mühe, darüber nachzudenken, mein Körper reagierte einfach. Als ich meine Hand über die weiche Wölbung ihres Bauches gleiten ließ und meine Finger zwischen ihre Schenkel schob, spürte ich, wie feucht und bereit sie war. Sie murmelte meinen Namen, der Klang davon sendete eine Welle der Lust direkt in mein System. Ich hob ihr Bein leicht an und drang in sie ein. Es war ein kurzer Genuss, ein langsamer, sinnlicher Fick in der Dunkelheit.

Das Letzte, woran ich mich erinnerte, war, dass ich einschlief, während ich noch in ihr drin war, nachdem sie ihren Kopf zur Seite gedreht hatte, um Küsse auf meine Kieferpartie zu verteilen. Als ich später aufwachte, waren die Laken kühl, und Holly war weg.

Noch nie zuvor war ich in Panik geraten, weil eine Frau am Morgen nicht da war. Aber in diesem Moment geriet ich in Panik. Ich stieß die Decke weg und rollte aus dem Bett. Nachdem ich in eine Boxershorts gestolpert und in die Küche gegangen war, fand ich einen Zettel neben der Kaffeekanne. Der Kaffee war noch warm, sodass ich wusste, dass sie noch nicht allzu lange weg war.

Nate, danke nochmal für die Fahrt gestern Abend. Ich wurde zu einer Notschicht gerufen. Ein Freund von der Arbeit hat mich abgeholt. Ich bin sicher, wir sehen uns bald wieder.

Holly

Ich wusste nicht, was es mit diesem verdammten Zettel auf sich hatte, aber irgendwie spürte ich, dass Holly eine gewisse Distanz zwischen uns schaffen wollte. Das gefiel mir nicht, ganz und gar nicht.

Kapitel Vierundzwanzig

HOLLY

»O mein Gott! Das soll wohl ein Scherz sein«, sagte ich und beugte mich um Charlie herum, um Jesse anzusehen.

Jesse zuckte mit den Schultern und rollte mit den Augen. »Definitiv kein Scherz.«

»Ich schwöre, eines Tages wird sie sich wirklich noch verletzen, wenn sie das weiter versucht«, fügte ich hinzu.

»Das brauchst du mir nicht sagen«, mischte sich Charlie ein. »Ich meine, ich mache mir Sorgen um meine Mutter, aber sie wohnt bei uns. Bei Carrie besteht sie darauf, allein zu leben. Ich denke, es geht ihr ganz gut, aber jetzt jagt sie für das neue Kätzchen um Bäume herum.«

»Ja, das Kätzchen klettert auf höhere Bäume, als der alte Herman«, kommentierte Beck Steele neben seiner Frau Maisie, die beiden saßen gegenüber von mir am Tisch. Beck war ebenfalls Hotshot-Feuerwehrmann, und Maisie war die Hauptdisponentin für Willow Brook. Sie hatte vor einiger Zeit Becks Herz gestohlen, und jetzt hatten sie zwei kleine Kinder.

Ich nahm einen Schluck von meinem Getränk. Normalerweise trank ich Bier oder Wein, aber heute Abend gab es in der Bar eine Sonderaktion mit Margaritas. Ella lachte neben mir. Ich blickte zu ihr und wollte sie gerade etwas fragen, als ich Nates Stimme hörte. Reflexartig drehte ich mich in die Richtung seiner Stimme, nur um meinen Kopf zurückzuschleudern, als Ella etwas hinter vorgehaltener Hand murmelte.

Auch wenn ich nicht hörte, was sie sagte, war ich nicht umsonst seit dem Kindergarten ihre beste Freundin. Ich wusste, dass sie mich aufziehen wollte. »Was?«

Glücklicherweise waren alle anderen um uns herum mit anderen Themen beschäftigt, sei es Carries alter Kater Herman oder ihr neues Kätzchen, das Wetter oder andere Dinge.

»Ich sagte, dass heute Abend jemand ganz schön aufgedreht ist. Er ist auf der anderen Seite der Bar, um Himmels willen«, erklärte Ella.

Ich nahm einen weiteren Schluck von meiner Margarita und verdrehte die Augen, spürte, wie sich meine Wangen aufheizten und war erleichtert über die schummrige Beleuchtung in Wildlands. Wir aßen und tranken, nichts Ungewöhnliches. Charlie und Jessie waren hier, zusammen mit Maisie und Beck, und Ella und Caleb. Es war nicht das erste Mal, dass ich mir meines Single-Daseins schmerzlich bewusst war.

Ich war sehr erleichtert, dass Rachel Garrett auf dem Weg zu uns war. Rachel war medizinische Assistentin bei Willow Brook Family Medicine. Sie war eine Freundin, und sie war ebenfalls Single. Es war schön, nicht die Einzige zu sein. Nate und mein Bruder traten mit Remy Martin an unseren Tisch. Remy war erst vor Kurzem nach Willow Brook gezogen, nachdem er eine Stelle in einer der Hotshot-Crews hier angenommen hatte. Er war ein Südstaatenjunge aus Louisiana. Er war hierhergezogen, nachdem er in den Bergen im Bundesstaat Washington in einer Hotshot-Crew gearbeitet hatte, was bedeutete, dass er schon einen Winter hinter sich hatte.

Als ich aufblickte, spannte sich in dem Moment, als mein Blick auf Nate fiel, mein gesamter Körper an, und diese ach so vertraute Hitze strahlte von meinem Inneren durch meinen ganzen Körper aus. Ich zwang meinen Blick von Nate weg. Das Letzte, was ich brauchte, war, seinetwegen nervös zu werden, während mein Bruder hier war. Irgendwie war es mir bisher erspart geblieben, einen Kommentar von Alex über Nate zu hören. Es ärgerte mich immer noch, dass er gesehen hatte, wie Nate mich geküsst hatte.

Als ich meinen Blick von Nate abwandte, blieb mein Blick an Remy hängen. Ich zwang meinen Körper, zu bemerken, wie sexy Remy war. Denn, mein Gott, dieser Mann hatte es in sich - Haare in der Farbe von sattem Bernstein und dazu diese grünen Augen. Es war unmöglich, dass ein Hotshot-Feuerwehrmann nicht in ausgezeichneter körperlicher Verfassung war, und Remy erfüllte die Anforderungen absolut - er war stark und bewegte sich mit einer unglaublichen Anmut. Er hatte ein lockeres, neckisches Grinsen und dazu einen sexy Südstaaten-Akzent. Kurzum, er war verdammt heiß.

All das konnte ich objektiv wahrnehmen, und dennoch nichts dabei empfinden, wenn ich ihn ansah. Er hätte genauso gut mein Bruder sein können. Verdammt noch mal.

Es waren drei volle Tage vergangen, seit ich in Nates Bett aufgewacht war und fluchtartig sein Haus verlassen hatte. Anstatt mir ein paar Tage freizuneh-

men, hatte ich mich bereit erklärt, ein paar Extra-
schichten zu übernehmen, als ich hörte, dass zwei
Krankenschwestern krank waren. Ich hatte wie
verrückt gearbeitet und war erschöpft, aber ich hatte
eine Ausrede, um Nate nicht zu sehen. Ich musste
arbeiten.

Diejenigen von uns, die bereits saßen, rutschten
enger zusammen und machten Platz an dem großen
runden Tisch, den wir in der hintersten Ecke ergattert
hatten. Praktischerweise schnappte sich Remy den
freien Stuhl neben mir, bevor Nate es tun konnte, der
schräg gegenüber von mir landete. Es würde kein
heimliches Necken mit unsittlichen Berührungen
geben. Ich war erleichtert und enttäuscht zugleich.
Hach.

»Hey, Holly«, rief Alex von der anderen Seite des
Tisches, als er auf einen Stuhl neben Nate rutschte.

Ich winkte und lächelte breit. »Hey Leute, wie
geht's?«

»Ich habe dich seit Tagen nicht mehr gesehen«,
erwiderte Nate spitz, wobei sein Blick etwas zu lange
auf mir verweilte, als in dieser Situation angebracht
gewesen wäre.

Alex' Blick huschte von Nate zu mir, viel zu scharf-
sinnig und wissend. Das war alles andere als angenehm
für mich. Zum Glück sagte Beck etwas zu Nate, verwickelte ihn in ein Gespräch und erlaubte mir, meine
Margarita zu trinken und mein Bestes zu tun, ihn zu
ignorieren.

»Wie geht's denn so, Darling?«, fragte Remy
höflich von der Seite.

Ach, und Remy benutzte ständig Kosenamen. Das
war ziemlich süß und steigerte seinen Sexy-Quoti-
enten definitiv. Trotzdem spürte ich nicht einmal
einen *Hauch* von Anziehung.

Mit einem Blick zu ihm hoch versuchte ich erneut, ihm irgendeine Art von Chemie zu entlocken, die über meine objektive Wertschätzung seiner Schönheit hinausging. Nichts, absolut nichts. Ich lächelte ihn an. »Mir geht's gut. Wie hast du dich in Willow Brook eingelebt? Das ist doch dein erster Winter hier, oder?«, fragte ich.

»Jawohl, Ma'am«, bestätigte er. »Ich liebe es. Ich liebe Schnee, wahrscheinlich weil ich ihn noch nie gesehen habe, bevor ich von meinem Heimatort weggezogen bin. Dies ist mein erster Winter hier, aber ich habe den Winter in den Bergen von Washington erlebt, ich war also nicht ganz unvorbereitet. Hier ist es ein bisschen dunkler und kälter, aber ich komme ganz gut klar.

Genau in diesem Moment tauchte Rachel auf und antwortete Remy, während sie sich neben ihm auf einen Stuhl setzte. »Bist du sicher?«

Remy blickte zu ihr. »Ja, Darling. Absolut. Ich hatte noch nie Probleme, mich warmzuhalten«, murmelte er in seinem ausgeprägten Südstaatenakzent.

Ich schaute zufällig direkt zu Rachel und bemerkte, wie ihre Wangen erröteten. *Soso.*

Ich nehme an, es war gut, dass Remy meinen Motor nicht zum Brummen brachte, denn Rachels brummte definitiv. Die Gespräche um mich herum gingen weiter und der Abend verlief wie immer. Der einzige Wermutstropfen war sozusagen der gelegentliche Blick von Nate.

Ich hörte zufällig, wie Alex ihn etwas fragte, und konnte nicht verhindern, dass ich hellhörig wurde. »Wann brichst du zu deinem Wochenendtrip auf?«

»Morgen«, antwortete Nate.

In diesem Moment näherte sich eine Frau dem

Tisch und rief Nates Namen. Ich blickte über Nate hinweg und betrachtete sie. Sie hatte ein kokettes Lächeln auf dem Gesicht und ihr langes dunkles Haar schwang um ihre Schultern. Sie blieb direkt hinter ihm stehen und legte ihm die Hand auf die Schulter.

Ich zweifelte nicht eine Sekunde daran, dass Nate mit dieser Frau, wer auch immer sie war, höchstwahrscheinlich eine Affäre gehabt hatte. Sie war wunderschön, groß und hatte endlos lange Beine. Definitiv nicht so kurvenreich wie ich. Sie war die Art von Frau, die mich an einem schlechten Tag ein wenig unsicher machte.

Gerade jetzt, nachdem ich Nate drei Tage lang erfolgreich aus dem Weg gegangen war, waren ihre Anwesenheit und ihre neckische Annäherung wie der letzte Nagel im Sarg meiner dummen Entscheidung, mich in irgendeiner Form mit ihm einzulassen.

Ich konnte sehen, wie sich Nates Augen vor Überraschung leicht weiteten. »Oh, hey, Brenda«, sagte er leichthin. »Ich wusste gar nicht, dass du in der Stadt bist.«

Mein Blick glitt nach unten, als ihre Hand seine Schulter drückte und über seinen Arm hinunterglitt. Ich wusste viel besser, als mir lieb war, wie gut sich Nates muskulöse Schultern anfühlten. Ich atmete zittrig ein und wollte, dass die Eifersucht, die mich durchströmte, verschwand. Ich hatte kein Recht, eifersüchtig zu sein. Das war verrückt.

»Wusstest du etwa nicht, dass ich zu der Gruppe gehöre, die du zur Lodge fliegst?«, fragte Brenda.

Nate schüttelte den Kopf, ein Hauch von Anspannung durchzog seine Züge. Wenn ich ihn nicht so gut kennen würde, wäre es mir nicht aufgefallen. Aber ich kannte ihn, und zwar ziemlich gut.

»Nein, das muss mir entgangen sein. Ich habe keine

Liste aller Teilnehmer bekommen, nur die Anzahl und meinen Hauptansprechpartner.«

Brenda lachte leicht, ihre Hand ruhte immer noch auf seiner Schulter. »Na, das wird bestimmt ein super Trip. Ich hoffe, du bleibst auch übers Wochenende.«

Ich spürte Ellas Blick von der Seite auf mich gerichtet und beschloss abrupt, dass es nicht in meinem Interesse war, dieser kleinen Vorführung hier beizuwohnen. Ich wusste jetzt, was Nate an diesem Wochenende treiben würde. Oder besser gesagt, mit wem.

»Ich muss los«, murmelte ich leise zu Ella.

Ihr grüner Blick traf den meinen, und in den Tiefen schimmerte Besorgnis. »Bist du sicher?«, fragte sie.

»Natürlich«, antwortete ich schnell, da ich nicht länger warten wollte. Ich schluckte den Rest meiner Margarita hinunter und stand auf, sammelte schnell meinen Mantel und meine Handtasche ein, bevor ich mit einem allgemeinen Winken in die Runde hinauseilte.

Ich sah, wie Nate in meine Richtung schaute, aber Brenda sprach immer noch mit ihm. Ich eilte nach Hause und rannte förmlich über den Bürgersteig. In der Dunkelheit fiel leichter Schnee, der Halbmond verschwamm durch die Wolken und den Schnee.

Innerhalb weniger Minuten schloss ich die Tür zu meiner Wohnung, verriegelte sie und lehnte mich mit einem tiefen Atemzug dagegen. Heiße Tränen kullerten mir über die Wangen. Ich hatte es vermasselt. Das alles war eine Katastrophe.

Ich wusste, dass ich etwas Abstand zwischen Nate und mir schaffen musste. Mein Verstand hatte geahnt, dass er wahrscheinlich einfach weiterziehen würde. Aber ich war nicht darauf vorbereitet, wie es sich anfühlen würde, es direkt vor meinen Augen zu erleben.

Ich stieß mich von der Tür ab, wischte mir die Tränen aus den Augen und zog meine Jacke aus. Auf dem Weg ins Wohnzimmer drehte ich die Heizung auf und stellte den Wasserkocher an. Ich brauchte Tee. Entweder das oder ich musste eine ganze Flasche Wein trinken, um alles zu vergessen, was zwischen Nate und mir passiert war.

Gerade als ich den Herd unter der Teekanne eingeschaltet hatte und in Richtung Bad ging, um das Wasser anzustellen, klopfte es heftig an meine Tür. Mein Herz begann zu rasen. Ein Teil von mir hoffte inbrünstig, dass Nate hier war, um mir seine Liebe zu gestehen. Doch der andere Teil von mir wusste, dass ich mich meinen Ängsten stellen und ihm die harte Wahrheit sagen musste. Die Sache mit uns musste aufhören. *Und zwar sofort.*

Obwohl ich innerlich völlig durcheinander war, hielt ich mich an der Wut und der Eifersucht fest, die in mir brannten. Das war es, was mir die Kraft geben würde, das durchzustehen. Ich ging zur Tür und schwang sie auf.

Nate stand da, seine Wangen waren von der Kälte gerötet und sein Blick bohrte sich in meinen. »Warum gehst du mir aus dem Weg?«, fragte er.

»Weil das hier« - ich hielt inne und wedelte mit der Hand zwischen uns hin und her - »aufhören muss. Geh und verbring dein Wochenende mit Brenda. Lass dich von mir nicht davon abhalten. Und glaub bloß nicht, dass zwischen uns jemals wieder etwas passieren wird.«

Ich war wütend, die Emotionen und Tränen krampften sich in meiner Brust und Kehle zusammen, aber ich wollte nicht vor Nate zusammenbrechen. Ich hatte zu viel Stolz und wollte ihm diese Genugtuung nicht geben.

»Was zum Teufel, Holly?«, warf er mir entgegen und er machte Anstalten, durch die Tür zu treten. Ich wehrte ihn ab und stützte mich mit den Händen an den Seiten der Tür ab. »Ist das dein verdammter Ernst?«

»Ja, ich meine es ernst.« Ich spürte, wie ich innerlich zu zerbrechen begann, und klammerte mich an meine Wut, das Einzige, was mich vom Weinen abhielt.

Nate war seit Ewigkeiten mein Freund und der beste Freund meines Bruders gewesen. Jetzt hatten wir alles vermasselt. Wir waren intim geworden, so intim wie ich es mit niemandem sonst in meinem Leben gewesen war. Egal, was ich mir einredete, ich konnte nicht einfach vergessen, wie ich mich fühlte, wenn ich mit ihm zusammen war - all meine Hoffnungen und Wünsche waren in diese Intimität eingeflossen.

Ein kleines bisschen von dieser Verletzlichkeit sickerte durch. »Hör zu, ich kann das hier nicht, okay? Ich habe dir von Anfang an gesagt, dass ich keine lockeren Geschichten mag. Das muss aufhören. Du kannst mit deinem Leben machen, was du willst, aber ich kann das nicht weiter in die Länge ziehen. Ich denke, du weißt, dass ich mehr will, als du bereit bist zu geben.«

Er starrte mich an, seine Augen verengten sich, etwas flackerte in ihren Tiefen. Ich war emotional zu aufgewühlt, um irgendetwas klar zu deuten. Ich klammerte mich an den Türrahmen, als könnte mich das innerlich zusammenhalten.

»Holly, ich habe es dir doch gesagt. Das ist nicht alles, was du für mich bist.«

»Das hast du, aber du kannst mir nicht sagen, was

das bedeutet. Geh einfach auf deinen Trip.« Ich hielt inne, wartete, vielleicht um ihm genug Zeit zu geben, etwas zu sagen, irgendetwas. Er sagte nichts. Ich stählte mich und schaffte es, zu nicken. »Gute Nacht.«

Ich wartete nicht länger, trat schnell zurück und schloss die Tür. Normalerweise war ich nicht unhöflich, aber ich *konnte* dieses Gespräch nicht fortsetzen. Ich schob den Riegel vor und ignorierte es, als er meinen Namen rief und an die Tür klopfte. »Das hier ist noch nicht vorbei, Holly.«

Ich schlang die Arme um meine Taille, schloss die Augen und wartete und lauschte, bis ich seine Schritte auf der Treppe nach unten hörte. Dann hörte ich, wie sein Wagen ansprang. Ich schaute aus dem Fenster, als er auf die Main Street einbog, und der Schein seiner Rücklichter verschwand schnell in der verschneiten Nacht.

Und ich weinte. Ich trank meinen Tee und nahm ein Bad. Nichts von alledem half mir, mich besser zu fühlen.

Kapitel Fünfundzwanzig

NATE

Ich lehnte mich in einem Stuhl vor dem Kamin zurück und blickte zu Dave und Nancy hinüber. »Ich bin mir nicht sicher, ob sie bei diesem Sturm viel Skifahren werden«, bemerkte ich.

Ich drehte meinen Kopf auf der Stuhllehne zur Seite und blickte aus dem Fenster in die Dunkelheit. Die Lichter der Lodge beleuchteten den fallenden Schnee. Bei meinem Flug heute Morgen war der Himmel noch klar gewesen, doch heute Abend zogen dicke Wolken auf. Der Schneefall hatte vor ein paar Stunden eingesetzt, zusammen mit eisigem Wind.

Brenda hatte mir unmissverständlich zu verstehen gegeben, dass sie sich freuen würde, wenn ich die heutige Nacht mit ihr verbringen würde. Die Vorstellung drehte mir den Magen um, und das hatte absolut nichts mit Brenda zu tun. Sie war immer noch schön, kokett wie immer, und sie wollte nichts anderes als ein wenig Spaß ohne Verpflichtungen.

Vor einem Jahr wäre ich liebend gern auf ihr Angebot eingegangen. Heute Abend konnte ich nicht einmal das kleinste bisschen Interesse aufbringen.

Alles, woran ich denken konnte, war Holly und wie sie mir in der Nacht zuvor die Tür vor der Nase zugeschlagen hatte.

Brenda, die meine Andeutungen nicht ganz zu verstehen schien, machte es sich mir gegenüber auf einem Stuhl bequem, und drehte sich zu mir um. »Also, Nate, wie ist es dir ergangen?«, fragte sie leise.

»Oh, beschäftigt wie immer«, antwortete ich.

Dave warf mir einen Blick zu, und ich sah die Fragen, die in seinem Kopf herumschwirrten.

»Wie viele Trips hier hoch hast du diesen Winter geplant?«, fragte er. Dave kannte mich gut. Er wusste zwar nicht genau, was vor sich ging, aber er schien zu spüren, dass ich es vorzog, dieses Gespräch allgemein zu halten. »Ich weiß nie, wer für die Flüge zuständig ist.«

»Nach diesem habe ich noch zwei weitere, und das war's dann bis zum Sommer. Ich hätte noch mehr annehmen können, aber im Winter ziehe ich es vor, sie etwas aufzuteilen«, erklärte ich.

»Ich wünschte, ich könnte diesen Winter noch ein paar Mal hierherkommen«, warf Brenda mit einem neckischen Lächeln ein.

Das war ihr Zeichen für mich, das Gespräch aufzunehmen, das sie mit mir führen wollte. Ich war nicht ganz bei der Sache und war erleichtert, als sich ein paar andere zu uns gesellten. Dave und Nancy hielten das Gespräch in Gang, sodass ich meistens schweigend daneben sitzen konnte. Wenig später stand ich auf und winkte der ganzen Gruppe zu. »Nun, ich werde mich für heute Abend zurückziehen. Ich hoffe, ihr habt morgen früh gutes Wetter.«

Ich stürzte praktisch die Treppe hinauf und schloss meine Tür ab. Das mochte vielleicht ein wenig lächerlich erscheinen, aber das letzte Mal, als

Brenda hier war, hatte sie mich spät in der Nacht aufgesucht. Heute Nacht wollte ich einfach nur schlafen.

Am nächsten Morgen war ich wach, bevor die Sonne aufging. Ich konnte immer noch Sterne am Himmel sehen, und ein leichtes graues Licht schlich sich ein und ließ den marineblauen Himmel in einem tiefen Schieferblau erstrahlen. Nachdem ich mich angezogen hatte, ging ich hinunter in die Küche, wo ich Nancy und Dave vermutete. Abgesehen von der Tatsache, dass wir alte Freunde waren, kam ich oft genug hierher, sodass sie mir gegenüber nicht besonders förmlich auftraten. Ich durfte jederzeit in ihrem Privatquartier in der Lodge vorbeischauen.

Ich fand sie genau da, wo ich sie erwartet hatte: Nancy bereitete mit Daves Hilfe das Frühstück vor, während sie am Kaffee nippten. Dave blickte auf, als ich durch die Tür in die Küche kam, und grinste mich an. »Morgen, Nate«, rief er.

»Der Kaffee ist fertig«, fügte Nancy hinzu und deutete mit dem Ellbogen auf die Kaffeemaschine auf dem Tresen hinter ihr.

Ich ging um den großen Edelstahltisch in der Mitte der Küche herum. Nachdem ich mir einen Kaffee genommen hatte, ließ ich mich auf einen Hocker auf der ihnen gegenüberliegenden Seite des Tisches fallen. »Wie geht es euch heute Morgen?«, fragte ich.

Dave schnippelte weiter mit geübten Bewegungen Kartoffeln in dünne Scheiben. »Gut, jetzt, wo ich fast eine ganze Tasse Kaffee getrunken habe.«

»Der Sturm scheint sich über Nacht verzogen zu haben. Das Wetter soll heute besser werden«, fügte ich hinzu.

»Ich bin sicher, dass sie einen super Skitag haben

werden. Morgen soll es auch noch klar sein. Bleibst du das ganze Wochenende?«, fragte Dave.

»Ich bin mir nicht sicher. Ich habe auf dem Flugplan gesehen, dass Fred Banks am selben Tag, an dem diese Crew abfliegen soll, eine andere Gruppe hier absetzen wird. Ich könnte ihn vielleicht bitten, das für mich zu übernehmen, damit ich früher zurückfliegen kann. Wenn nicht heute, dann morgen.«

Nancy blickte auf, ihr Blick nachdenklich. »Bist du mit jemandem zusammen?«, fragte sie.

Dave kicherte, als er zu ihr blickte. »Du kannst es einfach nicht lassen, oder?«

Ich nahm einen langen Schluck von meinem Kaffee und dachte an Holly in der letzten Nacht und wie sie mich ausgeschlossen hatte. Ich wollte, dass die Antwort Ja lautete. Mein Zögern und der Ausdruck, den Dave auf meinem Gesicht sah, mussten wohl etwas verraten haben.

»Nun, ich fasse es nicht. Da gibt es jemanden«, sagte er in einem verwunderten Ton.

Ich atmete tief ein und aus und fuhr mir mit einer Hand durchs Haar. »Das ist nicht so einfach.«

Nancys Augen weiteten sich. »Spuck es aus.«

»Na ja, es ist Holly.«

»Holly Blake?«, fragte Dave. »Die Zwillingsschwester von Alex.«

»Ja, genau die Holly. Die Sache ist die, dass ich nicht wirklich weiß, was das zwischen uns ist. Am Abend, bevor ich hierhergeflogen bin, hat sie mich praktisch zum Teufel gejagt. Ich glaube, sie dachte, ich hätte was mit Brenda am Laufen.«

Dave hatte die Kartoffeln alle aufgeschnitten und legte sein Messer vorsichtig ab. Nancy nahm sofort das Schneidebrett zur Hand und schüttete die Kartoffeln in einen großen Wok auf dem Herd.

»Nicht, dass ich behaupten will, dass du jetzt etwas mit Brenda hast, aber ich bin mir ziemlich sicher, dass du schon mal etwas mit ihr hattest, oder nicht?«, fragte Dave.

»Es war nur ein Wochenende«, antwortete ich und fühlte mich defensiv.

Nancys Blick wanderte zu mir, während sie die Hitze auf dem Herd regulierte, die Kartoffeln umrührte und einige Gewürze hinzufügte. »Stimmt, aber Brenda hat ihr Interesse an einem weiteren Wochenende mit dir ziemlich deutlich gemacht. Wenn Holly das gesehen hat, kann ich verstehen, dass sie sich Gedanken macht. Hast du ihr gesagt, was du fühlst?«

Ich musste wohl ein paar Augenblicke zu lange ins Leere gestarrt haben, denn Dave gluckste. »Das ist dann wohl ein *Nein*.«

Ich seufzte und zuckte mit den Schultern. »Nun, ich meine, ich habe ihr gesagt, dass sie mir wichtig ist und ...«

Noch bevor ich einen ganzen Satz zu Ende gesprochen hatte, schüttelte Nancy den Kopf und schaute mich streng an. Als meine Worte verstummten, warf sie mir einen spitzen Blick zu. »Du musst dich deutlicher ausdrücken, Nate, wenn sie dir etwas bedeutet. Ich meine, liebst du sie? Wenn ja, dann musst du es ihr sagen. Du hast den Ruf, ein Aufreißer zu sein. Du bist kein Arsch, aber niemand erwartet etwas Ernstes von dir. Jeder, der dich kennt, weiß das über dich. Ich will damit nicht sagen, dass du ein Arsch bist, denn das bist du nicht. Du bist einer der nettesten Typen, die ich kenne. Du verhältst dich immer sehr respektvoll, wenn es um Verabredungen geht.«

»Da ich das alles weiß, versuche ich mir vorzustellen, wie ich dich wahrnehme, und ich vermute, dass

Holly dich auch so wahrnimmt. Ich nehme an, sie denkt, dass es dir nur um das eine geht. Um es noch komplizierter zu machen, ist ihr Zwillingsbruder seit Jahren dein bester Freund. Sie wird nicht wollen, dass die Dinge noch komplizierter werden, als sie es schon sind. Freundschaftssachen sind von vornherein kompliziert.«

Nancy ratterte all dies schnell herunter, während sie immer wieder Gewürze zu den Kartoffeln mischte und sie zwischen zwei Schlucken Kaffee umrührte. Mittlerweile kam ich mir wie ein Idiot vor. Die Wahrheit war, dass ich keine Ahnung hatte, wie ich mich verhalten sollte. Ich hatte versucht, Holly nicht zu sehr unter Druck zu setzen. Jetzt wurde mir klar, dass das vielleicht eine schwere Fehleinschätzung war. Schlimmer noch, die Tatsache, dass ich der erste Mann war, mit dem sie tatsächlich Sex gehabt hatte, bedeutete, dass alles noch viel schwerwiegender war.

Ich hatte keine Ahnung, was Dave und Nancy in meinem Gesicht sahen, aber nachdem sie einander einen Blick zugeworfen hatten, fragte Nancy: »Ist da noch etwas?«

»Sie war noch Jungfrau.« *Fuck.* Das war mir einfach so aus dem Mund gerutscht. Wenn Holly herausfand, dass ich dieses Detail herumerzählte, würde sie mich wahrscheinlich umbringen.

Ich stöhnte, lehnte mich nach vorn, stützte den Kopf in die Hände und fuhr mir mit den Fingern durch die Haare. Als ich mich aufrichtete, starrten mir zwei große Augenpaare entgegen.

»Oh«, meinte Nancy.

»Das war's? Oh?«, fragte ich.

Dave schnappte sich seinen Kaffee vom Tresen und nahm einen schnellen Schluck, bevor er seinen Blick wieder auf meinen richtete. »Nun, das ist eine ziemlich große Sache. Ich habe gerade versucht, nicht so überrascht auszusehen.«

»Glaubt mir, ich war auch schockiert. Ich meine, sie hat sich nicht aufgespart oder so. Zumindest hat sie das gesagt«, murmelte ich.

Nancy schien sich wieder gefangen zu haben, stellte die Kartoffeln auf die richtige Temperatur ein und legte einen Deckel auf den Wok. »Egal, ob sie sich nun aufgespart hat oder nicht, das ist eine ernste Sache.«

»Ich weiß«, sagte ich schließlich. »Sie sagte, nach dem Unfall ...« Ich schaute Dave an und fragte mich, ob er es Nancy gegenüber jemals erwähnt hatte.

Er übernahm für mich. Mit einem Blick zu Nancy erklärte er: »Du weißt doch von dem Unfall in der Highschool-Zeit, von dem ich dir erzählt hatte. Es war nach meinem Abschluss, aber ein Junge ist dabei gestorben. Er war Hollys Freund.«

»Okay«, war alles, was Nancy dazu zu sagen hatte, obwohl sie nickte, um zu zeigen, dass sie wusste, was er meinte.

Ich nahm den Faden des Gesprächs wieder auf. »Wie auch immer, Holly meinte, dass sich danach alle von ihr fernhielten. Dann kam eins zum anderen, und ehe sie sich versah, waren die Jahre vergangen und sie war immer noch Jungfrau.«

»Liebst du sie?«, fragte Nancy unverblümt.

Eine Welle von Gefühlen zog sich in meiner Brust zusammen. Meine Antwort kam augenblicklich. Ich brauchte nicht einmal darüber nachzudenken. »Ja.«

»Dann solltest du ihr das besser sagen«, sagte Nancy entschieden.

»Kumpel, tu, was Nancy sagt. Bei Beziehungsfragen hat sie immer recht«, fügte Dave feierlich hinzu.

Nancy brach in Gelächter aus und verdrehte die Augen über seinen Kommentar. »Nicht immer.« Ernüchtert blickte sie wieder zu mir. »Ich denke nur, dass sie es wissen muss, denn das wird ein ziemliches Durcheinander, wenn nicht alles von Anfang an klar ist. Du bist ein offener Typ. Wenn du sie liebst, dann lass sie nicht warten.«

»Ich schätze, ich wollte sie nicht zu sehr drängen. Ich hatte Angst, sie würde mir nicht vertrauen«, erwiderte ich, und meine eigene Erklärung ließ mich in Gedanken meinen Kopf schütteln.

»Wenn du nicht willst, dass dir dein Ruf vorauseilt, solltest du besser bald etwas sagen«, sagte Dave.

Mit Nancys und Daves Worten im Hinterkopf lieh ich mir ihr Satellitentelefon, um Fred anzufunken und ihn zu bitten, die Gruppe mitzunehmen, wenn er hierherkam. Fred stimmte ohne zu zögern zu, aber so war er nun mal. Stets hilfsbereit. Ich wartete nicht länger und packte sofort zusammen, um mich dann zu verabschieden. Brenda sah zwar enttäuscht aus, war aber sehr freundlich und brach noch vor meiner Abreise mit ihren Skiern auf.

Als ich mein Flugzeug vorbereitete, rechnete ich damit, dass ich am späten Nachmittag in Willow Brook landen würde. Der Himmel war klar, als ich abhob, und blieb es für eine gute Stunde. Dann meldete sich die Flugsicherung über Funk und teilte mir mit, dass ich wegen eines durchziehenden Sturms mit einigen Turbulenzen rechnen müsse. Der Wind hatte seine Richtung geändert, und ein Sturm westlich von uns wehte jetzt nach Osten.

Ich funkte zurück zur Flugsicherung und bat um

weitere Informationen. Das Funkgerät knisterte in meinen Ohren, bevor die Antwort durchkam. »Dieser Sturm hat westlich von Ihnen auf den Ozean hinaus geblasen. Mit der Winddrehung hat er umgeschlagen und nimmt jetzt schnell Fahrt auf. Wenn man bedenkt, wohin Sie fliegen müssen, würde ich sagen, dass Sie innerhalb der nächsten Stunde nicht mehr in der Luft sein sollten. Suchen Sie sich einen Ort, an dem Sie landen können, und warten Sie dort ab. Es sollte nicht lange dauern.«

»Verstehe, wie weit bin ich von dieser Sommer-Lodge entfernt?«

Ich wollte eigentlich nicht landen und abwarten, aber die Sicht wurde immer schlechter. Sosehr ich auch zu Holly wollte, noch mehr wollte ich am Leben bleiben.

Nachdem ich mein geplantes Ziel durchgegeben hatte, flog ich durch die dicke Schneeböe, die sich gebildet hatte, und landete sicher innerhalb einer halben Stunde. Wäre das Wetter klar gewesen, wäre ich bereits in Willow Brook, was die Zwischenlandung verdammt schmerzhaft machte. Ich meldete mich über Funk, um meine Landung zu bestätigen, und stapfte dann durch den Schnee zu einer leeren Wild-nislodge. Dieser Ort beherbergte im Winter keine Gäste. Es handelte sich um eine offizielle Notunter-kunft für Piloten in Alaska, sodass wir die Schotter-piste direkt oberhalb auf einem Hügel nutzen konnten und den Zugangscode hatten, um in die Lodge zu gelangen und eventuelle Schlechtwetterepisoden auszusitzen.

Ich würde die Nacht im Warmen und Trockenen und mit Grundnahrungsmitteln verbringen, aber ich wusste nicht, ob ich Holly anrufen konnte. Nicht, dass sie erwartete, von mir zu hören, aber seit meinem Gespräch mit Nancy und Dave war ich mehr als ungeduldig, sie irgendwie zu erreichen. Ich wollte auf keinen Fall, dass ein verdammter Schneesturm mich davon abhielt.

Kapitel Sechsundzwanzig

HOLLY

»Hast du es schon gehört?«, fragte Ella.

»Was gehört?«, entgegnete ich und beugte mich vor, um einen Tortilla-Chip aus einer Schüssel in der Mitte des Tisches zu fischen.

Ich war in die regelmäßigen Kartenabende mit Ella eingeschleust worden. Ihre Schwägerin Amelia und ein paar andere Freunde veranstalteten diese Abende oft. Sie waren alle mit mir befreundet, wobei Ella meine engste Freundin war. Seit sie wieder nach Willow Brook gezogen war, kamen wir oft zusammen und veranstalteten abwechselnd Treffen.

Heute Abend waren wir bei Lucy und Levi zu Gast. Lucy liebte Kartenabende und hatte einige davon verpasst, da sie direkt nach den Feiertagen ein Baby bekommen hatte. Baby Glory wurde nach Levis Mutter, Gloria, benannt. In diesem Moment hielt Lucy Glory auf ihrem Schoß und sagte etwas zu Amelia. Die Tür zur Küche öffnete sich, und Maisie trat mit einem lächelnden Blick in die Runde ein.

»Hallo zusammen«, rief sie, als sie ihre Jacke auszog und sie an den überfüllten Kleiderständer hängte.

Sie schritt von der Küchentür zum Tisch und ließ sich auf den einzigen Stuhl fallen, der noch übrig war. »Hast du es schon gehört?«, fragte sie und sah mich an.

Ich kaute an meinem Chip und hob verwirrt die Hände. »Nein, aber es ist komisch, dass du mich dasselbe fragst wie Ella gerade eben«, antwortete ich, während ich einen Schluck Wasser nahm, um den Chip hinunterzuspülen.

»Es geht um Nate. Er war auf dem Rückweg nach Willow Brook und musste während eines Sturms notlanden«, erklärte Maisie.

Mein Magen krampfte sich zusammen, Angst und Sorge machte sich in meinem Bauch breit.

»Geht es ihm gut?«, platzte ich mit schriller Stimme heraus.

Maisie nickte, und ich verstummte, weil ich nicht wusste, was ich sagen sollte. Ich hatte eine Million Fragen.

Ella sah mich von ihrem Platz auf der gegenüberliegenden Seite des Tisches an. »Caleb hat es von Maisie erfahren und dann die Zentrale in Fairbanks angerufen, um sich zu informieren, weil die näher dran sind«, fügte Ella hinzu.

Wir saßen an einem großen runden Tisch – Ella, Amelia, Lucy, Maisie, Charlie und ich. Es waren nicht alle da, aber fast alle.

»Was zum Teufel ist passiert?«, fragte ich, immer noch nicht in der Lage, meine Sorge zu unterdrücken. Die Vorstellung, dass Nate in Alaska mitten in der Wildnis notlanden musste, gefiel mir nicht. Ganz und gar nicht.

Amelia reichte Maisie das Bier, das sie von der Küchentheke geholt hatte. Als diese den Deckel abnahm, erklärte sie: »Na, genau das. Als er heute Morgen losgeflogen ist, war das Wetter dort, wo er war, klar und hätte auch so bleiben sollen. Ein Sturm im Westen hat seine Richtung geändert und hat direkt seine Flugroute gekreuzt. Keine Sorge, er ist gesund und munter. Er hat sich bereits bei der Flugverkehrskontrolle in Anchorage zurückgemeldet.

Erst jetzt kam mir der Gedanke, was alle außer Ella wohl davon halten würden, dass ich das wissen wollte.

»Wir wissen alle Bescheid«, sagte Lucy, als sie sah, wie ich mich umsah. Sie hielt die schläfrige Glory in ihren Armen und lächelte mich an.

»Sogar Glory weiß es«, fügte Amelia mit einem langsamen Lächeln hinzu.

Meine Wangen glühten. Das kurze Aufflackern der Angst um Nate hatte mein Adrenalin in die Höhe schnellen lassen. Ich schaute zu Ella.

»Ich habe nichts gesagt«, protestierte sie. »Offenbar hat Caleb etwas zu Cade gesagt.«

»Der etwas zu Beck gesagt hat«, fügte Maisie mit einem leisen Lachen hinzu. Sie nahm einen Schluck Bier und setzte die Flasche dann ab. »Ich liebe meinen Mann, aber er ist ein bisschen zu neugierig. Er ist nicht wirklich eine Tratschtante, aber er erzählt mir alles. Er hat also etwas zu mir gesagt, und dann habe ich Amelia gefragt, und dann ... Nun, da hast du es. Jetzt wissen wir es alle. Was ist das überhaupt für ein großes Geheimnis?«

Die plötzliche Sorge um Nate, die Tatsache, dass ich nicht genügend Informationen über die heutigen Geschehnisse hatte, und unser einseitiger Streit von neulich Abend führten dazu, dass ein Gefühlsschub über mich hereinbrach und ich in Tränen ausbrach.

»O Gott«, rief Lucy. »Ist alles okay?«

Ich nahm eine Serviette aus der Mitte des Tisches und wischte mir über die Augen, bevor ich zittrig einatmete und nickte. »Mir geht's gut. Ich glaube, ich bin nur so aufgebracht, weil du mir irgendwie Angst gemacht hast.«

»Nate geht es gut«, meinte Maisie entschieden.

»Was auch immer es ist, ich bin sicher, dass alles gut wird«, fügte Lucy hinzu. »Zumindest rede ich mir das immer ein, wenn ich mal wieder nur zwei Stunden Schlaf bekommen habe.«

Maisie lachte und warf ihr ein mitfühlendes Lächeln zu. »Ich verspreche dir, dass Glory eines Tages durchschlafen wird.« Mit zwei eigenen Kleinkindern hatte Maisie die meiste Erfahrung mit Säuglingen von uns allen am Tisch.

»Wie auch immer, erzähl«, sagte Amelia und ließ ihre Hand in der Luft kreisen.

»Es ist kein großes Geheimnis«, murmelte ich.

Da schaltete sich Charlie ein. »Ähm, das ist der Inbegriff eines Geheimnisses. Du hast etwas mit Nate geheim gehalten, und keiner von uns wusste davon. Außer Ella schätze ich mal.«

»Falls es eine Rolle spielt, ich wusste nur von einer Nacht und sonst nichts«, fügte Ella hinzu.

Ich konnte mir ein Lachen nicht verkneifen, obwohl ich ein ziemliches emotionales Wrack war. »Ich habe nicht darüber gesprochen, weil ich nicht wollte, dass die Dinge komisch werden. Ich meine, wir sind alle Freunde, und Nate ist auch mit euch allen befreundet ...«

»Und er ist der beste Freund deines Bruders«, warf Amelia ein.

»Ich weiß. Das ist *genau* der Grund, warum ich nichts gesagt habe. Ich weiß nicht, was das zwischen uns ist. Ich meine, wir hatten Sex. Und ...«

»Mehr als einmal?«, schaltete sich Ella ein.

Ich verbiss mir ein Stöhnen. Offensichtlich fühlte sich Ella durch die Gruppendynamik hier ermutigt.

»Ja«, gab ich zu. Als ich den Tisch abscannte, fand ich in den Gesichtern, die mich ansahen, Neugierde, die sich mit Verständnis mischte. Sie würden mich vermutlich aufziehen, aber jeder an diesem Tisch würde hinter mir stehen, und das wusste ich.

Entspannt lehnte ich mich in meinem Stuhl zurück und nickte. »Die Dinge waren ziemlich intensiv, und ich war mir nicht sicher, wohin das alles führen würde. Dann ist diese Frau neulich Abend aufgetaucht und ich habe mich wieder an den Grund erinnert, warum ich nicht zulassen durfte, dass zwischen uns etwas passiert. Soweit ich weiß, sitzt er den Schneesturm mit ihr aus.«

Allein der Gedanke daran ließ mein Herz schmerzen.

»Er ist allein«, warf Maisie ein.

»Woher willst du das wissen?«, fragte ich.

»In der Zentrale habe ich Zugriff auf diese Art von Informationen. Als ich hörte, dass er notlanden musste, rief ich einen Freund in der Flugsicherung an, und der sagte mir, dass er allein im Flugzeug war.

Ich sog diese Informationen in mir auf, fühlte mich dadurch jedoch nicht besser.

»Also habt ihr euch jetzt getrennt?«, fragte Lucy.

»Wie können sie sich trennen, wenn keiner von uns überhaupt wusste, dass sie zusammen sind?«, mischte sich Maisie ein.

Ich brach in Gelächter aus. Meine Emotionen kochten hoch und ich konnte nicht mehr klar denken. »Ich weiß nicht einmal, ob wir zusammen sind. Neulich wollte er vorbeikommen, und ich habe ihm gesagt, er solle verschwinden. Vielleicht nicht ganz in diesen Worten, aber das war der Sinn der Sache. Und jetzt ist er anscheinend allein irgendwo gestrandet.«

»Ich dachte, die Tatsache, dass er allein ist, wäre etwas Gutes?«, erinnerte Charlie.

»Es ist besser, als wenn er mit irgendeiner Tussi dort wäre, die auf ihn steht, aber was ist, wenn er mutterseelenallein dort stirbt?«

Sobald diese Frage aus mir herausgekommen war, fing ich wieder an zu weinen. O mein Gott! Dieses Durcheinander – dieser Tornado von Gefühlen, unvernünftig und irrational – war genau der Grund, warum ich mich nicht auf Nate hätte einlassen sollen. Ich wusste nicht, was er für mich empfand, und ich wusste nicht, was ich in dieser Sache tun sollte.

»Offensichtlich bedeutet er dir sehr viel«, meinte Ella ohne jeden Humor und mit besorgtem Blick.

Ich schnappte mir eine weitere Serviette und putzte mir die Nase, während ich versuchte, mich innerlich zusammenzureißen. »Ja, das tut er, und ich weiß nicht, was ich dagegen tun soll.«

Alle am Tisch waren still. Schließlich ergriff Amelia das Wort. »Vielleicht musst du mit ihm reden, wenn er zurückkommt, damit du herausfinden kannst, wie er das Ganze sieht.«

»Was du nicht sagst«, erwiderte ich, aber ich lächelte. Und weinte.

Als ich mir wieder die Nase putzte, kam Ham, Levis süßer kleiner brauner Hamster, in die Küche gehuscht. Er sauste zum Fenster und kletterte auf eine Reihe von Stühlen, um auf die Fensterbank zu gelangen, wo ein kleines Bett für ihn stand. Ja, Levi hatte einen Hamster als Haustier, den er im Haus frei laufen ließ.

Als er zu uns herüberschaute und seine Schnurrhaare in der Luft vibrierten, musste ich erneut lachen.

———

Ich drehte mich um und klopfte mein Kissen zurecht und starrte aus dem Fenster, das auf die Main Street gerichtet war. Willow Brook schaltete die Straßenlaternen um neun Uhr abends aus. Dieser Zeitplan war nach einer ziemlich gereizten Bürgerversammlung über Lichtverschmutzung festgelegt worden. So unbedeutend das Thema auch zu sein schien, die nächtlichen Lichter wirkten viel heller, wenn man am Rande der Wildnis lebte.

Dunstige Wolken lagen in der Dunkelheit, und ein paar Sterne durchdrangen den Schleier. Genau diese Wolken waren wahrscheinlich die Ränder des Sturms, der Nate heute zur Landung gezwungen hatte. Unruhig griff ich nach meinem Handy. Vielleicht, nur vielleicht, hatte er dort, wo er war, Empfang.

Ich rief seine Nummer auf und tippte auf die Wahltaste. Es klingelte genau vier Mal, dann meldete sich seine Mailbox.

Hey, ich bin's, Nate. Ich bin gerade beschäftigt. Hinterlasse eine Nachricht und ich rufe dich zurück.

Dies war bereits seit Jahren die automatische Nachricht auf seiner Mailbox. Die Emotionen überrollten mich wie eine Welle, mein Herz schlug wie verrückt und die Tränen schnürten mir die Kehle zu. Gott, ich vermisste ihn. Er war nur einen einzigen Tag und eine einzige Nacht weg, und ich war schon völlig fertig.

Ich hinterließ keine Nachricht, und anschließend kam es mir ziemlich albern vor, überhaupt angerufen zu haben. Ich hatte nicht schnell genug aufgelegt, sodass er wohl eine stumme Nachricht von mir bekommen würde.

Ich wischte mir die Nase am Ärmel meines Shirts ab und schlug die Decke zurück, um ein paar Taschentücher zu holen. Nach einem kurzen Gang ins Bad, um mir die Nase zu putzen, kehrte ich in mein Bett zurück, setzte mich auf den Rand der Matratze und starrte nach draußen. An Schlaf war kaum zu denken.

Nachdem ich endlich in einen unruhigen Schlaf gefallen war und von Nate geträumt hatte, weckte mich in den späten Morgenstunden das Vibrieren meines Telefons auf dem Nachttisch neben meinem Bett.

In der Hektik, mit der ich nach dem Telefon griff, ließ ich es fast auf den Boden fallen. Ich konnte es auffangen und sah kurz Nates Namen auf dem Display aufblitzen. Dann wurde der Anruf abgebrochen.

Als ich verzweifelt versuchte, ihn zurückzurufen, erreichte ich nicht einmal seinen Anrufbeantworter, bevor der Anruf abgebrochen wurde.

Kapitel Siebenundzwanzig

NATE

Ich lauschte dem Rufton, wartete und betete, dass Holly drangehen würde. Ich war kein Mann der Gebete. Dass ich es dennoch tat, sagte einiges darüber aus, wie verzweifelt ich ihre Stimme hören wollte.

Nancys eindringliche Worte, Holly deutlich zu machen, wie ich mich in Anbetracht meines Rufs fühlte, hatten die ganze Nacht wie eine Trommel in meinem Kopf geschlagen. Anders als die Lodge von Nancy und Dave war die Lodge, in der ich gelandet war, nicht für den Winter ausgerüstet. Abgesehen von einem Propangasgenerator, der die Temperatur über dem Gefrierpunkt hielt und den Strom für die Kühlung der Lebensmittel lieferte, war das Satellitenkabel abgestellt, und es gab keinen Handyempfang. Am Boden, mitten im Nirgendwo, hatte es keine Chance gegeben, jemanden zu erreichen. Ich hatte die Flugsicherung gebeten, die Zentrale in Willow Brook über meinen Status zu informieren, sobald ich gelandet war. Da ich dort gestern Nachmittag hätte ankommen sollen, wollte ich nicht, dass sich jemand Sorgen machte.

Beim dritten Klingeln meldete sich Hollys Mailbox. »Fuck«, murmelte ich vor mich hin, als ich ihre Stimme hörte.

Hey, hey, du weißt ja, wen du anrufst. Hinterlass einfach eine Nachricht und ich rufe zurück, sobald ich kann.

Ein Lächeln umspielte meine Mundwinkel, als ich ihre Stimme hörte. Ich hätte ihr meine Gefühle am liebsten direkt auf die Mailbox gesprochen, aber irgendwie schien mir das nicht ganz richtig.

»Hey, Holly, hier ist Nate. Ich habe gesehen, dass ich einen verpassten Anruf von dir hatte. Ich bin sicher, du hast gemerkt, dass ich gestern Abend keinen Empfang hatte. Ich habe es heute Morgen versucht, aber der Empfang war immer noch beschissen. Ich bin jetzt in der Luft und sollte innerhalb einer Stunde in Willow Brook sein.«

Ich legte auf, warf mein Handy in den Getränkehalter zwischen den Sitzen und meldete mich dann über Funk, um meine voraussichtliche Ankunftszeit zu bestätigen. Ich hatte gewartet, bis sich die Wolken aufgelöst hatten, bevor ich losflog. Der Himmel war an diesem frühen Nachmittag klar, ein strahlend blauer Anblick, und die Sonne ging über den Bergen auf. Der Rückenwind half mir, auf dem Weg ein wenig Zeit aufzuholen. Bei all meinen Gedanken an Holly, die mir durch den Kopf schwirrten, gab es nur eine Sache, die ich wissen wollte – ob sie auch nur annähernd so empfand wie ich.

Meine Flugroute führte mich von Osten her nach Willow Brook. Wie es das verdammte Pech wollte, flog ein Möwenpaar direkt vor das Flugzeug und wurde in einen meiner Motoren gesaugt.

»Verdammt noch mal«, murmelte ich, als ich den Vorfall über Funk meldete und darum rang, das Flugzeug mit einem ausgefallenen Motor zu steuern.

Kapitel Achtundzwanzig

HOLLY

Maisie blickte hinter dem Empfangsschalter in der Einsatzzentrale von Willow Brook Fire & Rescue auf. Sie schüttelte den Kopf, ihre braunen Locken wippten. »Wenn Nate dir eine Nachricht hinterlassen hat, geht es ihm offensichtlich gut. Ich verspreche, wenn ich etwas wüsste, würde ich es dir sagen.«

Ich biss mir auf die Lippe, schaute weg und versuchte, mich zu beruhigen. Ich war den ganzen Morgen über nervös gewesen. Ich hatte gerade mal eine Stunde oder so geschlafen. Dann wurde mir klar, dass Nate mich tatsächlich zurückgerufen hatte, während ich unter der Dusche stand, und ich seinen Anruf verpasst hatte. Das hatte die Spannung in mir nur noch verstärkt.

Ich war zu frustriert, um auch nur daran zu denken, zur Arbeit zu gehen, und meldete mich von meiner Nachmittagsschicht ab, was ich fast nie tat. Chris hatte mir angeboten, für mich einzuspringen, und mir ein paar aufmunternde Worte mit auf den Weg gegeben. Er sagte mir, es sei offensichtlich, dass ich in Nate verliebt sei, und ich solle endlich handeln, anstatt weiter herumzudrucksen.

Ich war hier, weil ich hoffte, dass Maisie mir Antworten geben könnte, insbesondere über die voraussichtliche Ankunftszeit von Nate. Maisie nahm einen Anruf entgegen, während ich mich von dem Empfangstresen entfernte und mit verschränkten Armen vor den Fenstern auf und ab ging.

Ich hörte, wie sie sich von demjenigen verabschiedete, der am Telefon war. Nach ein paar ruhigen Augenblicken bemerkte ich ihren prüfenden Blick. »Weißt du, ich glaube, du solltest dir mal ganz genaue Gedanken darüber machen, wie du dich fühlst«, rief sie mir zu.

Ich machte kehrt und marschierte zurück zu ihr an den Schreibtisch. »Was für Gedanken?«

Sie verdrehte die Augen und schüttelte langsam den Kopf. Maisie war mit ihren lockigen braunen Haaren, den runden Wangen, den großen braunen Augen und den Sommersprossen auf einem ganz neuen Niveau liebenswert. Sie war lustig und unverblümt, was ich normalerweise zu schätzen wusste. Das hatten sie und ich gemeinsam. Im Moment wünschte ich mir, sie wäre ein bisschen deutlicher.

»Was meinst du?«

»Du bist in Nate verliebt und jetzt musst du damit klarkommen«, antwortete sie prompt und ich verfluchte ihre Unverblümtheit.

»Das weißt du doch gar nicht«, erwiderte ich und ging in die Defensive.

Unbeirrt verdrehte Maisie wieder die Augen. »Doch, tue ich. Ich erkenne sowas, wenn ich es sehe. Es ist wie ein Porno.«

»Liebe ist wie ein Porno?«

»O mein Gott.« Sie nahm die Kopfhörer ab und

vergrub ihr Gesicht in ihren Händen. Als sie aufblickte, schüttelte sie erneut den Kopf.

»Ich habe nicht gemeint, dass Liebe wie ein Porno ist. Erinnerst du dich noch an den Fall, der vor dem Obersten Gerichtshof gelandet ist, wo der Richter gesagt hat: ›Ich erkenne so etwas, wenn ich es sehe?‹«

»Ich glaube schon«, antwortete ich, mit einer vagen Vorstellung davon, was sie meinte.

»Einer der Richter meinte, dass er wisse, wann etwas die Schwelle zur Obszönität überschreite«, erklärte Maisie. Als ich fragend den Kopf schief legte, weil ich ehrlich gesagt keine Ahnung hatte, woher sie das wusste, fügte sie hinzu: »Ich wollte mal Jura studieren, aber dann habe ich meine Meinung geändert. Wie auch immer, wir kommen vom Thema ab, und das ist ganz allein meine Schuld. Ich will damit nur sagen, dass es für mich ziemlich offensichtlich ist, dass du Nate liebst.«

Mein Herz klopfte so heftig, dass es wehtat. Wenn es so weiterging, würde ich vermutlich bald blaue Flecken in meiner Brust haben. In meinem Magen drehte sich alles, eine Mischung aus Unruhe, Sorge und Angst.

In dem Moment, als Maisie das Wort »*Liebe*« ausgesprochen hatte, hatte sich mein Puls beschleunigt. Ich hatte mir dieses Wort im Zusammenhang mit Nate bisher nicht einmal ansatzweise erlaubt. Es war ein verbotenes Wort. Ich durfte mir nicht erlauben, es auch nur zu denken.

Es war schon kompliziert genug, dass ich mit ihm Sex hatte, dass ich meine Jungfräulichkeit an ihn verloren hatte und nicht aufhören konnte, an ihn zu denken. Als ich neulich Abend sah, wie diese Frau versuchte, mit ihm zu flirten, warf das ein Schlaglicht auf diesen ganzen Schlamassel. Wenn ich nur daran dachte, durchfuhr mich erneut ein heißer Schauer aus Wut und Verlegenheit. Ich hielt mich nicht gerne für eine Frau, die eifersüchtig wurde. Ich bildete mir ein, es besser zu wissen, als mich mit einem Mann einzulassen, der keinerlei Interesse an einer ernsthaften Beziehung gezeigt hatte. Aber mein Körper und mein Herz schienen nicht auf meinen Verstand zu hören.

»Glaubst du das wirklich?«, fragte ich, fast verzweifelt, damit Maisie es sich noch einmal überlegte.

Maisie nickte langsam, ihr Blick wurde weicher, als sie mich ansah. »Dieser Teil ist scheiße. So richtig scheiße.«

»Woher willst du das wissen? Beck ist so verliebt in dich, dass es schon fast lächerlich ist. Ihr beide seid immer noch total verrückt nacheinander, und das nach zwei Kindern.«

Maisie brach in Gelächter aus. »Wir streiten. Sehr viel. Glaub mir. Ich glaube, du kanntest mich nicht wirklich, als ich hierhergezogen bin, aber ich war ziemlich zickig. Ich bin Beck nicht gerade in die Arme gefallen.«

Ein ungläubiges Lachen entwich mir. »Ach, echt?«

Jetzt, wo sie es erwähnte, konnte ich es irgendwie sehen. Maisie hatte Ecken und Kanten, sie war unverblümt und sarkastisch. Ich wusste, dass ihre Kindheit nicht so toll gewesen war. Aber ich hatte sie erst kennengelernt, als sie und Beck schon zusammen waren. Ich war ihr näher gekommen, nachdem Ella wieder nach Willow Brook gezogen war und mich zu den Kartenabenden mitgenommen hatte.

Ich atmete tief durch und wollte, dass mein Herz aufhörte, so heftig zu pochen. »Was soll ich tun?«, fragte ich. Ich liebte Antworten. Deshalb war ich eine so gute Schülerin gewesen. Ich hatte meinen Abschluss als Klassenbeste in der Highschool, im College und in der Krankenpflegeschule gemacht. Ich liebte es, die Antworten zu kennen, weil ich dann das Gefühl hatte, dass das Leben einen Sinn hatte. Das Gefühlschaos und die Ungewissheit, die ich gerade erlebte, gefiel mir nicht. Kein bisschen.

Mein Herz spielte verrückt, und ich hatte letzte Nacht nicht aufhören können, an Nate zu denken. Ich hatte vor Sorge um ihn kaum geschlafen. Obwohl sich mir bei dem Gedanken, dass er sich in einem Schneesturm mit einer Frau in einer leeren Lodge einquartiert, der Magen umdrehte, gefiel mir auch die Vorstellung nicht, dass er allein war.

»Die offensichtliche Antwort ist, dass du mit ihm reden musst«, erklärte Maisie in sanftem Ton.

Die Emotionen kochten in mir hoch, mein Herz klopfte unregelmäßig. Allein die Vorstellung, offen über meine Gefühle zu sprechen, machte mir Angst. Wenn Nate nicht wüsste, was ich fühlte, müsste ich keine Ablehnung erfahren. Wir könnten unsere Freundschaft irgendwie kitten, und ich würde lernen, ohne ihn weiterzumachen.

Als ich nicht reagierte, fuhr Maisie fort. »Egal, was zwischen euch beiden passieren wird, es ist jetzt schon chaotisch. Ihr könnt nicht einfach wieder Freunde sein. So wie ich das sehe, müsst ihr das einfach durchstehen. Das ist wie ein Gang durchs Feuer.«

»Ein Gang durchs Feuer?« Ich hatte das Gefühl, alles, was sie sagte, zu wiederholen.

Maisie neigte ihren Kopf zur Seite. »Nicht wörtlich, aber vielleicht emotional. Sag ihm einfach, wie du dich fühlst, und überleg dir dann, wie es weitergeht.«

Mein Herz schlug weiter wie wild. In diesem Moment läutete das Telefon. Sie schnappte sich ihr Headset und ging schnell ran.

»Oh. Geht es ihm gut?« Sie schwieg einen Moment

und hörte zu, was am anderen Ende der Leitung gesagt wurde. Ich hatte keine Ahnung, von wem sie sprach. Ihre Augen blickten zu mir auf, und in ihnen lag Besorgnis.

»Was?«, wollte ich wissen.

Maisie hielt einen Finger hoch und notierte etwas auf einem Notizblock, bevor sie das Gespräch beendete. Als sie zu mir aufsah, war ihr Blick bewusst neutral. »Nate geht es gut. Er ist draußen auf dem kleinen Flughafen am anderen Ende der Stadt. Einer seiner Motoren hatte einen Vogelschlag, was zu einer unsanften Landung geführt hat. Ihm geht's gut. Das war Rex, der mich angerufen hat, um mir mitzuteilen, dass sie es gerade gemeldet haben, weil er nicht weit entfernt war und es beobachtet hat.«

Ich machte mir nicht einmal die Mühe, zu antworten. Das Wort »*gut*« schoss mir durch den Kopf, als ich aus der Tür rannte und in mein Auto sprang.

Aber der Anflug eines Lächelns auf Maisies Gesicht entging mir nicht, als ich hinauseilte.

Kapitel Neunundzwanzig

HOLLY

Der Flughafen von Willow Brook, wenn man ihn so nennen konnte, befand sich am Rande der Stadt hinter dem Krankenhaus. Dort gab es ein paar Flugzeughangars und eine kleine Landebahn. Ich war schon einmal mit Alex hier gewesen, obwohl ich nie viel darüber nachgedacht hatte, dass es eindeutig Nates Revier war. Ihm gehörten zwei der Flugzeughangars hier.

Als ich auf die Seitenstraße abbog, die zum Flughafen hinunterführte, wechselte die Straße von Asphalt zu Schotter. Obwohl die Straße ordentlich geebnet war, geriet mein Auto auf der unbefestigten Oberfläche leicht ins Schleudern, als ich um die Ecke bog. Mein Herzschlag, der ohnehin schon raste, beschleunigte sich noch weiter. Ich nahm den Fuß vom Gas und lenkte dagegen. Zum Glück kannte ich winterliche Straßen, seit ich Autofahren gelernt hatte. Mit wenig Mühe konnte ich mein Auto wieder unter Kontrolle bringen.

Als die Landebahn in Sichtweite kam, sah ich dort insgesamt zwei Polizeiautos aus Willow Brook sowie ein Rettungsfahrzeug. Erst dann erinnerte ich mich daran, dass Maisie erwähnt hatte, Rex sei nahe genug gewesen, um Nates Landung zu sehen. Ich hatte ihr keine Gelegenheit gelassen, noch irgendetwas anderes hinzuzufügen.

Ich knallte die Autotür zu und eilte über den Parkplatz in Richtung Startbahn, wobei mein Blick nach Nate suchte. Obwohl Maisie mir deutlich gesagt hatte, dass es ihm gut ging, beruhigte das meine Sorge nicht. Das Flugzeug stand schräg auf der Landebahn, leicht gekippt. Es sah so aus, als wäre eines der Räder bei der Landung beschädigt worden.

Schließlich erblickte ich Nate, dessen Hand auf der Nase des Flugzeugs ruhte, wie er mit Rex Masters, dem Polizeichef von Willow Brook und Ellas Vater, sprach. Ich nahm nicht einmal wahr, wer sonst noch anwesend war, und begann in dem Moment, als ich Nate erblickte, zu laufen.

Das Herz schlug mir bis zum Hals, ich rannte, und plötzlich blieb ich mit dem Fuß an einem Stein hängen und fiel hin. Der Schnee, der die Landebahn flankierte, war so glatt, dass er fast wie Eis war. Start- und Landebahnen im ländlichen Alaska waren nicht gerade das, was sich die meisten Leute unter Start- und Landebahnen vorstellten. Sie waren selten asphaltiert, und auch wenn sie instand gehalten wurden, war das Landen auf Schotter und festgefahrenem Schnee ein notwendiger Teil der Arbeit für Buschpiloten. In Willow Brook wurde die Landebahn gesalzen und gestreut, aber alles um sie herum wurde einfach so gelassen.

Mit einem Grunzen prallte ich auf dem gefrorenen Boden auf. Der Schmerz entflammte in meiner Hüfte und schoss durch meine Beine. Gefrorener Boden war absolut gnadenlos. Er war nicht das kleinste bisschen gepolstert.

Mir stachen mir Tränen in die Augen und einen Moment lang stockte mir der Atem. Der Schmerz war heftig. Ich ignorierte ihn und begann aufzustehen. Natürlich hatte meine ungeschickte Annäherung alle Blicke auf mich gelenkt. Als ich aufblickte, sah ich Nate, der langsam von der gesandeten und gesalzenen Piste zu mir herüberjoggte.

»Hey, alles in Ordnung?«, rief er.

Da ich immer noch nicht zu Atem gekommen war, war er an meiner Seite, bevor ich antworten konnte. Er kniete sich hin, und sein schokoladenbrauner Blick glitt über mich hinweg. In dem Moment, als seine Augen die meinen trafen, brachen all die Gefühle, die ich seit Wochen zurückgehalten hatte, wie eine Welle über mich herein. Tränen kullerten mir über die Wangen, als ich nickte.

Die Sorge in seinem Blick vertiefte sich. »Ganz sicher?«

Ich nickte erneut, und er begann, mich in seine Arme zu ziehen, als ein weiteres Paar Stiefel in mein Blickfeld trat.

Als ich aufblickte, sah ich, dass Rex und Caleb Nate gefolgt waren. Da Rex praktisch wie ein Vater für mich war, konnte ich ihn nicht einfach ignorieren. Natürlich würde Caleb auch sehen wollen, was los war. Aber ich hatte keine Lust, mich mit einer Menschenmenge auseinanderzusetzen. Ich fühlte mich entblößt, schutzlos und verletzlich. Außerdem war mir kalt und ich hatte Schmerzen in der Hüfte, deren Heftigkeit zwar nachließ, an deren Stelle aber ein dumpfer, pochender Schmerz trat.

»Bist du sicher, dass es dir gut geht?«, fragte Rex.

Nate blickte auf. »Gebt uns nur eine Minute«, sagte er schnell.

Caleb bemerkte meinen Blick. Er nickte einfach

und wandte sich ab, wobei er Rex anstupste, als dieser eine weitere Frage stellen wollte. Rex' durchdringender Blick huschte zwischen Nate und mir hin und her, bevor er zu begreifen schien. Er nickte und drehte sich mit Caleb um. Gemeinsam gingen sie zurück zum Flugzeug.

Als sie wieder außer Hörweite waren, glitt Nates Hand meinen Arm hinunter und legte sich in die Ellenbeuge. Ich saß in einer nicht sehr eleganten Position auf dem festgefahrenen Schnee, ein Knie ungünstig angewinkelt und das andere Bein auf dem Boden ausgestreckt. »Es geht mir gut«, murmelte ich, während mir eine Träne entwich.

»Okay. Ich habe dich vorhin angerufen, hast du meine Nachricht erhalten?«, fragte er.

Ich starrte ihm in die Augen und spürte, wie eine weitere Träne über meine Wange kullerte, kühl auf meiner Haut. Die Emotionen rauschten durch mich hindurch. Auf den Hintern zu fallen, fasste in etwa zusammen, wie ich mich innerlich fühlte. Ich hatte das alles nicht durchdacht. Pure Emotionen hatten mich hierher getrieben, und jetzt war Nate hier, vollkommen in Ordnung. Genau wie Maisie es mir gesagt hatte.

Obwohl wir kein Wort sagten, fühlte es sich an, als würden wir irgendwie miteinander kommunizieren. Einen langen Moment lang sahen wir uns einfach nur an, und dann beugte sich Nate vor, drückte seine Lippen auf meine Wange und verteilte ein paar Küsse auf dem Weg zu meinem Mund. Dort verweilte er kurz, die Stelle, an der er mich berührte, fühlte sich im Gegensatz zu der Kälte, die uns umgab, brennend heiß an.

Der Moment war kurz, aber so intensiv, dass mein

Herz wie wild in meiner Brust pochte, als er sich entfernte.

»Ich glaube, wir müssen reden«, sagte er mit rauer Stimme. »Aber ...«

»Ich glaube, ich liebe dich«, platzte ich heraus. Die Worte flogen mir förmlich aus dem Mund.

Er starrte mich an, gerade lange genug, dass ich mir wünschte, ich könnte diese Worte zurücknehmen. Ich und meine große Klappe. Das war definitiv nicht das erste Mal, dass meine Worte meinem Verstand vorauseilten.

Seine Augen funkelten feurig. »Nun, das ist gut. Denn ich glaube nicht, dass ich dich liebe. Ich *weiß*, dass ich es tue.«

Das versetzte mich in einen regelrechten Heulkrampf.

In diesem Moment kam Dana, eine der Rettungssanitäterinnen, herbeigejoggt, wahrscheinlich in der Annahme, ich hätte mich bei dem Sturz verletzt und mein Weinen hätte etwas damit zu tun. »Geht es dir gut?«, rief sie, während sie herbeieilte.

Ich holte ein paar Mal zittrig Luft, schniefte und strich mir mit dem Ärmel meiner Jacke über die Nase.

»Das Publikum werden wir so schnell nicht los. Ich muss mich um ein paar offizielle Dinge kümmern, weil einer meiner Motoren ausgefallen ist. Leider kann ich im Moment nicht einfach von hier weg«, murmelte Nate leise.

»Ich weiß.« Ich machte mich daran, aufzustehen, nur um direkt wieder auszurutschen. »Autsch«, murmelte ich und landete auf derselben Hüfte. Meine arme Hüfte. Als ich Nates Blick bemerkte, schüttelte ich den Kopf. »Ich habe vielleicht einen fetten Hintern, aber auf der Seite zu landen, tut weh.«

»Ich liebe diesen Hintern«, antwortete er grinsend, als Dana uns erreichte.

»Mir geht es gut, ich schwöre es«, erklärte ich, als ich ihren besorgten Blick sah. In gewisser Weise war es eine Erleichterung, dieses ganze Theater um mich herum zu haben. Ich trieb auf den Strömen meiner Gefühle, war überwältigt und innerlich aufgewühlt. Es half, mich auf etwas anderes als Nate konzentrieren zu können.

Dana schaute zwischen Nate und mir hin und her. Falls ihr etwas aufgefallen war, sagte sie es nicht. »Bist du sicher?«, fragte sie, als Nate mir aufhalf.

»Bin ich. Ich werde sicher einen hässlichen Bluterguss an der Hüfte haben, aber sonst geht es mir gut.«

Ich wagte einen vorsichtigen Schritt und spürte, wie der Schmerz aus meiner Hüfte herausschoss. Ich war etwas angeschlagen, aber ich schaffte es, mit ihnen zu Nates Flugzeug weiterzugehen.

»Bleibst du hier?«, fragte Nate, als Dana auf den Rettungswagen zusteuerte.

»Äh, ja. Ich sehe hier nicht einmal deinen Truck«, sagte ich und sah mich um.

»Caleb hat mich gestern abgesetzt. Ich hatte einen Termin für einen Ölwechsel, während ich weg war, also ist er hier, um mich abzuholen. Ich könnte aber mit dir fahren«, sagte er, kaum eine Andeutung einer Frage in seinem Ton.

»Natürlich.«

»Bist du sicher?«

»Ich gehe nirgendwohin«, sagte ich entschlossen und spürte, wie mein typisches Feuer inmitten des emotionalen Sturms zurückkehrte.

Er gluckste und ließ seine Hand über meinen Rücken gleiten, als Rex sich uns wieder näherte. »Warum ist der Krankenwagen hier?«, fragte ich.

»Weil sie gerade unten in der Nähe vom Krankenhaus waren, als ich den Anruf von der Flugsicherung erhielt. Wir wussten, dass es ihm gut ging. Aber es war eine zweiminütige Fahrt, also kamen sie, nur um sicherzugehen«, erklärte Rex. Er blickte zu Nate. »Lass uns den offiziellen Papierkram erledigen.«

Rex und Nate berieten sich, während Rex alles in ein Computertablet eingab und ein paar Fotos vom Flugzeug machte. Während ich auf der hinteren Stoßstange des Krankenwagens abwartete und leicht vor Kälte zitterte, kam Caleb zu mir und blieb vor mir stehen.

»Wie ich höre, werden meine Dienste hier nicht mehr benötigt«, bemerkte er grinsend.

Ich konnte nicht anders, als ebenfalls zu lächeln. »Ich werde Nate nach Hause bringen.«

Caleb sah mich einen langen Moment lang an, sein Blick war ernüchternd. »Das wurde auch Zeit.«

»Hm?«

»Du und Nate.«

Kapitel Dreißig

NATE

Als ich mit dem Flieger fertig war, war es schon spät. Rex beeilte sich, aber es war bereits Nachmittag gewesen, als ich gelandet war. Der Krankenwagen war weg, mein Bruder war wieder gefahren, und es waren nur noch Rex, Holly und ich übrig, während die Sonne am Horizont unterging. Holly hatte hartnäckig darauf bestanden, draußen zu warten, aber ich konnte sehen, dass ihr kalt war, als Rex und ich endlich fertig waren.

Sie stand zitternd da in ihrer hellblauen Daunenjacke, ihren Jeans und Stiefeln, ihre Augen auf mich gerichtet, als ich zu ihr kam.

»Ich hätte ihn auch mit nach Hause nehmen können«, meinte Rex mit einem verschmitzten Grinsen.

Holly ließ sich nicht beirren und kniff nur die Augen zusammen. »Nicht nötig. Deshalb bin ich ja hier.«

Rex kicherte und klopfte mir auf die Schulter, bevor er in seinen Streifenwagen stieg. Dann standen nur noch Holly und ich allein da, und das Geräusch von Rex' Auto verklang in der Ferne, als er wegfuhr.

Mein Flugzeug stand im Hangar, und Hollys Auto wartete auf dem Parkplatz auf der anderen Seite der Startbahn. Ich blieb vor ihr stehen und schob meine Hände zu ihre in die Taschen ihrer Jacke. »Du bist ganz kalt«, bemerkte ich, als ich näher an sie herantrat.

Ihre Hände waren kühl, als ich meine über ihre legte. Ich hatte mir nie viele Gedanken über Taschen gemacht, aber gerade jetzt dachte ich, dass es verdammt cool war, dass die Taschen ihrer Jacke groß genug waren, um darin meine Hände um ihre zu legen.

»Ein bisschen«, antwortete sie. »Bist du bereit?«

»Definitiv.«

Ich konnte nicht anders, ich musste sie einfach küssen. Ihre Wangen waren gerötet und ihre Augen leuchteten in der Dämmerung. Die vielen Sommersprossen hoben sich von ihrer Nase und ihren Wangen ab. Ich beugte mich zu ihr hinunter und streifte mit meinem Mund über ihre warmen Lippen, was ein elektrisches Kribbeln zwischen uns bewirkte. Ich lächelte an ihrem Mund, ich konnte nicht anders. Ich war so verdammt erleichtert und so unendlich glücklich. Ich spürte ihr Lächeln als Erwiderung.

»Was?«, murmelte sie, und die Bewegung ihrer Lippen auf meinen war wie ein Feuerstein, der auf mein Verlangen traf. Holly war zu viel für meinen Verstand. Sie brauchte nur in meiner Nähe zu sein, und schon eroberte die Lust meinen Körper.

»Ich bin einfach froh, dass du hier bist.« Ich strich mit meiner Zunge über ihre Lippen, und ein leises Stöhnen entwich ihr.

Die warme Süße ihres Mundes war wie eine Einladung an mich. Wie immer, wenn ich Holly küsste, wurde es heiß. Und zwar schnell. Ihre Zunge glitt sinnlich gegen meine und sie trat noch näher an mich heran. Sie befreite eine ihrer Hände aus den Taschen und zog mich fest an sich. Ich keuchte auf, als ich meine Lippen von ihr löste und eine Spur an ihrem Hals entlang zog, weil ich die salzige Süße ihrer Haut schmecken wollte.

Ein Windstoß fegte durch, kalt und rau, und auf ihrer Haut bildete sich eine Gänsehaut unter meinen Lippen. Ich hob meinen Kopf, sah sie an und mein Schwanz schwoll an. Ihre Lippen waren rosa und geschwollen von unserem Kuss und ihr Atem kam in kurzen Stößen, die die Luft zwischen uns verschleierten.

»Lass uns gehen«, sagte ich, meine Stimme rau vor Emotionen und Verlangen.

Ich schlang eine meiner Hände um ihre und drehte mich um. Ich wollte zwar nicht von ihr weg, ganz und gar nicht, aber wir mussten ins Warme kommen. Der Himmel über uns war rosa gefärbt, als wir über die Landebahn zu ihrem Auto liefen. Die Berge in der Ferne waren nur noch dunkle Umrisse, in denen bereits ein paar erste Sterne glitzerten. Ein weiterer winterlicher Windstoß wehte über die Landebahn und wirbelte Hollys blonde Haarspitzen im schwindenden Licht auf.

———

Sobald wir beide im Auto saßen, erklärte Holly, dass wir zu mir fahren würden. »Aber deine Wohnung ist näher«, protestierte ich.

Ich schämte mich nicht zuzugeben, dass ich gierig war. Ich wollte sie nackt sehen und so schnell wie möglich in ihr drin sein. Sie griff nach vorn, um die Heizung zu regulieren, und schaute zu mir herüber. »Aber dein Bett ist besser.«

Ich lachte und ein ungewohntes Gefühl der Freude

legte sich um mein Herz. Es gab viele Dinge, mit denen ich nie gerechnet hätte. Eine Chance bei Holly zu bekommen, gehörte auf jeden Fall dazu. Das Leben war uns in die Quere gekommen und hatte uns beide auf unsere eigenen Umwege geführt.

»Dann eben zu mir.«

Eine kurze Autofahrt später stampften wir den Schnee von unseren Stiefeln und betraten mein Haus. Die Fahrt hierher war eine einzige süße Folter gewesen. Die Straßen waren glitschig, also hatte ich meine Hände bei mir behalten. Holly hatte es auf sich genommen, mich zu verführen. Trotz all meiner Proteste hatte sie auf der Fahrt meinen Schwanz zu seiner vollen Größe anschwellen lassen und meine Jeans aufgeknöpft, ohne zu beachten, dass die Straßen rutschig waren.

Ich bekam meine Rache. Kaum war die Tür hinter uns geschlossen, drehte ich sie herum und fing ihr Lachen mit einem Kuss ein.

Alles ging wahnsinnig schnell. Innerhalb weniger Augenblicke lagen unsere Kleider in einem Knäuel auf dem Boden und markierten unseren Weg durch mein Wohnzimmer und die Treppe hinauf. Ihr Höschen fiel als Letztes über das Geländer vor meiner Schlafzimmertür und landete unten auf der Kücheninsel.

Holly keuchte, stöhnte und war bereits tropfnass, als ich meine Finger in ihr vergrub. Sie stolperte und fing sich am Geländer ab. Ich hatte keine Gnade mit ihr, denn ich hatte sie bereits am Fuße der Treppe einmal mit meinen Fingern und meiner Zunge in den Wahnsinn getrieben. Ich war selbst kurz davor, die Kontrolle zu verlieren und mein Saft tropfte an meinem Schwanz herunter.

Als ich nach unten blickte, konnte ich nicht widerstehen, mit einer Hand über die Kurve ihres üppigen

Hinterns zu streichen und mit der anderen meine Hand um meinen Schwanz zu legen. Sie machte sofort mit und beugte sich über das Geländer, während ich die Spitze meines Schwanzes durch ihre süßen Schamlippen zog. Ihr Saft benetzte mich.

»Mein Gott, Holly«, murmelte ich. »Ich habe dich so vermisst.«

Ihre Antwort war ein leises Stöhnen, als ich wieder durch ihre Spalte glitt und dann tief in sie eindrang, langsam, ganz langsam, und ich konnte jeden Zentimeter ihres Schoßes spüren, der um mich herum pulsierte. Sie keuchte, als ich wieder in sie eindrang und ihre Hüften sich gegen meinen Stoß bäumten.

»Ich war viel zu lange von dir getrennt«, murmelte ich.

Sie schrie auf, als ich sie erneut ausfüllte. Ich brauchte mehr, ich musste sie sehen. Ich zog mich schnell zurück, drehte sie herum und hob sie in meine Arme, um mit ihr durch meine Schlafzimmertür zu treten. Sobald wir mein Bett erreicht hatten, streckte ich mich über sie und versank in ihr. Ihre Hüften hoben sich mir entgegen, ihre Beine umklammerten mich, und ihre Haut schmiegte sich seidig an meine.

Ich hielt still, stützte mich auf einen Ellbogen und strich ihr das Haar aus dem Gesicht. »Ich muss etwas wissen«, murmelte ich, meine Stimme war rau vor Emotionen. Mein Herz drückte wieder, pochte hart und schnell in meiner Brust. Ihre Augen öffneten sich und trafen auf die meinen. »Wann wusstest du, dass du mich liebst?«

Sie starrte mich einen Moment lang an, ihre Brüste pressten sich bei jedem raschen Atemzug gegen meine Brust. Verletzlichkeit blitzte in ihren Augen auf. Ich fuhr fort: »Denn ich wusste es schon vor langer Zeit.

Vielleicht nicht genau, aber es war da. Schon in der Highschool.«

Ihre Augen weiteten sich und ihr Atem stockte. »Oh«, sagte sie und eine Träne kullerte plötzlich über ihre Wange. »Damals hatte ich keine Ahnung, aber ich wollte dich und dann wurde alles ein bisschen verrückt«, verriet sie leise.

»Ich weiß.«

»Um deine Frage zu beantworten: Ich glaube, ich wusste es schon letztes Jahr. Das hat mir Angst gemacht.«

Meine Kehle schnürte sich vor Emotionen zu, aber das war okay. Denn das waren Holly und ich, und es war genau so, wie es sein sollte.

»Damals wusste ich es, und ich war nicht bereit, es zu akzeptieren. Du warst zu lange meine Fantasie.«

Ihre Augen weiteten sich erneut. »Deine Fantasie?«

Ich nickte langsam. »Seit Jahren.«

Daraufhin küsste ich ihre Lippen und zog mich schließlich zurück, um wieder in sie einzudringen. Ich wusste, dass sie nahe dran war, denn ich kannte ihren Körper. Nach ein paar Stößen griff ich zwischen uns und fuhr mit dem Daumen über ihre geschwollene Knospe, während ich mich in ihrem engen, glitschigen Schoß vergrub.

Sie stieß einen spitzen Schrei aus, ihr Kopf fiel zurück in die Kissen, während ihr Körper zitterte und sie sich um mich herum anspannte. Schließlich ließ auch ich los, mein Höhepunkt donnerte durch meinen Körper, als ich mich in ihr entlud. Ich sank auf sie und verlagerte mein Gewicht auf die Seite. Aber ich wollte mich nicht bewegen, wollte unsere Bindung nicht unterbrechen.

Als wir so dalagen und nach Luft schnappten, lachte Holly leise.

»Was ist so lustig?«

»Morgen ist Valentinstag. Ich schätze, dann kann ich endlich die Verabredung einlösen, für die du bezahlt hast.«

Ich brach in Gelächter aus. »Verdammt richtig. Du schuldest mir was.«

Wieder einmal fand ich mich hinter der Bühne einer Benefizveranstaltung in Anchorage wieder. Und wieder einmal war ich in ein knappes Krankenschwestern-Outfit gezwängt. Heute Abend gab es zwei große Unterschiede. Erstens: Es war nicht Halloween. Stattdessen war Valentinstag. Zweitens: Ich trug dieses Kostüm nur, weil Nate mich darum gebeten hatte.

Ich lächelte vor mich hin, als ich das Oberteil zurechtrückte, und rollte dann mit den Augen. Schon wieder drohten meine recht üppigen Brüste aus dem Oberteil zu quellen. Ich sagte Nate, dass er mich nur ein paar Minuten in diesem Outfit sehen würde und das war's.

Als Megan mich gebeten hatte, dieses Jahr wieder bei einer Spendenaktion mitzumachen, lehnte ich die Halloween-Aktion ab. Sie hatte bequemerweise nicht erwähnt, dass der Teil mit dem Verkleiden nicht nur auf Halloween beschränkt war. Sie versteigerten bei allen Veranstaltungen Dates und nahmen einen Haufen Geld ein.

Nate und ich hatten uns ein wenig darüber gestritten, dass er vorhatte, fünftausend Dollar – oder mehr, wenn nötig – auszugeben, um das Date mit mir zu gewinnen. Er bestand darauf, dass es für einen guten Zweck war. Eine Sache, die ich in dem Jahr seit dem letzten Valentinstag gelernt hatte, war, dass es viele Dinge gab, die ich über Nate nicht gewusst hatte.

Obwohl ich annahm, dass ich ihn gut kannte, weil wir zusammen aufgewachsen waren, gab es vieles, was ich nicht wusste. Zum Beispiel war mir nicht klar, wie gut es ihm finanziell ging. Er war kein Milliardär oder so. Aber er verdiente als Pilot verdammt gutes Geld, das er klug investierte und sein Unternehmen weiter ausbaute. Erst vor ein paar Monaten hatte er einen Haufen Geld in eine neue Wildnislodge gesteckt, die etwa eine Stunde nördlich von Willow Brook gebaut wurde. Was ich damit sagen wollte, war, dass er sich keine Gedanken darüber machen würde, noch einmal fünf Riesen auszugeben. Als ich ihn darauf hinwies, dass er auch direkt an den Krankenhausfonds spenden könnte, sagte er mir, dass er auf keinen Fall zulassen würde, dass jemand anderes ein Date mit mir gewann.

Bei der Erinnerung an diesen Streit und den verrückten, heißen Versöhnungssex, der darauf folgte, wurde ich rot, als ich mich vom Spiegel abwandte. Als ich aus der Umkleidekabine schlenderte, fiel mir auf, dass ich zum ersten Mal seit Halloween vor anderthalb Jahren wieder hohe Absätze trug. Das zeigte nur, wie wenig ich mich an den meisten Tagen um mein Aussehen kümmerte. Ich blieb neben der provisorischen Bar stehen, die hinter der Bühne aufgebaut war. Ethan war da, adrett in einem grauen Nadelstreifenanzug. Heute Abend war noch ein anderer Mann mit ihm an der Bar.

»Hallo, Holly«, begrüßte mich Ethan lächelnd. »Ich glaube, du hast meinen Mann Jack letztes Jahr noch nicht kennengelernt. Jack« – er gestikulierte zwischen uns hin und her – »das ist Holly. Letztes Jahr hat sie einen Spendenrekord aufgestellt. Wir hoffen, dass sie uns dieses Jahr genauso viel Geld einbringt.« Er sah mich an und zwinkerte mir zu. »Wie viele Tequilas sind es diesmal?«

»Nur einer«, antwortete ich grinsend. »Ich brauche etwas, um meine Nerven zu beruhigen. Was die Spende angeht, habe ich eine Garantie.«

»Eine Garantie?«, fragte Jack. Sie waren ein attraktives Paar. Ethan mit seinem schwarzen, silbern gesprenkelten Haar und den blauen Augen, und Jack mit seinem graumelierten Haar und den noch helleren blauen Augen. Sowohl er als auch Ethan hatten ein verspieltes Glitzern in ihren Blicken, und die natürliche Zuneigung zwischen ihnen war offensichtlich.

»Ja. Erinnerst du dich an mein Date im letzten Jahr?«, fragte ich und schaute zu Ethan.

»Na klar. Du hast dich damals ziemlich aufgeregt wegen der ganzen Situation. Obwohl ...« Er hielt inne, seine Augen wurden schmäler. »Was?«

»Lass dich nicht unterbrechen.«

»Ich wollte nur sagen, dass es für mich offensichtlich war, dass du dein Date mochtest, auch wenn du dich über seinen Sieg geärgert hast«, fügte Ethan mit einem langsamen Lächeln hinzu.

»Ich mochte ihn tatsächlich. Tatsächlich ist er mittlerweile mein Ehemann.«

Ethan klatschte in die Hände und umrundete den Tisch, um mich kurz zu umarmen. »Das ist perfekt! Wir müssen es in unseren Werbematerialien für die nächste Veranstaltung verwenden. Eines unserer Dates hat zu einem Happy End geführt.« Ethan warf einen Blick zu Jack, der nur kicherte und mit den Schultern zuckte.

»Wenn du jetzt nicht Nein sagst, wirst du in jeder Werbekampagne zu sehen sein«, warnte Jack.

Ich zuckte mit den Schultern. »Das ist in Ordnung. Wenn es mehr Geld einbringt, bin ich offen dafür.«

Jack schenkte mir einen großzügigen Schuss Tequila ein, und wir plauderten, während ich darauf wartete, dass Megan mich abholte, um mich auf die Bühne zu bringen.

Wieder einmal konnte ich wegen des grellen Lichts nicht viel mehr als die erste Reihe sehen, aber als ich Nates Stimme hörte, durchfuhr mich ein kleiner Schauer. Als ich an der Reihe war, schlenderte ich zurück über die Bühne, gab Megan im Vorbeigehen ein High-Five und dem nächsten Kerl, der auf die Bühne trat und nicht allzu begeistert aussah, einen Daumen nach oben.

Ethan begleitete mich zurück in den Raum, um auf mein »Date« zu warten. Anders als beim letzten Mal war ich nicht nervös und machte mir keine Sorgen darüber, wer ein paar Stunden meiner Zeit gekauft hatte.

Augenblicke später öffnete sich die Tür und ich drehte mich zu Nate um. Er schloss die Tür hinter sich und hielt inne. Ich war fest davon überzeugt, dass ich nie genug davon kriegen würde, ihn anzusehen. Sein braunes Haar war zerzaust, seine Augen dunkel. Obwohl er nur Jeans und ein T-Shirt trug, konnte man seine muskulöse Statur gut erkennen.

»Komm her«, befahl ich, mein Puls raste, während die Hitze in seinem Blick aufflammte. Er legte die kurze Distanz zwischen uns zurück.

»Diesmal lässt du mich besser nicht auf mein Date warten. Ich will es heute Abend«, sagte er, als er direkt vor mir stand.

Er trat näher, ließ eine Hand über meinen Rücken

gleiten und machte sich nicht einmal die Mühe, Zeit zu verlieren. Er schob meinen Rock hoch, seine warme Handfläche umfasste meinen Po.

»Holly, du trägst keine Unterwäsche«, murmelte er unwirsch. Seine Finger streichelten die Kurve meines Hinterns und glitten in die Spalte zwischen meinen Schenkeln.

»Hmm«, keuchte ich.

Ein heißer Schauer durchfuhr mich, als er seinen Kopf senkte und mit seiner Zunge über die empfindliche Haut direkt hinter meinem Ohr strich. Eine Gänsehaut kribbelte auf meiner Hautoberfläche. Als er den Kopf anhob, verdunkelten sich seine Augen noch mehr. Der Blick, der darin lag, war so intensiv, dass er mir den Atem raubte. Mein Herz pochte, und mein Bauch krampfte sich zusammen.

Er fuhr mit seinen Fingern durch die glitschige, feuchte Hitze meiner Pussy. Ich hatte vorgehabt, ihn zu provozieren. Doch irgendwie vergaß ich ständig, wie mühelos er mich in den Wahnsinn treiben konnte. Im Moment wollte ich nur ihn in mir spüren und sonst nichts.

»Ich brauche dich«, flüsterte ich eindringlich.

Eine weitere Sache, die ich über Nate gelernt hatte, war, dass er dafür sorgte, dass ich bekam, was ich brauchte, wenn ich es brauchte. Obwohl ich sozusagen niemanden zum Vergleich für den vollen Akt hatte, hatte ich reichlich Erfahrung mit dem Vorspiel. Aber niemand kam auch nur annähernd an die Gefühle heran, die Nate in mir auslöste. Blitzschnell drehte er uns herum und verriegelte die Tür, während er mich mit dem Rücken dagegen drückte. Mit ein wenig Fummelei befreiten wir seinen Schwanz, und er vergrub sich in mir. Es war heiß, schnell und stürmisch.

Danach wartete er, während ich mich meines albernen Kostüms entledigte und eine Jeans und einen Pullover anzog. Er nahm meine Hand in seine, als wir hinausgingen. Ethan und Jack waren noch an der Bar, denn der Abend war noch lange nicht zu Ende. »Wohin des Weges, ihr Turteltauben?«, fragte Jack mit einem Augenzwinkern.

Ich sah zu Nate auf. »Wo wolltest du denn zu Abend essen?«, fragte ich.

»Du hast mir einen Burger versprochen.«

Lachend machte ich mich mit ihm an meiner Seite auf den Weg nach draußen. Natürlich war es eiskalt. Es war Februar in Alaska, das bedeutete hier tiefster Winter.

»Letztes Jahr haben wir es nie zu einer Verabredung hierhergeschafft«, sagte Nate, wobei sein Blick seitlich an meinem hängen blieb.

»Nein, haben wir nicht. Ich schätze, ich schulde dir zwei Dates.«

Ein schwindelerregendes Gefühl der Freude machte sich in mir breit. Es gab die Fantasie und es gab die Realität. Wenn es um Nate und mich ging, war die Realität so viel besser.

NATE

Ich stand unten in der Küche und wartete darauf, dass der Kaffee fertig war und Holly die Treppe herunterkam. Ich ging ans Fenster und schaute hinaus. Die Landschaft war mit schillerndem Frost bedeckt. Alles glitzerte unter den Sonnenstrahlen. Ich hörte Schritte und drehte mich um, um die Treppe hinaufzuschauen. Hollys blondes Haar war dunkel, da es noch feucht von der Dusche war, und sie trug eine Jogginghose, dicke Socken und ein T-Shirt. Zufälligerweise war eine Socke grau und die andere grün. Natürlich.

Objektiv gesehen war das, was sie trug, nicht sexy. Aber für mich könnte Holly buchstäblich eine Papiertüte tragen, und sie würde mir den Atem rauben. Als sie die Treppe herunterkam, bemerkte ich, dass ihre Wangen gerötet waren.

»Was?«, fragte ich.

»Nichts.«

»Nichts?«

Sie kicherte. »Okay, vielleicht nicht nichts.«

Ich zog sie zu mir heran. Ich liebte es, dass das Leben mit Holly wie das Auspacken eines Geschenks war, Tag für Tag. Ich hatte immer angenommen, ich wüsste alles über sie. Das tat ich nicht. Das große Geheimnis ihrer Jungfräulichkeit schockierte mich immer noch ein wenig. Seit dem letzten Jahr hatte ich entdeckt, dass ihre Sturheit noch ausgeprägter war, als ich dachte. Es interessierte mich nicht. Nicht einmal ein bisschen.

Sie hatte eine weiche Seite, die ich vorher nicht oft gesehen hatte. Sie war so wild und vorlaut. Das war der Teil von ihr, den ich so gut gekannt hatte. Es war definitiv eine Seite von ihr, aber eben nur eine. Sie liebte das Tierheim und besuchte es oft. Wir hatten inzwischen zwei Vierbeiner adoptiert. Einer von ihnen war vermutlich ein Husky-Mix, der andere ein Labrador-Mix.

»Ich bin möglicherweise ein paar Tage drüber«, sagte sie schließlich und legte den Kopf zurück, um mich anzusehen.

Mein Herz machte einen kurzen Purzelbaum. »Was? Bist du sicher?«

»Ich bin sicher, dass ich drüber bin, aber ich weiß

nicht, was das bedeutet. Ich kann also keinen Kaffee trinken«, sagte sie plötzlich.

»Kaffee?«

Sie schüttelte den Kopf. »Mein Körper ist jetzt eine Hülle, und ich muss ihn gut behandeln.«

Ich hatte noch etwas anderes über Holly gelernt: Sie wollte unbedingt Kinder. Ich war *voll* dabei. Vor allem, weil das bedeutete, dass wir viel Sex haben konnten. Aber zwischen uns war das ohnehin eine Selbstverständlichkeit.

Viele Stunden später, nachdem ein Test bestätigt hatte, dass Holly schwanger war, lag sie, an meine Seite gekuschelt, auf der Couch, während der Fernseher im Hintergrund lief.

Was ich am Leben mit Holly am liebsten mochte? Diese Momente. Die alltäglichen Momente. Die Momente, in denen *wir* einfach nur zusammen in Raum und Zeit existierten.

Ich drehte meinen Kopf auf die Seite und atmete den Duft ihres Haares ein. »Habe ich schon erwähnt, dass ich verdammt erleichtert bin, dass wir das auf die Reihe bekommen haben?«

»Was auf die Reihe bekommen?«, fragte sie, und ihre Augen funkelten lächelnd, als sie zu mir aufsah.

»Dass du für mich bestimmt bist«, murmelte ich und küsste sie auf die Lippen.

Da Holly immer das letzte Wort haben *musste*, wich sie kichernd zurück. »Falsch, du warst für *mich* bestimmt.«

Danke, dass ihr Burn For You gelesen habt – ich hoffe, euch hat die Geschichte von Holly und Nate gefallen!

· · ·

Melden Sie sich unbedingt für meinen Newsletter an, um die neuesten Nachrichten, Leseproben und mehr zu erhalten! Klicken Sie hier, um sich anzumelden: https://jh-croix.ck.page/ee53a5ef22

Melden Sie sich für meinen Newsletter an. Dabei handelt es sich um ein exklusives Geschenk nur für neue Abonnenten. Bonusszene GRATIS - ab Buch 1 in Into The Fire – Serie Alaska!

Es ist schon ein paar Jahre her, dass Amelia & Cade in Brenne für Mich ihr Happy End gefunden haben. Viel Spaß mit diesem Ausschnitt aus ihrem zukünftigen Leben!

Brenne für Mich - Bonusszene: https://BookHip.com/HWSQBAK

Als Nächstes kommt Catamount Löwenshifter Reihe. Eine rasante Shifter-Romanze von USA Today-Bestsellerautorin J.H. Croix. Wenn du auf heiße übernatürliche Romanzen mit einem Hauch von Spannung und Abenteuer stehst, wirst du diese Reihe lieben!

1-Klick : **Geborgene Gefährtin**

ÜBER DEN AUTOR

USA Today-Bestsellerautorin J. H. Croix lebt mit ihrem Mann und zwei verwöhnten Hunden in einer kleinen Stadt in Maine. Croix schreibt zeitgenössische Liebesromane mit starken Frauen und Alphamännern, die sich nicht scheuen, Gefühle zu zeigen. Ihre Liebe zu schrulligen Kleinstädten und den dort lebenden Charakteren spiegelt sich in ihren Texten wider. Machen Sie einen Spaziergang auf der wilden Seite der Romantik mit ihren Bestseller-Romanen!

jhcroixauthor.com
jhcroix@jhcroix.com

facebook.com/jhcroix
instagram.com/jhcroix
bookbub.com/authors/j-h-croix